U0071175

樸園文存

朱省齋　原著
蔡登山　主編

《樸園文存》編前言

蔡登山

關於朱樸（省齋）的文章，我在幾十年前就在《古今》雜誌讀過，但當時並沒有想過要編他的文集，而後來又接觸到他在香港出版的《省齋讀畫記》、《書畫隨筆》、《海外所見名畫錄》、《畫人畫事》、《藝苑談往》五本專談書畫的書籍。這五本書早就是絕版書，市面買不到，我記得多年前北京張大千研究專家包立民先生來台北，還請我幫他複印，由於他臨時要，好像只找到四本複印而已，也無法全套齊全。

二〇一六年一月份，我將五十七期的《古今》雜誌，重新復刻，精裝成五大冊上市，極獲好評，這是對朱樸前半生在文史雜誌的貢獻之肯定。今年（二〇二一）我將他後半生對書畫鑑賞的五本著作重新打字校對編排，甚至想辦法把原書黑白的畫作恢復彩色的，希望對他晚年著作的流傳有些助益。在編完這些書後，我突然想到他早年的文章則付諸闕如，也從沒有結集過。那對於他早年的人生歷程及思想似乎無法一窺究竟。因此才萌生有編此《樸園文存》的構想，雖然北京我的朋友謝其章兄曾編過《樸園日記》，但只收十九篇文章，就其文集而言明顯是不足的。於是我花了一段時間，光去中央研究院的圖書館就先後兩次，「上窮碧落」地找了能找到的舊雜誌，還利用上海圖書館製作的「民國期刊全文數據庫」去尋找，分別從《新人》、《東方雜誌》、《中央導報》、《申報月刊》、《中華月報》、《宇宙風（十日刊）》、《宇宙風（乙刊）》、《大風旬刊》、《興亞月報》、《中央月報》、《太平洋周報》、《古今》、《天地》、《藝文雜誌》、《雜誌》等找出他早期的文章；至於他晚年定居香港時期，主要的文章發表在《熱風》、《大華》、《大人》等雜誌上。

朱樸曾在〈樸園隨譚之二：記筆墨生涯〉一文中，談到他曾經寫過一兩篇關於經濟的文章，於《時事新報》刊出，但目前沒找到。香港中文大學的劉沁樂同學幫我找到一九二〇年出版的《新人》第一卷第五期的〈六種雜誌的批評〉可算是相當早的文章，當年他只有十八歲，尚在中國公學讀書。這是對當時銷路最廣最具影響力的六種雜誌：《新青年》、《建設》、《新潮》、《新群》、《解放與改造》、《新中國》提出批評。而在他進入《東方雜誌》編輯部之後，我找到了一九二二年的〈社會制度論〉，一九二三年的〈評合作運動〉兩文均發表在《東方雜誌》，他離開雜誌社之後，他說他幾乎沒寫過任何文章，直到他一九二九年十月十日刊登於《東方雜誌》的〈國際合作論〉，那是他去歐洲考察所寫的，這和一九三一年七月一日他給汪精衛的信談〈自治期間合作運動之重要性〉是前後呼應的。

朱樸與汪精衛相識極早，應該在一九二八年秋冬之際，當時汪精衛在巴黎，朱樸去歐洲考察，因林柏生之介而認識。但認識周佛海相對比較晚，一九四二年三月二十五日，朱樸在上海創辦了《古今》雜誌，第一期有〈記周佛海先生〉一文，署名「左筆」，文中開頭說：「在舊曆新年久陰乍晴的一天，記者承本刊朱社長的介紹，特往拜謁大名鼎鼎的『和平運動總參謀長』周佛海先生。」由此觀之，朱社長（朱樸）與記者「左筆」應該是兩個人，幾十年來也從來沒有人懷疑過，包括我自己。朱樸在〈《古今》一年〉文中也說：「去年今日《古今》創刊號出版，孤軍突起，一鳴驚人……，有一個刊物想魚目混珠，竟冒用我『朱樸』的名字及《古今》中另一作者『左筆』的名字寫些無聊的文章。」朱樸再次強調「左筆」是另一作者，莫非「此地無銀三百兩」，但卻沒有任何證據來證明兩者「同屬一人」？而直到晚近我看到梁鴻志給他女兒梁文若的遺書（此遺書寫於一九四六年，直到一九七〇年金雄白才發表於香港《大人》雜誌）中提及「吾鄉薄產，損耗已盡……字畫尚有數件，將來擇兩件以畀左筆」，此時朱樸早已和梁文若結婚了，因知「左筆」正是指梁鴻志的女婿朱樸。而若沒見過這份遺書的人，焉能得知此署名？由於「左筆」的署名，我陸續在一九四三年的《太平洋周報》找到〈陳彬龢論〉、〈陶希聖論〉、〈張善琨論〉、〈邵式軍論〉等四篇文章。這些人物在當時都是赫赫有名的，朱樸要月旦他們或許有些顧忌，因此在此特殊場合才用「左筆」的化名。

《古今》於一九四二年三月創刊，一九四四年十月停刊，在這兩年多的時光中是朱樸寫作最豐收的時期，他寫了不少文章都發表於自己的刊物中，有系列長文〈樸園隨譚〉共十篇，除〈引言〉外，有〈記筆墨生涯〉、〈談命運〉、〈懷北京〉、〈記雁蕩山〉、〈憶錢海岳〉、〈《蠹魚篇》序〉、〈海外遊屐夢憶錄〉、〈小病日記〉、〈《往矣集》日譯本序〉。他也談到他用「樸園」名字的由來是一九四〇年四月十五日，他從上海某名收藏家處購得文徵明巨幅真跡一件，得意之餘，就在卷面上書「民國二十九年四月十五日樸園主人購於上海」十九個字，這是他自稱「樸園主人」之始。這其中〈懷北京〉包括他在一九二四年五月十七日發表於《申報》的〈遊頤和園記〉，而〈記雁蕩山〉則包括一九三六年七月發表在《中華月報》的〈遊雁蕩山記〉，新文中引錄舊文，新瓶舊酒，我也姑且放在此系列。除此有關《古今》創辦的經過，有〈發刊詞〉、〈漫談《古今》〉、〈編輯後記：介紹周黎庵〉、〈滿城風雨談《古今》〉、〈《古今》一年〉、〈《古今》兩年〉、〈小休辭〉，這幾篇文章我把它放在一起，從這組文章中，你將可以看到《古今》的開場與收場。

一九四三年十月蘇青創辦《天地》，由於蘇青曾在《古今》發表文章，朱樸是欠了蘇青的人情，可能拗不過蘇青的邀稿，於是在《天地》創刊號寫有〈梅景書屋觀畫記〉一文。蘇青的邀稿是很難推辭的，朱樸的夫人梁文若就說過，蘇青索稿是急如星火的。她在《天地》第五期以一九三五年秋寫於東京的〈減字木蘭花〉詞云：

> 瀟瀟夜雨，不管離人愁幾許。好夢難成，斷續風聲斷續更。
> 此情誰慰，往事煙塵空灑淚。費盡思量，縱使相逢也斷腸。

應命後，第六期又交出〈談《天地》〉一文，她說：「在目前上海所出版的各種文藝刊物中，我不避嫌的說，水準最高的要算《古今》了吧。其次，《天地》無疑的要站到第二席了。這兩個刊物的名字我想再好也沒有了，一個代表『時間』，一個代表『空間』，真可謂包羅萬象，無所不涵。記得杜少陵（甫）曾有詩句曰：『錦江春色來天地，玉壘浮雲變古今。』以贈《天地》與《古今》，真是天造地設，妙古絕今，可謂巧合之至。《古今》上的文字大多是比較嚴肅的，《天地》上的文字大多是比較輕鬆的，各有所長，無分軒輊。」在讚美《天地》之餘，總不忘推銷自己丈夫的《古今》。

在《古今》第五十四期朱樸發表他的〈樸園日記〉第一篇〈甲申銷夏鱗爪錄〉，之後沒想到《古今》在第五十七期就停刊了，於是〈樸園日記〉第二篇〈重陽雨絲風片〉就移到北京的《藝文雜誌》刊登，《藝文雜誌》是一九四三年七月由周作人領銜的「藝文社」創刊於北京，偽新民印書館印行，主要作者除周作人外，還有俞平伯、錢稻孫、龍榆生等學界人士以及其他文壇人士。到一九四五年五月終刊，共出版了二十三期。朱樸這篇文章登在一九四五年第三卷第三期，也就是終刊號上。也因此〈樸園日記〉第三篇〈北上征塵記〉又移到上海的《雜誌》刊登於一九四五年第十四卷第五期。而他在寫這篇文章時正是他要去北京之時，據日記所言，他是在一九四四年十二月二十二日晚抵達北京的。而緊接著〈故都墨緣錄〉是他到北京後一個多月寫的，刊登於《雜誌》一九四五年第十四卷第六期。

朱樸在〈人生幾何〉文中說：「我由北京來港是一九四七年，並非一九四八年。」而此後寫文章則用「朱省齋」（偶而同期有兩文才兼用朱樸或樸園）之名。此時的文章大量刊登於香港《熱風》雜誌上，《熱風》是曹聚仁、徐訏和李輝英等，在香港創辦的創墾出版社所出的文史半月刊，於一九五三年九月十六日創刊，至一九五七年十月十六日停刊，共九十九期。朱省齋從第二十三期寫起，幾乎每一期都有文章發表，有時同期還會有兩篇文章。香港中文大學的劉沁樂同學幫我查到朱省齋發表文章在《熱風》的期數是：二十三、二十六、三〇、三十五、三十六、三十七、三十九、四〇、四十一、四十二、四十三、四十四、四十五、四十六、四十七、四十八、四十九、五〇、五十一、五十二、五十三、五十四、五十五、五十六、五十七、五十八、五十九、六〇、六十一、六十四、六十五、六十六、六十七、六十八、六十九、七〇、七十一、七十二、七十三、七十四、七十六、七十七、七十八、八〇、八十三、八十四、八十五、八十七、八十八、八十九、九〇、九十一、九十二、九十三、九十四、九十五、九十七、九十八等期。這些文章大半以上都是談書畫鑑賞的，而且很多都收入他的《書畫隨筆》、《藝苑談往》兩本著作中，但還有二十一篇不屬於書畫鑑賞的，沒有收入，我就把它收入此書中。附帶說明的是在臺灣《熱風》雜誌，除中央研究院圖書館有收藏二十五到四十八期外，所有圖書館無一收藏，我也曾經一度想放棄再查找，因為疫情期間我也無法去香港圖書館，又不敢麻煩香港的朋友。無計可施之餘，我把這訊息放在臉書，沒想到我的朋友「百城堂」主人林漢章兄，說他有八十幾本，可以借我，於是除了〈多難只成雙鬢改：知堂老人贈聯記〉一文（由香港劉沁樂同學去圖書館影印外），全部都找齊了。真是天助我也，也感謝漢章兄和臉友沁樂同學的大力協助。

〈多難只成雙鬢改：知堂老人贈聯記〉這篇文章有個故事，也顯見他和周作人交情之深。文中說：「甲申（一九四四）之冬，余北遊燕都，除夕，知堂老人邀讌苦茶庵，陪座者僅張東蓀、王古魯。席間，余出紙索書，主人酒餘揮毫，為集陸放翁句『多難只成雙鬢改，浮名不作一錢看』十四字相貽，感慨遙深，實獲我心。聯旁並附小跋曰：『樸園先生屬書小聯，余未曾學書，平日寫字東倒西歪，俗語所謂如蟹爬者是也。此只可塗抹村塾敗壁，豈能寫在朱絲欄上耶？惟重違雅意，集吾鄉放翁句勉寫此十四字，殊不成樣子，樸園先生幸無見笑也。民國甲申除夕周作人。』虛懷若谷，讀之愧然。」後來朱樸將該聯製版刊登於《逸文》雜誌。「不料製版之後，經手者竟謂原聯已失去，無法覓回；我為此事，耿耿於心，無時或釋。」直到一九五六年冬曹聚仁在北京見到周作人，回到香港告知朱省齋，知堂老人關心他的近況，朱省齋「因即馳函道念，並附告以失聯經過。」兩星期後，回信來了，周作人再書原聯給他，並另附小跋。這聯及跋語就製版刊登於《熱風》雜誌第九〇期封面上。

而〈憶知堂老人〉寫於一九六七年四月二十日，文中開頭說：「消息傳來，知堂老人已於去年十一月在北京謝世了。」文中再次引用〈多難只成雙鬢改〉一文，並歷數他在一九五七、一九六〇、一九六三與周作人見面。當時正是「文革」初始，紅火朝天，消息阻隔，因此會有「海外東坡之謠」。朱省齋寫這篇悼文時，知堂老人其實還活著，只是被紅衛兵批鬥中，直到一九六七年五月六日他才嚥下最後一口氣，享年八十二歲，應了他自己說「壽則多辱」的話。

沈葦窗在〈朱省齋傷心超覽樓〉文中說：「我草創《大人》雜誌，省齋每期為我寫稿，更提供許多書畫資料。」《大人》創刊於一九七〇年五月十五日，創刊號就刊登朱省齋的〈賞心樂事話當年〉（該篇原題為〈人生幾何〉）。與他在汪偽時期即有若金蘭之誼的金雄白在〈倚病榻，悼亡友〉文中說：「說來似乎是迷信，當《大人》雜誌創刊之前，葦窗兄拉他寫稿，第一篇他寫的是以往半生中的若干賞心樂事，而安上的題目竟然是〈人生幾何〉，發表時偏為編者改易了，他還為此而有些不懌，且一再為我言之。他對『人生幾何』這一句成語，不知何以偏好得會有些流於固執，終於他為另一雜誌寫了另一篇〈人生幾何〉，出版以後，又欣然指給我看。言為心聲，現在想來，也許省齋那時的心理上，早有此不祥之感了。」〈人生幾何〉後來刊登於一九七〇年九月一日出刊的《大華》復刊號第一卷第三期。這篇文章也是因為有人傳言「朱樸已歸道山」，於是朋友曹聚仁、高伯雨紛紛寫文章辯駁，然而辯駁文章也有些錯訛，於是朱省齋特別寫此一長文，最後他說：「對於生死這個問題，一切宜聽其順乎自然，泰然處之，千萬不要看得太重。曹孟德說得最曠達：『對酒當歌，人生幾何？』」而這篇文章發表後三個多月，朱省齋遽歸道山，因此金雄白說：「也許省齋那時的心理上，早有此不祥之感了。」

朱省齋晚年曾經患過嚴重的心臟病，金雄白在〈倚病榻，悼亡友〉文中言及朱省齋最後的日子：「大約是一九七〇年的十一月十一日，是我與他最後的一面了，我們又在常去的咖啡室中會面，他看見我病骨支離的樣子，殷殷囑咐我還要加以調養。我想到他已是六十有九歲，我說：『明年是你的七十大慶了，以你早幾年的病況而能霍然全癒，更值得祝賀了。』他竟然說：『真是人生幾何！明歲的賤降，擬約少數的親友，歡聚一天。』又那裡料到，這一天就永遠不會來到了。他逝世那一天（案：十二月九日），晨起還偕同夫人同出早餐，回家以後，坐在客室中的沙發椅上，忽然覺得胸口有異常的痛悶，神色又轉而大異，他夫人知道情況嚴重，立即延醫診治，迨醫生來到，早已返魂無術。那時我又患著肝炎症，在病榻上看到了報上的噩耗，使我無限震悼，相別還不及一月，而從此人天永隔，使我也更有了『人生幾何』之慨！」

《大華》在復刊號一卷七期刊出〈大鶴山人瀟湘水雲圖〉是朱省齋生前就交雜誌主編高伯雨的，而在他過世後的近一個月才刊出，可說是朱省齋最後的絕筆之作了。

拉雜寫來已經五千餘字了，希望這篇〈編前言〉能對整本書的理解有所幫助。這些文章來自不同的雜誌報刊，大概是依照時間順序編列，有些則是自成一組而稍做調整，其目的是要讀者明白他思想或興趣的轉變，或記其旅遊賞畫之過程。

目次

《樸園文存》編前言／蔡登山　003
六種雜誌的批評／朱樸　021
社會制度論／朱樸　029
評合作運動／朱樸　041
國際合作運動／朱樸　048
自治期間合作運動之重要——致汪精衛先生書／朱樸　061
丹麥印象記／朱樸　065
季特逝世五週年／朱樸　076
香港種種／朱樸　079

【書評】梅靄：《黃臉小紳士》／朱樸 082
張發奎將軍瑣記／朱樸 085
關於汪精衛先生——讀書隨筆之一／朱樸 089
八十大慶之威廉二世／朱樸 096
什感之章／朱樸 101
四十自述／朱樸 109
論春季大會戰前夜的德英蘇／左筆 119
記周佛海先生／左筆 126
陳彬龢論／左筆 130
陶希聖論／左筆 134
張善琨論／左筆 138
邵式軍論／左筆 144
蘇遊散記／朱樸 151

談諸葛亮／朱樸 155
梅景書屋觀畫記／朱樸 161
記蔚藍書店／朱樸 166
《往矣集》序／朱樸 170
樸園隨譚（一） 引言、恆盧主人之言／朱樸 172
樸園隨譚（二） 記筆墨生涯／朱樸 182
樸園隨譚（三） 談命運／朱樸 187
樸園隨譚（四） 懷北京／朱樸 192
樸園隨譚（五） 記雁蕩山／朱樸 199
樸園隨譚（六） 憶錢海岳（並介紹其文集）／朱樸 208
樸園隨譚（七） 《蠹魚篇》序／朱樸 213
樸園隨譚（八） 海外遊屐夢憶錄／朱樸 216
樸園隨譚（九） 小病日記／朱樸 224

樸園隨譚（十）《往矣集》日譯本序／朱樸 229
樸園短簡——致文若第一信／朱樸 232
〈發刊詞〉 234
漫談《古今》——代編輯後記／樸之 236
編輯後記——介紹周黎庵先生／樸之 239
滿城風雨談《古今》／樸之 241
《古今》一年／朱樸 243
《古今》兩年／朱樸 250
小休辭／朱樸 256
樸園日記——甲申銷夏鱗爪錄／朱樸 258
樸園日記——重陽雨絲風片錄／朱樸 263
樸園日記——北上征塵記／朱樸 268
故都墨緣錄／樸園 273

東京雜碎——致《熱風》編者的一篇短簡／朱省齋 278
江戶鱗爪／朱省齋 281
記漁釣之樂——並記宋人《溪山垂綸圖》／朱省齋 285
杉田觀梅記——與大千半日遊／朱省齋 289
一筆之差——談校勘之難／朱省齋 292
談庭園之美／朱省齋 295
記圓明園／朱省齋 299
關於日記／朱省齋 306
櫻島五月——東京飛鴻／朱省齋 310
人海一瞥——憶網球大王鐵爾登／朱省齋 313
勝利那天在北京／朱樸 317
「已歸道山」——悼念摯友孫寒冰／朱樸 320
自擬「墓誌銘」——尚未論定稿／朱樸 325

保津川放舟記／樸園 330
歲首漫筆／朱省齋 333
香港到橫濱——浮海散筆／朱省齋 337
東京十日／朱省齋 341
上野小棲／朱省齋 351
重到東京——寄友人書／朱省齋 356
秋燈閒抄／朱省齋 360
多難只成雙鬢改——知堂老人贈聯記／朱省齋 364
憶知堂老人／省齋 366
賞心樂事話當年／省齋 369
溥心畬二三事／省齋 376
憶吳湖帆／省齋 380
人生幾何／省齋 388

羅兩峰畫寒山像／省齋 395
大鶴山人《瀟湘水雲圖》／省齋 397

六種雜誌的批評

朱樸

《新人》第四期出「文化運動批評號」，我起初做了一篇〈文化運動的我觀〉，後來因為自己覺得不甚完善，就焚燬了。然而總想換一個題目，盡點責任，不料一連想了幾天還不著；因在校中（中國公學）圖書館，及《新群》雜誌部裡，看見了幾本新出版的雜誌，又勾起了我的許多感想，而心中又躍躍欲試，像要一吐為快的樣子，所以就不顧冒失，竟提起筆來做批評了。不過我所批評的雜誌，僅就我所看見的當中揀選出來的，是極小的一部分，還有許多我所沒有看見的，和看見而不暇批評的，都是我疏忽的過失，要請閱者原諒。至於我所以要做這篇批評的意思，是要勉勵現在的出版界商榷應該改良的方針；因為學術是公開的，愈討論，愈研究，就愈能夠進步。不過我用個人的眼光，來批評一切，總不免有謬誤的地方罷了。

《新青年》

《新青年》是中國文化運動的先鋒，開發新思潮的動機。歐戰以前，中國都抱著守舊的思想，保存腐朽的文化；到現在，人民守舊的思想，一變而為革新，腐朽的文化，一變而為實用，能夠順著世界的潮流進行去，一半可說是《新青年》提倡鼓吹之功。編輯《新青年》的人，從前是西裝學士或博士，以後都做北京大學的教員。他們的宗旨是：「要求社會進化打破『天經地義』、『自古如斯』的成見，舊觀念綜合前代賢哲，當代賢哲，和他們自己所想的，創造政治上、道德上、經濟上的新觀念，樹立新時代的精神，適應新社會的環境」。他們抱這樣的宗旨，我們不能不佩服他們的偉大。他們的文章，差不多大半都是有價值的文章，像〈文學改良芻議〉，和〈文學革命論〉等，對於社會上更多影響，而專號中像「易卜生號」、「人口問題號」和「勞動問題號」等尤好。總之《新青年》是一本有價值的書，社會上受著他的影響很大，不過，他只可以稱一本有價值的書，而不可以猶一本最有價值的書。為什麼呢？因為他有一個最大的缺點，就是：失評判的精神，用攻擊的態度。他們在舊社會當中，提倡新思潮，四面的環境，當然是種種的衝突，這種的衝突，是因為主義的不同，學說的不同，才發生的，所以要解決這種衝突，根本辦法，是要在主義上，學說上，研究著手的方法，切不可離了本題，橫越至別的問題上而發生出別的問題來，像他們討論「改改舊文學」、「節烈問題」等，滿篇的罵孔子、孟子、林紓、王敬軒等，都是譏諷的言語，而對於舊的主義上、學理上，究竟有什麼地方不好，他們所提倡的新主義上新學說上，究竟好在什麼地方，都不詳細的評判、討論，只一味的用攻擊的手段。他們不是用真理來壓倒人家，都是用手段來壓到人家；他們嘴上說要「綜合前代賢哲，當代賢哲，和他們自己所想的，創造政治上、道德上、經濟上的新觀念」，實在他們何嘗如是？他們簡直是排斥前代賢哲，如甚代賢哲，全用他們自己所想的，創造政治上、道德上、經濟上的新觀念罷了！

並且「當代賢哲」四個字究竟代表何人？他們創造道德上的新觀念怎樣做起？是不是先從攻擊著手？《新青年》社裡的蒙君啊，你們要創造道德上的新觀念，請從速做起罷！要曉得新文化運動而沒有新道德，新文化運動的真正的價值，是永世不能發現的呢！總之《新青年》過去的歷史很光榮，今後的希望很遠大，只要請社裡的幾位先生去了一般霸者氣，於新道德上，努力的向前創造，將來一定可以達到一本比較更完善雜誌的目的。

《建設》

中國現在的雜誌，差不多大半都是從「解放」、「改造」做起，至於專門討論建設方面的問題的書，要推《建設》雜誌算第一了。他的宗旨是：「鼓吹建設之思潮，展明建設之原理，廣傳他們建設之主義，成為國民之常識，從精神上，物質上，謀國家及社會之革新。」

裡面的文章，都是有研究，有價值的大文章，像〈發展實業計畫〉等篇，都很不容易做。不過裡面有些偏重於傳播主義，不切實研究問題，由是便不能成為國民之常識。像〈全民政治論〉、〈中國哲學史之惟物的研究〉等篇，除了專門學者之外，有那個能夠一望而完全了解？主義固然是應當灌輸的，但是要同研究問題，相輔而行；最好是多研究問題，而少空談主義；因為主義是高深的，人都不甚注意的，效果很遲的，問題是很淺顯的，人都喜歡討論的，效果很快的。

我並不是說《建設》雜誌，不應當多談主義，應當多研究問題，不過因為他的宗旨是「要成為國民之常識」，所以才責備他多研究問題，少談主義。

《新潮》

中國現在學生界中最有精神的出版物，就是北京大學學生所出的《新潮》雜誌，裡面的文章，篇篇有精神、有研究、有價值；沒有十分潦草塞責，隨隨便便的，而我所最佩服的，就是裡面的小說，像〈是愛情還是痛苦？〉一篇，〈一個勤儉的學生〉等篇，真正做得好。其中所有的缺點，就是也同《新青年》一樣，做文章專門罵人。

他們倒真正不愧「有其師必有其弟子」了！並且他們專門頌揚西洋的文學怎樣的好，西洋的科學，怎樣的好，說得活龍活現，恨不得叫人立刻變做外國人的樣子！把中國舊有的，一概說得一文不值。

西洋的文學、科學，確乎比中國好，這是人人所承認的，不過西洋的，未必達乎極點，中國的，未必糟糠不如，好的裡面有壞處，壞的裡面有好處，全在並用，不在全廢。打破中國舊有的偶像觀念，而去崇拜外國的新偶像，有什麼分別？難道這算是文化運動的進步麼？我希望《新潮》社裡諸君，以後對於這種的態度，注意一點。我同《新潮》社蒙君，皆在學生時代，所以我對於他們的希望，最切、最大。我希望他們努力的向前，為中國學生界前途，發一光彩！

《新群》

文化運動中。討論社會問題的雜誌，要算中國公學出版的《新群》為最好了。裡面的文章，像〈什麼是社會主義？〉、〈新社會與新生活〉、〈社會主義思想之源流及其發展〉等篇，敘述得非常清晰是討論得非常精確。而裡面像〈經濟思想之變遷〉等篇，又是研究經濟問題中不可多得的文章。《新群》裡面吳芳吉的詩，更是有特色、有精彩。〈籠山曲〉一首，我敢說可以算得現在新詩中「獨一無二」的一首。其餘像〈非不為謠〉、〈婉容詞〉等首，寓意既深，詞藻又好，也可以說得傑作。可惜，社裡的諸君，似乎缺乏些奮鬥的精神，第四期竟以後停版了！我不禁為之一嘆。

《解放與改造》

《解放與改造》，材料豐富，我是承認的。他的宗旨是：「主張解放精神、物質兩方面一切不自然不合理之狀態，同時介紹世界新潮以為改造地步」總算是很徹底的主張。不過他的主張雖然徹底，見諸言論的主張，很不一致。他對介紹學說，很肯盡力，但缺少批評，令人不辨他所主張的學說，究竟有沒有一定的範圍。今天寫了一大堆共產主義，明天又寫了一大堆集產主義，今日談有彈性的改造，明天談絕對剛性的改造，在智識充足的人，固然可以自明利害，自辨是非，自定宗旨，普通人就大有目迷五色不知如何是好的困難。論起他的性質，就像眼前賣「環球貨品」的先施公司、永安公司，資本固然雄厚，貨物固然眾多，總脫不少雜貨店的習氣。我現在希望他能夠趕緊改良，在介紹一種主義的時候，要先立一個標識，令人一望而知其是否好主義。並且介紹主義，不要太雜，不要專以繙繹為能事；務必以一貫的精神，為不調停無可退步的主張，去達「解放與改造」的目的。

《新中國》

《新中國》是一本陽冒文化運動的招牌，而陰做軍閥官僚言論機關報的雜誌。我本來是不願把可貴的光陰，神聖的紙筆，耗費在他的身上。不過因為這種戴文化運動假面具的雜誌，如果不去批評他，非但要失現在文化運運真正的價值，並且要阻礙將來文化運動的進行，所以我不得不來批評他。《新中國》裡面的文章，新的也有，舊的也有，包羅萬象，真正不愧雜誌。他每一期必定要請幾位大人先生題字，像閻錫山、章士釗等捧捧場面。（大人先生的名字，非我承認的，是他所承認的）這次出「週年紀念號」，裡面印了張敬堯、倪嗣沖、齊耀珊、王揖唐、陳籙、李厚基等許多大人品的照片和題字，來炫人；並且搜羅了許多金錢主義的文化運動家的文章，來與別種雜誌鬥寶。他以為用了督軍、省長、議員的銜頭；博士、大學教員、報館主筆的招牌，可以增高他雜誌的價值了，不料實在不值識者一笑！一班見錢眼開的文化運動家，只曉得在棺材裡伸手，也不顧到自己的名譽，更不顧到文化運動的價值，我真不知道他的人格在什麼地方？他們天天罵舊人物，不知頑固不化的舊人物，腦筋裡的思想，雖然陳舊不堪，然而他們還曉得保全自己的人格。至於嘴上天天講文化運動，而暗地裡為萬惡的官僚政客供奔走，實行「蠅營狗苟」主義，那更不用說是比夠不上討論人格問題了。咳！文化運動，不怕舊人物反對，只怕新份子破壞！就像中國，不怕外侮，不怕內亂，只怕群眾不覺悟一樣。外界的反對，因為反可以鼓起裡面的精神，至於內部的破壞，就不可以醫救了。我認定《新中國》是文化運動中的破壞者，是將來文化進行的障礙物，所以希望全國從事於文化運動的同志，群起而攻之！

以上的六本雜誌，是銷路最廣，在今日的社會上最占有勢力的，所以我揀出來批評，我因為時間迫促，所以對於其餘許多有價值的雜誌，像《太平洋》、《民鐸》、《少年中國》、《少年世界》、《自覺》、《閩星》、《國民》等，都沒有一一詳細的批評，自己覺得很抱歉。但是將來如果遇著機會，我可以再做一篇〈全國雜誌的批評〉，來嘗我的志願，並贖這回疎忽的愆尤。

（原刊《新人》第一卷第五期，一九二〇）

社會制度論

朱樸

是篇乃羅素先生與其夫人Dorn Russell所合著，為其未來著作“Prospects of Industrial Civilization”書中之一部分，原名為“What Makes a Social System Good or Bad?”將於今秋由美國Century Co.出版。羅素先生之著作素為當世所推重，是書雖尚未出版，但其內容及價值如何，閱是篇已可窺其一二。因亟譯出，俾國人受讀羅素先生之著作者先睹為快焉。譯者志

一

凡希望社會組織之根本改變有如余之熱切者，終必自問此社會制度彼目之為善而彼社會制度即目之為惡者，果因何而使然耶？泰半之回答均不免為個人之偏見。人每不以己之政治意見僅為根據於此種理想的偏愛，但余則以為大半之政治意見，最後均來自盲愛某種真有或空想之社會，無考察，無試驗，幾不自知焉。

欲求人民政治判斷力之能更明瞭，更合理，惟有提出各人意見中理想社會之觀念，然後盡吾人之力，於其普遍中以求比較此種理想之方法。

余主應先將判斷社會之數種普通方法而余信其為誤者，加以考察，然後始將余所認為正當之方法提出。

二

大半人判斷社會最普通之方法，每僅憑遺傳的成見。凡在非急變之社會，均有前數代傳下之數種風俗與信仰，如有人反對之，則似為異常可驚之事，此即關於宗教，家庭，財產，與其他一切方面之風俗也。希臘人則不然，彼等大半均在外經商或航海，經歷無數不同國家之風俗與信仰，因將他國及本國風俗之基礎，加以一番審慎之考察，此實希臘人之特長也。

此種遺傳心至今日漸衰，其故不僅因旅行與通商使然，實亦因實業主義之產生而引入社會制度之更變，有以致之。凡在實業發達之處，遺傳社會組織之下兩大要素——宗教與家庭——均已失其在人類心裡之位置，其果乃使現代之遺傳勢力，較之昔時衰弱殊多。但雖云衰弱，仍與他種勢力之合併可相伯仲也。

譬之私產神聖（Sacredness of private property）之信仰。私產乃實業時代以前個人或家庭各自能造生產物時傳下之一種遺產，明甚。在工業制度之下，一人決不能造無論何物之全部，僅能造其至小之一部分。故如是而云一人能得其自己勞力之生產權，殊為荒謬。譬一火車司機者，彼之職務為駛總路之貨車至支路，運貨中之何部分可云代表彼之勞力所生產者乎？此問題完全不能解決。是以欲求社會之公平而云各人應得其自己之所生產，實不可能。馬克思以前之社會主義者常欲以此治資本主義之不公，但其議均近乎空想，因不合於大規模之實業制業。（惟多數人對於判斷社會制度之基礎，乃在其與私產之關係。）

三

又有一事影響人民對於社會制度——無論理想的或真正的——天性之判斷，即此種社會制度能否與某種人以一理想中適合之事業是也。無論何人均不能推想少年時代之拿破侖能熱心作世界和平夢者，或工業家被勃脫勞（Samuel Butler）之"Erewhon"書中機器均不法之說而即能動心者。美術家亦然，如某種社會圖畫須先取悅於市政廳之制，彼亦必將感無興趣。惟如是，美術家乃多為社會主義之敵矣。科學家反對在十七世紀時強迫其不准演講抵牾宗教之制，俄羅斯之智識階級亦反對從馬克思之觀點以教其學校。彼常喜役人者（此種包括世界上大半有智力之人民），必不喜無政府主義，因在無政府主義之下，人人可為其所欲為也。彼等所以反抗現時之執政者，非圖根本廢除，不過欲以己之勢力代之而已。若人人可為其所欲為，則執政者將無所事事矣。

自他方面言之，安樂之人民必惡急性之制度。練兵與嚴厲之教育方法，必為彼等所反對。在歐戰期內，彼等名此種制度為「普魯士主義」（Prussi-anism）如其知俄羅斯之詳情，必將名之「鮑爾希維主義」矣。余自認對此甚表同情，而自余見世界上最安樂之國之中國後，余之同情心且日益增。但今日尚非一安樂時代，此乃吾人期望將來及後代之生命較現在為尤深切之一時代也。

四

又有一事於無形中影響人民對社會制度之判斷，即創造此種社會制度之事業能否與彼等合意是也。余恐革命黨常不能免此動機。革命黨中有仇惡占有階級較之親愛無產階級為尤烈者，更有一種人，其革命熱忱來自期望責罰中產階級之思想者。此種人在暴動之鼓吹者中可見之，因無暴動，則不能使其衝動滿足也。愛國主義與軍國主義亦有一相似之起源，與人戰爭或使人戰爭之思想為彼等所愉快，而愛國主義則尤自承為一專門產生戰爭之信條。雖然，余並非謂彼等之衝動乃來自其自知之信仰，余謂此種衝動乃來自其不自知之心理，且余尤主張使此種衝動之動作顯露，俾吾人可知其動作之如何，然後復令他人知之；因祕密與不自知之動力，常與正理背道而馳，無可討論，且使客觀者難以判斷也。

五

社會學著作家與政治理想家之判斷社會組織也，大抵有一普通之方法，即視此種社會組織能否造成一理想中之快樂模型是也。社會為各個分子所組成，無論其為善也，惡也，總必與分子之程度相合而後可。社會理想家每忘是理。彼等所理想之良好社會宛若本身自有其良好，而與人民之良好無關係焉者。彼等所謂良好社會不過以其能與彼等一美術上或道德上之滿意而已。吾人知上帝創造世界之時，亦必以世界為至美，但此不過從較高方面為美學上之推測，並非從世界上一班不幸者方面觀察也明甚。社會理想家亦然，彼等自以在理想中所創造之世界為至美，但不知設以己身親歷其境，其痛苦將何如也。無論何人如能隨時按中央之辦法，事事服從執政者之命一若宇宙之服從上帝，此種世界當然純美。理想家意中常以執政者自居，宜其思想之如是矣。

後進國內工業主義之信仰，尤以屬於此種為多；坐香蕉樹下而食落果且自以為樂之懶惰民族，定為信仰工業主義者所難堪。某種社會主義組織亦不免有此種缺點，彼等重於創造一合於理想之社會，而輕於創造一合於人民同情心之社會，多數之軍國主義亦屬此種，彼等見地圖上本國之顏色多即欣然色喜，見本國之土地被外國領土之侵入而分裂即爽然若失。此種重理想輕事實之習慣之所由發生，蓋皆因重觀察者個人之幻覺，而輕彼親受國家政府痛苦人民之經驗，有以致之；此實不良學說之一種強有力之來源也。不知欲為社會理想家，必應有一至簡單，而至重要之格言：其事維何？即國家者，乃人民居住之國家，而非僅書中所讀之國家，可使吾人立在山巔有憑空之想像是已。

前述數種判斷為社會方法，吾人均信其為誤，茲將吾人能同意之數種判斷方法論之。良好之社會有二要素：曰現時之安寧，曰前進之能力。此二要素不能常遇。有時現在無安寧之可言，而或能樹將來安寧之基礎。有時現在雖甚安寧，而將來或竟衰落。是以吾人必將此二要素分開，視吾人所認為應當存在者究為何種之社會。如社會動力學（Science of Social Dynamics）較發達而預言術（Art of prophecy）較不可靠者，則進步之要素當較現時之安寧為重要。但政治為非科學的，且社會之將來亦極難斷定，故某種現時之安寧較之某種無定之將來同為重要。雖某種無定之將來，如欲實現，必將較無論何物為重要，但以時間較長之故不得不如是以計之。「一鳥在手足抵二鳥之在林」，此於吾人尚不敢決定林間有鳥與否時為尤確也。今進論何者造成社會現時安寧之問題。

六

判斷社會現時之安寧問題，應避去二種相反之謬說。吾人可名之曰貴族者之謬說及旁觀者之謬說。旁觀者之謬說已論之矣。貴族者之謬說，則本少數享受特殊權利者之生活狀況以判斷社會是也。古時埃及與巴比侖賦與國王，貴族，及牧師以滿意之生活，但社會其餘之人大半均為奴隸或傭僕，困苦萬狀。現代資本主義賦與實業家以快樂之生活，使有冒險及創造之特權，但與大多數之工人，則僅機器中之某處而已，無其他可選擇也。彼等因受生活之壓迫而不能脫其監禁，其所能者惟有聯合罷工停止機器之一法，但此種舉動實含有立受飢餓之危險焉。

擁護資本制度之人，常誇言資本制度給與企業者之自由，但此即貴族者謬說之一例也。新進國中如合眾國，以前其人民往往僅見資本主義最好之處，南美則至今尚然。但在稍舊之各國，其利源已發達且人口眾多者，則職業自由之理想僅為少數人所夢及矣。合眾國早年時代之鐵路史，完全為一種急進冒險之事業。但今日英國之鐵路則反是，其資本大半均握在閨女孤兒之掌，監督者均為一班懶惰若死之貴族，其政策均襲自遺傳，絕不以冒險之計劃鼓勵新人物矣。此並不如皮毛觀察者之推測，因英美國民性之不同，實由古時地理與實業之各異而使然。但即就資本制度最好之處及四十年前之美國情形而言，成功者亦僅善冒險而不畏懼之「少數者」。凡僅適合此種「少數者」之社會，除非犯貴族者之謬說，斷不能稱之為滿意之社會也。

余恐社會主義者每犯此相同之謬說。彼等妄想在國家管理下開發實業，並自擬為國家管理中執政者之一分子，但並非為日常工人之一分子。在集權的官僚政治之國家社會主義之制度中，管理機器者除大宗財富外，實能兼現在實業家所有之各種利益而享受之。然財富之為物。在有力者視之，不過事業成功中最小之利益，僅能表示一種能力與勢力，及為博得大眾尊敬之工具而已。

但在國家社會主義之下，固不僅大實業家能享受例外之生活已也，所有之執政者亦莫不如是。彼坐在政府辦公室內之人，其生活較之礦工優厚多多。乃多數社會主義曾未聞有設法以救此種不平等者。實則資本主義所發達之實業機器，其不平等固較財富為尤甚也。此種不平等如不能補救，則社會主義之社會，其對於普通工人，決不能勝於現行之制度。但世之勞動政客與官僚主義者，每不能見及此點，因彼等皆自居為新組織之領袖或執政者，而非普通之工人也。其實，彼等對於所欲創造之社會，其判斷力已中貴族者謬說之毒矣。

或謂現社會上之罪惡宜逐一治之而非可一時除盡；或謂財富之不平等宜首先剷除，權力之不平等可待後再治，工作之不平等，則留於更後；或謂官僚的集權的國家社會主義為最要之第一步：此固各有可言之理，而非余之所欲抗辯。余所抗辯者，則認此種社會本身為良好之說也。

社會如不僅欲使一部分人享安寧，而欲使人人均享安寧者。則無論如何不能過分規律。執政者隨意用事，強以刑具刑法治人之社會，決非一良好之社會。人各有不同之需要，故政制之最要者在適合大眾之需要而無害於他人為至要。劫掠的衝動固當遏制，此種遏制之不足，實為近世最大罪惡之一。但遏制創造的衝動，其為害亦相等。此即吾人所謂遏制制度之危險也。軍械機器或實業機器其處人也相同，惟少數管理者得享特殊之權利，對於普通之工人殊無寬容之餘地焉。

七

社會制度最重要之要素，其惟人民之信仰乎。近五世紀之歐洲，在吾人所謂之文明上有非常之進步，但信仰心之衰弱亦隨之而日增。余並非指宗教之信仰（雖亦為其中之一分），余所指者，乃社會秩序所根據之假說的信仰，已衰弱矣。政權之來源，均成疑慮；遺傳之法制，均失其管理之權。歐戰與俄羅斯革命賜其餘之信仰一「最後之打擊」（Coup de grâce）。歐戰初，民治主義為一爭鬥之信條，人類幾若願為此而犧牲生命焉者。迨戰末，僅可憐之威爾遜總統獨宣傳其悲愴之福音，但世界則宛若無聞，依然如昔也。

欲保持社會秩序之存在，或須有某種不平等之必要，亦未可知。蓋在信仰時代，雖社會秩序使人類受痛苦，雖此種痛苦在後世人視之至為不幸，彼等始終信仰也。今則不然，彼信仰不平等之人乃自己受其幸福之人，即彼等亦自知其信仰為不純正，不過僅為一種自私心之結晶而已。但美國之大資本家則不能以此責之，隊秒數中非洲土人外，其質樸無華而不受新思潮之接觸，殆無有過於彼等者，故美國之商人至今仍極端的信仰資本制度。但他處之商人則僅希望資本制度之能與彼等同其壽命而已，否則除有充足之戰具，以死彼鼓吹好制度者之一法外，實無他可救也。

此不親切之信仰，實不足以造出快樂。資本家自以為反對俄國為神聖之戰爭，但此種試驗在歐洲殊為失敗。除資本家外，無論何人均不復能對於舊制度有信仰也。

舊式制度之不復能造出快樂，不僅親受其苦者覺得如此，更不僅被片服國與貧民覺生命之無趣，即西歐之小康階級亦不願作久居之想。人生無目的，彼等乃投入狂妄尋樂之一途。但快樂愈增，病苦乃愈甚。感覺上雖滿意，精神上仍飢餓。心靈上毫無安樂之感覺，惟有失望與空虛而已。

能醫治此種失望者僅一事，即信仰是也。人而不自覺其生命之重要，則將無快樂之可言。如其生活永為空虛之快樂所包圍，或痛苦至無盡期，則彼決不能了解人生之目的有價值，且永不能脫離失望。今日多數人對此失望均不自覺，惟其如是，故亦不能避免。譬如一鬼，常在人之肩後，人僅能聞其細聲之言語，但不能使其面面相見也。如面見矣，則此種失望定可免去，但此僅能為一種新信仰及代替尋樂之法而免去。雖此言不免陳舊，但余終不信一勉強之生存，對於無天職思想之個人或社會為可能也。

僅一種天職為今人所能承認而無所疑慮者，即人對於社會之天職是也。以前亦僅有上帝，國家，家庭等思想足以動人，但此時代今已過去。在昔戰爭之時，此種思想為年老首領用以遺少年互相作無謂之殘殺。其時少年均信戰爭為重要。但今則均已覺悟，自悔其錯。愈戰爭愈厭惡戰爭，其弊點彼得勝者已盡知之矣。

八

余今述良好社會所應有二種要素中之第二種。此種要素必為進步者，必為引入更好之一途者。根本之進步鮮有來自彼以現代社會制度為適合為安樂之人，譬如托辣斯之經理，吾人決不望其為新紀元之開闢者也。新組織必來自創造的人民，如美術家、科學家、思想家，彼等大半可為新組織之鑑定者。在商業主義勢力之下，人皆以生產方法之進步，機器之進步，以及交通之進步，為最要之進步。此在昔確然，因從前勞工之生產不足以供大眾滿意之生活也。但今則不然，人類於物質上既已有充足之貨物，則固可不必再供以過多之貨物矣。唯此競爭市場之商業主義，加之以富者之奢華，乃使人僅視貨物之數量為重要。今吾人既已能使物質之來源足供大眾之足夠及安樂，故今日最要者並不在求實業生產上之進步，乃在求思想上之進步。人每希望將從事於產生奢華與軍事上之精力，用之於追求學問與修美生命之上，將實業紀元前少數人享受之美術的優美，追回為今日之大眾所享用。如此事而能實現，則創造的人民如科學家、美術家等，必能享自由，彼等必不為國家官吏所管理，且決不願作迎合現時偏見之工作矣。人無自由，則少年亦易於頹唐。革新之起初均為多數人所不喜，但無革新則社會不能有進步也。凡一才能優異之人，如彼等之工作為創造者而非劫掠者，則必當與之以自由，此乃任何社會進步中最要之條件也。

執政者每有自以為上帝萬能，自以為在各種新思想方面能判斷社會善惡之傾向。此種傾向其為危險，尤在共產主義較初之時，因執政者希望較昔有權也。此種危險如承認創造的工作為重要，承認最好之創造的工作必不為一時所讚美，即可解決。美術家與科學家非必欲得其工作之報酬，因彼等之作工，盡出於自願也。但彼等必欲得其工作之自由，必欲得其能使工作著名之自由，譬一科學家，應有自由印刷其著作之權，固不必先經官吏之目而後可也。

今日之世界，乃一充滿希望與快樂之世界也。吾人必求創造，非僅專求遏制人類罪惡的衝動而已。罪惡的衝動固所必禁，而尤應在過渡時代當此種衝動強盛之時禁之。但此僅為吾人工作中附屬之一部分，並非其完全之目的。改進較好世界之最大目的，即為創造衝動之自由，如是則人類能自其中造一較樂之生活，遠勝於今日野蠻爭鬥，奪人所欲之時代矣。而吾人之所當努力者，則使世人皆得享受物質方面之幸福，使其意志自由，用其暇時，以從事於創造人生光榮之事業也。

（原刊《東方雜誌》一九二二年第十九卷十八期）

評合作運動

朱樸

合作運動乃一種有組織之潛力。自有史以來，世上所發現之各種社會運動，其在精神上與實力上有如合作運動若是之偉大者，殊不多見。其產生之時日尚不及一長壽之人，而其勢力則已蔓延於世界各處。歐洲戶口全數三分之一已加入此種運動——在丹麥及瑞士等國有一半以上之人口為合作社社員，在俄國幾達人口之全數。——各種為生活上所必需之實業均已有採用合作制度者：在英國及德國，其最大之分配事業即由合作社所經營，其最大之工廠均隸屬於批發合作社。歐洲各處之煤礦、輪船、電話、道路、建築，以及農業，採行合作制度者甚多。格蘭斯登（W. E. Gladstone）云：「今世無論何種社會運動，其功績殆無一足與合作運動相頡頏者。」[1] 馬雪兒（A. Marshall）云：「合作乃世界歷史上之唯一偉業也。」[2]

將合作運動僅視為一種慈善事業或儉節制度，實為最荒謬之觀念。當代法國大經濟學家季特（C. Gide）嘗云：「合作與互助之區別何在？合作之目的是否在適應某種慾望之滿足

1 見Emerson P. Harris: "Co-operation," 頁九二。
2 見Emerson P. Harris: "Co-operation," 頁九三。

如濟貧養老恤死撫亡等乎？合作與互助確相伯仲，二者均由「互助」（Mutual Aid）與「聯帶」（Solidarity）觀念上發生；惟其特點則大異。互助社（Mutual Aid Societies）之目的在與恫嚇人類生命之各種危險宣戰——如疾病老年與死亡，此為一種慈善性質，故前有『友愛』（Brotherhood）之稱。至合作社之目的，則在以新經濟方法供給人生日用之需要，故此字在經濟學上之真意義含有『營業』（Business）性質。」[3]但在實際上合作運動不僅具營業上之機能而已，尚有其他更重要之責任在焉。

當歐戰開始時，歐洲即發生糧食缺乏恐慌。各種糧食品之價格，頓時猛漲，英國批發合作社（C. W. S.）於是召集緊急會議，發出通告，令各合作社一律平價出售，不移時各社均遵照而行，普通商店白糖每磅售一角二分，而同時同地之合作社僅售五分，結果人民群相加入合作社，倫敦某合作社於一日上午間加入達三百人，餘可想見矣。[4]俄李寧初勝時，曾極力反對合作運動，以武力取締合作社，但後以經營收沒資本家之種種工業失敗，始悟合作社之功，由是將多數工業均交與合作社經營，並云：「余之性情極難與反對方面調和，但今竟與合作者調和矣。」[5]他如愛爾蘭及丹麥之農業再造，任何人皆知其為合作之功績。是合作運動除商業之機能外，尚有極重大之政治上與經濟上之責任在也。

3 見Charles Gide: "Consumers'Co-operative Societies," 頁四。
4 見Albert Sonnichsen: "Consumer's Co-opeartion," 頁一二二。
5 見Albeit Sonnichsen: "Consumer's Co-operation," 頁一四一、一四二。

不寧唯是，合作運動尚有倫理的與教育的責任。在今日之社會中，凡百事物，鮮有不帶虛偽欺詐之色彩者。即就商業而言，貨物品質之變造也，數量之虛報也，不誠實之廣告也，無一不暴露其欺詐虛偽之行為；但消費者為謀其自身之利益而互相結合，則此種弊端當然能滌除無遺。更有進者，近世商業制度中最惡毒者，莫過於引誘顧客實行賒欠，使其——尤其是勞動者——染濫用之惡習，墮入債務之苦厄，無形中受莫大之損失。此在合作制度下能完全廢除。其次，合作制度又能使一般小生計人民受相當之教育；任何合作社無有不以教育為其目的之一者。普通合作社大都提出利益之一部分以為辦教育之用，各國合作聯合會且有專一之教育委員會，俄國設有合作大學，英國合作聯合會於牛津（Oxford）、康橋（Cambridge）、愛丁堡（Edinburgh）等大學中設立優待生額，以獎勵合作工人之子弟。其他如建設圖書館戲園及一切關於啟發社員之智德體三育事業，亦日趨發達。比利時之「平民院」（Maison du peuple），即其例也。至合作社自身則為一養成自治精神與訓練經營偉大經濟事業能力之組織，其一切平等博愛互助諸美德，對於社會俱有特殊之功效；證諸事實，已屢見不鮮。故合作運動又不僅在政治上經濟上佔有極重要之地位，其在道德上及智慧上之功效，亦復不淺也。

合作運動之價值止於此乎？曰否，彼尚具有偉大之價值，即其絕對的德謨克拉西之特質是也。德謨克拉西之最簡單意義即「人民自有其權力」（The people have the power）。十九世紀以來，世上之各種組織，均逐漸由專制而進為德謨克拉西矣，惟工業制度則依然如舊，純粹為專制性質。試觀縱橫密佈之工業組織，無論其為工廠、鐵路、銀行，以及批發零售等，其實權俱集中在少數者之手中。故製造一種商品，其方式、限制、成本，以及售價等等，製造者及購買者均無權過問，一切須受僱主或資本家之指揮。欲謀補救現代工業制度之缺點，惟有從少數以牟利為目的之資本家手中收回其制裁工業之權力；但並非如工團主義之將制裁工業權託付於勞工生產者，是吾人所不可不知者也。蓋凡一種工業制度，其最後之制裁權落於少數資本家之手中，固不能有真正的德謨克拉西，然其權落於勞工生產者之手中，亦決無真正之德謨克拉西，因勞工生產者決不能代表全體社會也。足以為全體社會之代表者惟有消費者。合作運動即為消費者一手所創造，以消費者之利益為主，其組織及制裁權復均握諸於消費者之手中，則工業組織自能趨於德謨克拉西矣。

反對合作主義者每謂近代合作運動已漸趨於資本主義化之一途，其最普通之證據即合作運動現所積聚之巨大資本足以使其為資本主義化。此種議論，殊不足以成立。蓋資本為工業上所必需之物，實際上並無罪惡之可言。其所以成為殘酷之資本制度者，實由少數人集中資本以壟斷全社會之生產力，使多數之民眾悉聽其指揮而為其奴隸，有以致之也。倘使資本處於適當制裁之下，毋使擁有資本者損害社會他部之利益，則其結果未有不佳者。合作者常謂資本乃吾人所必需，惟吾人須為其主人而毋為其奴隸，故合作社之社員無論其擁有一股十股或百股，其管理權固只有一票也。總之，資本主義之工業制裁全權僅賦與社會中極小部分之人，合作主義之工業制裁全權則在社會全體之手中也。

復次，反對合作主義者謂合作社與平常股份公司無異，其目的在掠取消費紅利，此更為無識之談。合作社確為一有限股份公司，且亦有紅利可享，惟與資本制度之分紅在根本上完全不同。蓋合作社所得之盈餘乃完全出自消費者之自身，至普通合股公司所得之紅利則完全剝自他人也。

合作運動淵源於勞動階級，即至今其在精神上及實力上亦以勞動階級為基礎。至富裕階級，則罕有代表在內。[6]或謂富裕階級之所以不加入合作社者，以合作社所供給之物品非其所需之故；此說殊非事實。合作工業出品與非合作工業出品在實際上並無大異，其所以僅供給勞動階級所需者，乃因社員大多數為勞動階級之故；如富裕階級亦加入合作社，則合作社自亦必應彼等之要求、而無所或偏。良以合作主義乃以消費而生產，非如資本主義之以牟利而生產也。不過富裕階級大半均未感受生活上之痛苦，更加之社會上之階級心理未除，此則為其加入合作運動之最大阻力耳。

但此猶無足輕重焉，最可惜者即最貧苦階級亦不能加入合作運動也。彼等所處之境遇至為困苦，所入只能供一糊口生活（Bare Subsistence），無餘力足以經營合作社。加之彼等慣於賒欠，且職業無常，住所無定，故對於合作運動俱裹足不前。補救此種缺點之最要方法有二：（一）廢除入社費；（二）貨品價格減至最低限度。

[6] 至倫敦市政商店（Civil Service Store）及軍人商店（Army and Navy Store）等則不能謂之真正的合作社，其最顯之證據即其所付之股息有時竟超過其股額，蓋其目的在牟利也。

合作事業於興辦之初，不無困難。故主持其事者至少須注意下列二大點：

（一）對於主義須抱有絕對的信仰也

合作事業為人的結合，故各人對於主義非抱有絕對的信仰不可。哈列斯（E. P. Harris）有云：「合作為一種主義，真正之合作社乃由信仰該主義者所組成。凡欲成為一合作者，須確信合作之原理及方法為有益於個人及社會，而抱非提倡不可之決心。……若當組織一合作社之時，徒因一時之興奮，慨然認股，則結果必致如一盤散沙，毫不堅固，一遇困難，立即失敗也。」[7]旨哉言乎！

（二）對於社務須具有犧牲的精神也

合作事業之目的並非在牟利，故辦事人對於社務非具有犧牲的精神不可。前英國批發合作社經理密企爾先生（J. T. Mitchell）領極小之薪俸而旦夕勤勞於社務，美國經濟學者勃魯克斯（Graham Brooks）詢其何以自甘如斯，答云：「我得諸同志之尊敬；我有極大之權力；我對於合作主義有極大之信仰；凡此足使我滿意矣。」[8]其熱忱有如斯者！

他如合作社之職員須具有高尚之人格及管理上與營業上之經驗等等，亦皆非常重要，當一一特別注意者也。

記者對於合作運動之批判，略如上述；其他關於合作運動之歷史及其現狀等等，則非本

7 見Emerson, P. Harris: "Co-operation," 頁一四五。

8 見Charles Gide: "Consumers' Co-operative Societies," 頁六。

篇範圍所宜涉及。最好請讀者參閱去年本誌第四、五兩期余友孫錫麒君所撰之〈消費者之希望〉一文，當能窺其大概也。

（原刊《東方雜誌》一九二三年第二十卷第五號）

國際合作運動

朱樸

一九二八年冬參觀日內瓦國際勞工局合作部（Le Service de la Coopération du Bureau International du Travail），一九二九年春參觀倫敦國際合作聯盟會（The International Co-operative Alliance），俱蒙贈關於各國之合作報告甚多；因摘述而成斯篇，俾國人讀此能略窺國際合作運動之大概焉。

一九二九年國際合作日識於巴黎。[1]

季特教授（Prof. Charles Gide）嘗語余曰：「近世社會運動中最驚奇最有成績而又最為人所忽視者，當莫過於合作運動。」是語蓋甚精確。合作運動發源於英國，距今不過百年。初僅為羅勃渦文（Robert Owen，一七七一——一八五八）之一種高尚的理想，屢經嘗

1 國際合作聯盟會於一九二一年八月在瑞士巴塞爾舉行第十次國際合作大會之後，定名每年七月之第一個星期六為「國際合作日」（The International Co-operative Day）。是日全球凡有合作社之地俱舉行慶祝及宣傳，年年熱鬧異常。

試，俱告失敗，直至一八四四年方有羅虛戴爾公平先鋒社（The Rochdale Society of Equitable Pioneers）之成功。但其規模亦至為簡陋，[2]當時夫孰能料及今日在世界上有如是偉大之成績哉！

據國際合作聯盟會祕書長梅靄氏（H. J. May）最近之報告：[3]該會現共有會員三十七國，代表合作社十六萬九千所，社員五千二百萬名——亦即戶（如平均每戶以四口計，則有二萬萬餘人）。資本金八四〇、〇〇〇、〇〇〇鎊，營業年額四、六二二、〇〇〇、〇〇〇鎊，其數目殊足驚人。（國際合作聯盟會之會員大多為有消費合作團體，並不足以代表各該國之全體。）三十七國之國名如下：（依英文字母之次序排列之）

（一）阿根廷	（二）奧地利	（三）比利時
（四）保加利亞	（五）加拿大	（六）捷克斯洛伐克
（七）丹麥	（八）愛沙尼亞	（九）芬蘭
（十）法蘭西	（十一）德意志	（十二）大不列顛
（十三）荷蘭	（十四）匈牙利	（十五）冰島

2 羅虛戴爾公平先鋒社之創始者為紡織工二十八名，各出資金一鎊。

3 本年五月二十至二十三日全英第六十一次合作大會在託圭（Torquny）舉行，由梅靄主席，其演說辭中曾引及國際合作運動，原文載於五月二十五日曼卻斯德之"The Co-operative News"。此次大會除其本國各合作機關代表出席外，並到外國代表甚多——如法，比，德，俄，挪威，瑞典，波蘭，捷克斯拉夫等。著者以其時適臥病倫敦，不克前往，特致電賀之；同日之"The Co-operative News"曾載及此。

（十六）印度	（十七）日本	（十八）萊多維亞
（十九）立陶宛	（二十）墨西哥	（二十一）挪威
（二十二）波斯	（二十三）波蘭	（二十四）葡萄牙
（二十五）羅馬尼亞	（二十六）巴力斯坦	（二十七）西班牙
（二十八）瑞典	（二十九）瑞士	（三十）美利堅
（三十一）蘇俄[4]	（三十二）白俄	（三十三）烏克蘭
（三十四）亞美尼亞	（三十五）喬治亞	（三十六）阿才培疆
（三十七）南斯拉夫		

此外復有已失去會員資格之意大利，及完全尚未加入之阿爾及利亞，阿根廷，巴西，智利，中國，丹齊，埃及，盧森堡，新西蘭，南非洲，突尼斯，烏拉圭等，[5]所有一切統計，俱未列入。是以今日合作運動已滿播於五大洲，其空前之成功殆已為不可掩之事實。

合作事業之範圍甚廣，種類繁多，頗難一一敘述。茲舉其最重要之消費、生產、農業、信用四種述之。

---

[4] 蘇俄，白俄，烏克蘭，亞美尼亞，喬治亞及阿才培疆分作六國或併作「蘇聯」一國，均同。

[5] 見國際勞工局一九二七年出版之“Organisations Coopératives”），英國合作聯合會今年出版之“The People's Year Book”，及國際合作聯盟會今年六月份“The Review of International Co-operation”中之拙著“The Co-operative Movement in China”篇。

據國際合作聯盟會一九二七年底所編之三十三國合作統計表中所報告，此四種中以消費合作為最發達，農業合作、信用合作、生產合作各次之。該會會員總數中計消費合作社員占百分之六〇・〇七，農業合作社員占百分之二一・四九，信用合作社員占百分之一六・九五，生產合作社員占百分之〇・三四，其他各種合作社員占百分之〇・一五。茲各錄其總數並按其全國人口之比例製表如左：

消費合作

國名	合作社員數	全國人口比例
蘇聯	二〇、四九一、八〇一	一三・九
大不列顛	五、五七九、〇三八	一二・五
芬蘭	四一一、三八五	一一・五
匈牙利	八三八、〇九三	十・五
丹麥	三三一、五〇〇	九・七
瑞士	三四七、三八六	八・七
冰島	六、五四三	六・九
瑞典	三六五、八九四	六・〇
愛沙尼亞	五五、三二八	五・〇

國名	合作社員數	全國人口比例
德意志	二、九〇九、九六九	四・六
捷克斯洛伐克	六一五、九九〇	四・三
比利時	三三七、八五四	四・二
奧地利	二五三、五六七	三・九
挪威	十〇、四三八	三・六
萊多維亞	六一、一六一	三・二
立陶宛	五四、三七四	二・四
荷蘭	一七七、七一三	二・三
波蘭	四一二、八三三	一・九
羅馬尼亞	一九一、六六二	一・一
保加利亞	四六、五六八	〇・九
日本	一一九、九四六	〇・二
加拿大	八、九一四	〇・一
西班牙	二六、七四一	〇・一
南斯拉夫	一七、七五四	〇・一
美利堅	七七、八二六	—
阿根廷	七、六七七	—
墨西哥	四、八〇〇	—

農業合作

國名	合作社員數	全國人口比例
丹麥	四六四、三三〇	一三・五
蘇聯	九、四六八、二〇〇	六・四
芬蘭	九八、七一六	二・五
法蘭西	一、〇〇〇、〇〇〇	二・五
波蘭	三九四、八七六	一・四
南斯拉夫	一六一、〇四九	一・三
巴力斯坦	八、八八二	一・一
冰島	五三九	〇・六
加拿大	三五、〇〇〇	〇・四
萊多維亞	二、八一二	〇・二
捷克斯洛伐克	八、三九七	—
羅馬尼亞	一、二三九	—
奧地利	二九八	—

信用合作

國名	合作社員數	全國人口比例
日本	三、六三五、七四八	五・六
萊多維亞	十三、八二八	五・五
羅馬尼亞	九五二、九九七	五・五
愛沙尼亞	五三、四八六	四・八
芬蘭	一一九、八一四	三・四
保加利亞	一六二、四三四	二・九
蘇聯	三、三七八、五〇〇	二・三
南斯拉夫	二七〇、五六六	二・二
奧地利	四〇、七八七	〇・六
巴力斯坦	三、二〇九	〇・四
波蘭	四八、九〇八	〇・二
捷克斯洛伐克	八、四四二	——

生產合作

國名	合作社員數	全國人口比例
羅馬尼亞	七六、七一四	〇・四
捷克斯洛伐克	一六、四〇五	〇・一
大不列顛	五三、二一七	〇・一
巴力斯坦	七一一	——
比利時	五、七〇八	——
南斯拉夫	五、六三〇	——
法蘭西	八、四〇八	——
奧地利	九八四	——
德意志	六、七〇〇	——
波蘭	四〇四	——
西班牙	八〇	——

上表俱係根據國際合作聯盟會之統計而製，頗不完全（例如德意志之農業合作及信用合作俱極發達，而竟未列入）。是以只能視為一種「勉強的參考」，藉窺國際合作運動之大概

而已。惟關於人口比例，則係根據今年“The Statesman’s Year Book”中之各國人口統計而製，敢信無誤也。

此外各國對於合作宣傳，俱極注重。據余一年來調查所得，僅合作定期刊物，計有三百餘種。列表如左：

國名	定期刊物數	註
阿根廷	一三	銷數最多者為“La Cooperacion Libre”（月刊）每期達六千六百。
澳大利亞	一	“The Co-operative News”（月刊）
奧地利	一	“Der freie Genossenschafter”（月刊）每期銷七萬。
比利時	八	銷數最多者為“Bulletin de l’Union Coopérative”（半月刊）及“Kooperatie”（半月刊）。前者達五萬一千，後者達三萬五千。
保加里亞	七	銷數最多者為“Le Cooperateur”（週刊）每期達四千。
加拿大	一	“The Canadian Co-operator”（月刊）
中國	二	《合作週刊》及《合作月刊》。
捷克斯洛伐克	二六	銷數最多者為“Konsumgen- ossenschaftliches Fami-lienblatt”（月刊），每期達十一萬一千。
丹麥	二	“Andelsbladet”（週刊）及“Kooperationen”（月刊）。前者銷一萬八千，後者銷一千二百。

國名	定期刊物數	註
愛沙尼亞	二	“Uhistegelised Undised”（週刊）及“Uhistegevusleht”（月刊）。前者銷七千，後者銷二千五百。
芬蘭	十	銷數最多者為“Yhteishyva”（週刊）及“Kuluttajain Lehti”（半月刊）。前者達十二萬，後者達十萬。
法蘭西	三一	銷數最多者為“Action Coopérative”（週刊），每期達八萬。名聲最著為季特教授主編之“L'Émancipation”（月刊），每期銷一千五百。
德意志	二八	銷數最多者為“Konsumgenossenschaftliches Volksblatt”（半月刊），每期達九十一萬。資格最老者為“Blättor für Genossenschaftswesen”（週刊），創始於一八五四年。
大不列顛	四二	銷數最多者為“The Wheatsheaf”（月刊）及“The Co-operative News”（週刊）。前者達六十九萬五千，後者達八萬五千。
荷蘭	八	銷數最多者為“De Verbruiker”（週刊），每期達七萬八千。
匈牙利	一二	銷數最多者為“Magyar Köztisztviselök Fogyasztasi Szövetkezete Ertesitoje”（月刊），每期達三萬五千。
印度	九	銷數最多者為“Sahakari Mitra”（月刊），每期達一千五百。
意大利	一	“La Cooperozlone Italiana”
日本	二	“Ihe no Hikari”（月刊）及“Sangiokumiai”（月刊）。前者銷一萬七千，後者銷一萬四千。
萊多維亞	二	“Kopdarbiba”（月刊）及“Kooperators”（月刊）。前者銷一千四百，後者銷一千二百。

國名	定期刊物數	註
立陶宛	二	“Dienos Repesciai”（半月刊）及“Talka”（週刊）。前者銷一萬，後者銷三千。
挪威	二	“Kooperatoren”（月刊）及“Samvirke”（半月刊）。前者銷八萬四千，後者銷三萬五千。
波蘭	九	最著名者為“Rzeczpospolita Spoldzielcza”（月刊）。
羅馬尼亞	四	銷數最多者為“Szövelkézes”（週刊），每期達七千八百。
西班牙	三	銷數最多者為“Accion Cooperatista”（週刊），每期達六千五百。
瑞典	二	“Konsumentbladet”（週刊）及“Kooperatören”（半月刊）。前者銷二十四萬，後者銷四千。
瑞士	一三	銷數最多者為“Genossenschaftliches Volksblatt”（週刊），每期達十萬八千。
蘇聯	一一八	銷數最多者為“Kustar i Artel”（週刊），每期達七萬。
美利堅	五	銷數最多者為“The Home Co-operator”（月刊）及“Co-operation”（月刊）。前者達三千五百，後者達二千。
國際合作聯盟會	一	“Review of International Co-operation”
國際勞工局合作部	一	“Co-operative Information”

復次，各國之合作教育，亦極發達。蘇聯去年（一九二八）僅五十九處消費合作社所舉辦之學校，有五百二十所，入校之「合作者」數達五萬。大不列顛之合作社每年用於教

育之經費達二十二萬鎊，曼卻斯德之合作學院（Co-operative College）中並有印度、埃及、日本、丹麥、法蘭西等國之學生甚多。（著者於去年底曾經參觀之。）餘如法蘭西、比利時、德意志等國之大學中，俱設有合作專科。國際合作聯盟會每年暑期復有國際合作學校（International Co-operation School）之設，學員由各國合作聯合會選送，俱係高級人才，今年自七月十三至二十七日在海牙舉行。

綜上所述，吾人可知合作運動之過去實已在經濟史上闢一新紀元，而其將來尤未可限量。所以能致此者，一言蔽之，合作運動能以自然的和平的方法消滅階級而達經濟革命之目的而已。是以合作主義今日已成為天之驕子。在資本主義之大不列顛，合作事業有深固之基礎。在共產主義之蘇聯，合作事業有偉大之成績。甚至在法西斯主義之意大利，合作事業亦有蒸蒸日上之勢。惟背景不同，解釋各異，互相攻擊，真偽莫辨。[6]蓋亦猶我國之三民主義，無論革命者或反革命者，俱欲攫以為號召也。究竟孰是孰非，著者不學，不敢妄加評斷。惟平心而論，國際合作聯盟會既屢以合作運動應嚴守政治的中立為聲明，則大不列顛之合作黨（Co-operative Party）擁護工黨，從事競選活動，無論其宣言如何冠冕堂皇，[7]似不

6 國際合作聯盟會中之會員大多——尤其是英法二國攻擊蘇聯合作者借從事合作之名，行宣傳共產之實。蘇聯合作者則痛罵國際合作聯盟會中之領袖人物如季特、陶默（Albert Thomas）、梅靄等為帝國主義資本主義之走狗。同時雙方對於意大利法西斯主義化之合作運動，亦俱攻擊甚力。

7 此次英國合作黨在托圭合作大會宣言擁護工黨，謂純係保護自身（即合作社）之利益起見，並痛詆保守黨政府之輕視合作運動。

能逃不能嚴守政治的中立之譏。（國際合作聯盟會之聲明是否合理，他日當另文評之。）至蘇聯合作者強執合作運動純為代表無產階級利益之理論，亦未免太形牽強。至慕沙里尼去年在羅馬之合作展覽會演說，謂：「合作主義與法西斯主義乃一而二、二而一者也」云云，則更荒謬可笑，離合作之真諦不止十萬八千里矣！

著者作此文既竟，復見七月十八日巴黎出版之"Chicago Daily Tribune"上載有十七日之華盛頓專電，略謂：「荷佛政府已定提倡農業合作事業為實施農業救濟政策之第一步」云云。以世界富翁之美利堅尚須借重合作，則合作之時髦益可見矣。

（原載於《東方雜誌》一九二九年第二十六卷第十九號）

自治期間合作運動之重要
——致汪精衛先生書

朱樸

精衛先生：

竊以當茲樹立民主政治基礎之始，有一事最不可忽者，此事為何？即提倡合作運動是也。關於此點，上月二十九日樸曾草〈地方自治與合作運動〉一文載於《南華日報》稍有論述，未知曾蒙鑑及否？地方自治之有賴於合作事業，總理遺教〈地方自治開始實行法〉一文中已有述及，其先知先覺殊足欽仰！良以地方自治之目的，不僅在解決民權問題；尤其在解決民生問題，而欲求此目的之完全實現，則舍提倡合作運動外其道末由，因合作運動乃兼具此兩種功效者也。至合作運動為組織民眾訓練民眾之最好工具，則尤屬顯而易見無待贅述。

抑有進者，合作運動之真正的價值及根本的精神，不僅如上述而已，猶有更大更遠者在焉。合作運動之產生，距今不過百年，初不為人所重視，但降至今日，則其勢已蔓延於世界各處，為無論何種社會運動所望塵莫及，此何故歟！則以其有下列之二大特點：

（一）廢除利潤：資本主義的經濟制度之所以形成，乃由於萬惡之源的利潤合作主義的經濟制度，使生產者與消費者間的關係由間接而化為直接，於是非法利潤無由產生，資本主義不打自倒。

（二）消滅階級：共產主義的經濟制度之唯一根據，乃在於階級鬥爭的謬論；合作主義的經濟制度，將消費者代表社會全體，因凡屬人類莫非消費者。於是階級謬論無從成立；共產主義根本消滅。

合作主義的哲學，是「各個為全體，全體為各個」，以「自助」與「互助」替代資本主義之「自由競爭」，與共產主義之「階級鬥爭」，實為一種完全合乎民主主義的經濟理論，而在經濟史上闢一新紀元。

竊以理想中國之經濟制度，必非資本主義的經濟制度；尤非共產主義的經濟制度，而為民主主義的經濟制度——亦即三民主義的經濟制度無疑。欲求此目的之實現，則唯有提倡合作運動。合作運動，今日在世界上之勢力，雖似已雄偉無比，但實際上距理想尚遠。因世界上除丹麥一國外，尚甚少能識合作之真價值，及其真力量者。試觀今日，無論資本主義的國家，或共產主義的國家，固無不提倡合作運動也。但究其實際，則不過用以濟資本制度，或共產制度之窮而已。並非用以整個的替代資本制度或共產制度，則顯然也。因缺乏此種根本的認識，於是合作功效的表現，遂微乎其微。但即此所謂微乎其微的表現，已足令世人不勝驚嘆！

據樸前年在倫敦國際合作聯盟會之調查，該會共已有會員三十七國代表，合作社十六萬九千所，社員五千二百萬名——亦即戶（如平均每戶以四口計，則有二萬萬餘人）資本金八四〇、〇〇〇、〇〇〇鎊，營業年額四，六二二、〇〇〇、〇〇〇鎊。而非會員，如意大利、阿爾及尼亞、阿根廷、巴西、智利、丹齊、埃及、盧森壁、新西蘭、南非洲、突尼斯、烏拉圭，及我國等之統計，尚未列入焉。然則如世界各國，俱能澈底認識合作運動之真價值及其真力量，而大規模的提倡者，則其造就將如何耶?!我國最先鼓吹合作主義者，為故薛仙舟先生（一八七八年—一九二七年）彼即為主張「中國對於合作主義，要認明他的真意義與重要處，深信他有改造社會的力量，應該以國家的權力，用大規模的計劃去促成全國合作化，實現全國合作共和而為世界倡」之一人。（見薛仙舟遺著〈實現民生主義的根本計劃〉篇）薛先生之計劃為：（一）組織一全國合作社；（二）開辦一合作訓練院；（三）設立一全國合作銀行。其方法雖或有可以變更之處，但其原則，實為樸所非常服膺者！我國合作事業之發端，始於民國八年（一九一九）上海之國民合作儲蓄銀行，十餘年來雖全國合作事業並無驚人之發展，但亦不無相當成績之可言。此種成績，以農村方面最為顯著，此在華北與江南各省彰彰可見者。果政府能具有一定之計劃，予以充分之提倡者？則理想之成績，必較今日所得者萬倍可斷言也。

總理遺教〈民生主義〉一章中，亦盛稱合作運動，其言曰：「照歐美近幾十年來社會上進化的事實看，最好的是分配之社會化」，復曰「社會之所以進化，是由於社會上大多數的經濟利益相調和，不是由於社會上大多數的利益有衝突」，可以概見。是以合作運動在中國之應提倡，萬無疑義。惟竊以於提倡之先，須對於合作主義之真意義有根本之認識。換言之，中國之所以提倡合作主義，其唯一之目的，為避免資本主義的經濟制度，或共產主義的經濟制度，而實現民主主義的經濟制度，——亦即三民主義的經濟制度，並非盲從各國之不過用以濟資本制度，或共產制度之窮而已。進言之，吾人應認清合作運動，足以改造社會之全體，並非僅一部分而已。此為一基本觀念，提倡合作運動者所不容忽視者也。

吾人既具此基本觀念之後，則知我國之提倡合作運動，應由政府以全力行之。如是則將來所得之成績，必可為世界冠，否則，若人云亦云，徒事摹倣，則事實上雖固亦能獲得相當之效果，但距理想則遠矣。

樸深信欲謀三民主義的經濟制度——即民主主義的經濟制度之最後實現，則最澈底之方法，實莫過於提倡合作運動。樸具此觀念為時已久，自十七年奉二屆中央執行委員會民眾訓練委員會之命，前往歐洲各國考察合作事業後，觀察所得益堅所信。茲以國民政府決議實行舉辦地方自治，以樹立民主政治之基礎，感想所及遂自忘譾陋，冒昧陳述，以冀於先生籌劃大政裁決方針之時，或足勉供採擇之助。區區微忱，幸垂鑑焉。專肅；順頌

黨祺！

朱樸。七月一日

（原刊於《中央導報》一九三一年第七期）

丹麥印象記

朱樸

自離開中國，到了歐洲丹麥京城，不覺已兩個多月，這兩個多月我所得的，較之過去兩年多在中國的所得，至少可說多十倍。「百聞不如一見」，這句話真是千真萬確。我在中國時對於凡是有關丹麥的中西書籍，大略都瀏覽過，所以，可說神往已久。但，如果不親來此地，只憑書本子上所見的而臆想一切，終嫌不夠的。

固然，到了丹麥不過兩個多月就寫印象記似乎未免稍早一點；可是我目前提起筆來，已有好像一部二十四史不知從何說起之感。現在，我姑且隨述所感，作一個不完全的記載罷。

不見乞丐

到了丹麥兩個多月後，我的第一個印象——也可以說是最深刻的印象——是：我沒有看見全國境內有一個乞丐！不要提起五個月以前我在國內杭州靈隱寺前被成群結隊的乞丐們所包圍的故事了，我且說一說兩個多月前在世界第一富強帝國英京倫敦的故事罷。我在倫敦的時候，起初住在皇家飯店（Royal Hotel）。這個飯店雖不算十分華貴，但也有七百七十七個房間，不能算小。地點也還適中，並非卑僻之區。可是我每天早晨的好夢，常為沿街乞丐先生的手拉風琴所驚醒。後來我沒有辦法，只能遷到張向華先生的私寓去寄宿。但是一路去的各地道車站的門口，時常會遇到大批音樂隊員（即乞丐）高奏其悲壯悽涼之名曲。此外大小各街上復有瞎的、聾的、寫字的、畫圖的，形形色色，無所不備；總其目的，不過為一個便士而已！

「朱門酒肉臭，路有凍死骨。」恐怕今日世界上除了丹麥外，沒有一國不是如此的罷！丹麥何以能夠獨勝他國呢？這不是無因的。最大的原因是丹麥並不像世界上其他各國天天在爭鬧著分配不均問題，丹麥全國人民貧富的程度相差極微，既沒有「巨富」，也很少「赤貧。」此外丹麥全國有一千六百五十個「救病所」，去年領取恤金的「老年者」有九萬九千八百人，領取卹金的「無力謀生者」有二萬九千人。

據一九三一年的統計。中央政府資助「救病所」的救濟費為一千一百萬克郎（目前每克郎市價約合華幣大洋七角左右），資助「老年者」的救濟費為三千五百萬克郎，資助「無力謀生者」的救濟費為五百三十萬克郎。自一九三二年至一九三三年間，中央政府資助「失業者」的救濟費為三千九百萬克郎，地方政府資助二千九百萬克郎，僱主方面資助四百萬克郎。此外政府對於寡婦孤兒等等，亦都訂有專律救濟，姑不詳述。

合作國家

丹麥之所以能夠解決分配問題，蓋大半得力於合作運動。丹麥人民十九為合作社的社員，所以有「合作國家」之稱，這差不多是舉世皆知的。丹麥是一個很小的國家，其面積不過一萬六千五百七十六方哩，尚不及我國最小省份浙江之半（按：浙江的面積為三萬六千六百八十方哩）。其人口不過三百五十五萬零六百五十六人，尚不及我國最少省份甘肅之半（按：甘肅的人口為七百四十二萬二千八百一十八人）。但其農業產品的富足，則為世界上任何國所不及。據一九三一年的統計，丹麥全國共有小麥田二十五萬九千英畝，出產品達二十七萬三千六百噸。黑麥田三十三萬二千一百英畝，出產品達二十一萬三千五百噸。大麥田八十八萬八千六百英畝，出產品達九十五萬七千四百噸。雀麥田九十三萬六千八百英畝，出產品達九十三萬五千五百噸。雜穀田七十八萬零六百英畝，出產品達七十四萬零三百噸。番薯田十五萬六千四百英畝，出產品達八十七萬七千三百噸。據一九三三年的統計，丹麥全國共有雞二千六百六十三萬八千隻，豬四百四十七萬六千隻，牛三百十八萬五千頭，馬五十二萬匹，羊十七萬九千頭。

丹麥最著名的出產品是牛油、醃肉與雞蛋三項，其銷路最廣的市場是英德兩國，英國人「有名的早餐」中所吃的醃肉煮雞蛋及牛油幾完全是丹麥的產品。一九三〇年時之統計如下：

類別	銷場	銷額（百分數）
牛油	英國	六八
	德國	二五
	他國及本國	七
醃肉	英國	九九
	他國及本國	一
雞蛋	英國	八五
	德國	一四
	他國及本國	一

丹麥土地之分配，約如下表：

類別	百分數
墾地	七七
森林地	九
野草繁植地及牧場	九
其他	五

其農地的分配約如下表：

農戶類別	農場數	面積之百分數
自耕農	一七七、〇二二	九四・三
長期佃農	二、二〇七	一・二
短期佃農	八、五五一	四・五

看了上表最值得我們注意的是丹麥以自耕農（亦即小農家）最佔多數，原來丹麥政府的農業政策，是以獎勵自耕農的增多為其目的。自一九〇〇年以來，自耕農購地資金之借自國庫者，有如下表：

年份	小農地創設數	國庫貸與金額（克郎）
一九〇〇年—二〇年	九、二六三	五八、〇〇〇、〇〇〇
一九二〇年—二一年	七一三	二、五〇〇、〇〇〇
一九二一年—二二年	四六〇	八、六〇〇、〇〇〇
一九二二年—二三年	九六四	一九、〇〇〇、〇〇〇
一九二三年—二四年	六二六	一一、〇〇〇、〇〇〇
一九二四年—二五年	五四七	九、十〇、〇〇〇
一九二五年—二六年	五六一	九、九〇〇、〇〇〇

年份	小農地創設數	國庫貸與金額（克郎）
一九二六年—二七年	五七〇	九、六〇〇、〇〇〇
一九二七年—二八年	六二六	九、六〇〇、〇〇〇
一九二八年—二九年	五二〇	七、六〇〇、〇〇〇
一九二九年—三〇年	三七九	五、五〇〇、〇〇〇
一九三〇年—三一年	四〇一	五、七〇〇、〇〇〇
一九三一年—三二年	四三五	六、六〇〇、〇〇〇

以上總記自一九〇〇年至一九三二年間丹麥小農地的創設為一萬五千四百八十九所，政府的貸金為一百六十兆零六十萬克郎，其獎勵的程度可見一斑。

我到了丹麥後曾到各處鄉間去參觀大、中、小三種農場，個人的感覺以小農場最有興趣，普通的小農家大都豐衣食足，其樂融融。他們家裡的陳設，比較我們中國中產階級的家庭整齊得多；其清潔的程度，則尤遠過我國有些百萬富翁僕役成群的家庭！至中農家及大農家，那當然更不必說了。

合作運動在丹麥並沒有很久遠的歷史。七十年以前丹麥的狀況，簡直與今日的中國無殊。一八六四年對普奧戰事失敗之後，復遭極嚴重之天災，那時產業的衰落，經濟的恐慌，達於極點。丹麥人民目睹危象，力謀自救，遂追隨英格蘭愛爾蘭之後，提倡合作運動經五、六十年之努力奮鬥，結果，乃造成光榮之今日，人間的天堂。

平民教育

合作運動之在丹麥所以能臻今日之成功一半還不能不歸功於平民教育。丹麥的農民十九受過平民教育的。他們對於農事方面，都具有豐富的技術智識，他們待人接物，亦無不彬彬有禮，凡此皆教育的力量。平民教育運動起源於一八四四年，是由一個教士，名N. F. S. Grundtvig的所倡導的。平民學校大都在鄉間，每年分冬夏兩季，冬季期間約五個月，為農夫而設的；夏季期間約三個月，為農婦（大都少女）而設的。膳宿費每月約在七十至八十五克郎之間，學生大多受政府之津貼。農夫所學的重於農事方面的科目，旁及歷史、地理、文學、經濟等門。農婦所學的重於家事方面的實習，旁及其他各門。平民學校對於合作運動宣傳甚力。據一九三三年的報告，丹麥全國共有平民學校六十所，學生六千四百人；其中三千五百名為男生，二千九百名為女生。政府所助的津貼為一百三十萬克郎。

丹麥全國共有初級學校四千五百零二所，學生五十萬零五百人。其中國立的三十四所，學生一萬零六百人；市立的三千八百九十所，學生四十四萬四千六百人；私立的五百七十八所，學生四萬五千三百人。總計男教員為九千八百人，女教員為六千八百人。丹麥兒童自七歲至十四歲期間必須進初級學校讀書，學費由學生的家屬供給，但他們都領得政府方面的鉅額津貼的。

丹京有獸醫學校一所，成立於一七七三的，為歐洲關於這門的最早的組織。一八五八年又有「皇家獸醫農業學校」成立，共分六科：（一）種田、（二）獸醫、（三）測量、（四）園藝、（五）植林、（六）製乳。學生現約有七百人。學期計種田科學為兩年八個月，獸醫科為五年六個月，測量科為四年八個月，園藝科為兩年六個月，植林科為五年八個月，製乳科為兩年八個月。

此外丹麥尚有大學兩所，工程學院一所，高等商業專門學校一所，師範學校二十所，普通農業學校二十一所，普通商業學校一百零二所，以及「國際平民學校」一所，醫藥學校數所等等，茲不詳述。

丹京名勝

丹麥是一個島國，四週是海，所以水景甚佳。丹京面積為二十八方哩（連四郊），人口約六十餘萬，為全國政治經濟一切事業的中心。加以地位衝要，交通便利，所以商務握北歐之牛耳。丹京最著名的地方是Rosenborg故宮，中藏歷代王室之珍寶無數。最熱鬧的地方是「天霧里」（Tivoli）遊藝園，裡面五光十色，無所不有。更奇的是園內有戲台一座，建築仿照中國的宮殿式，上置一匾，題曰：「與民同樂！」

這四個字用在這裡真可謂「得其所哉」了。

丹京風景最佳的當推近郊沿海一帶的堤岸，那裡有廣闊平整的道路，紅牆綠茵的住宅，每當夏秋兩季，Belleve左右海灘上游泳者紛集，舉目遠望，復有雲帆歷歷，飛鳥翩翩，置身此地，宛若仙境。

腳踏車恐怕要算丹麥最多了罷？（我在荷蘭也看見不少。）無論男的、女的、老的、小的，似乎沒有一個不會騎的，沒有一個不有一輛的。就這一點已足以表示丹麥之澈底平民化了。每逢星期六下午及星期日一天，道路上的腳踏車好像一條長龍，蜿蜒不絕。所有的娛樂場所如動物園、馬戲場、跑馬廳、影戲院、咖啡館、跳舞場等等，幾乎沒有不患人滿的。

我來丹麥兩個多月到各處鄉間去參觀的時候居多，所以對於丹京名勝，所知甚微。詳細的敘述只能俟諸將來。

中國使館

中國使館在丹京郊外Charlottenlund的Esperance Alle八號，東面靠海，北面有一個廣大的樹林，西南兩面都是有花園的住宅，環境絕佳，中國公使羅儀元先生在此已有八年，聲望卓著。前年上海的《生活週刊》上有莊澤宣先生的〈在海外為祖國爭光〉一文，記載關於丹京中國使館的一切，至為詳盡。現將其中要點摘錄於下：

這次到丹京出席心理學會會議，個人覺得最欣幸的是得遇我國駐丹公使羅儀元先生及其夫人子女。羅公使是舊日廈大同事羅君之兄，在外史界已二十年，故早聞其名。上次過日內瓦時，羅使適代表中國出席裁兵及其他會議，承顏駿人先生的介紹，已獲一見，堅囑到丹時即往訪。心理學會會議行開幕式時，各國公使均被邀請，因即晤著，儀式畢後乃同赴使館。此次游歐曾到各使館訪候，雖外表上均尚過得去，但傢私及裝飾多陳舊。且無一使館有正式公使，主持的人，或為代辦，或為祕書，精神未免散漫。羅公使駐丹六年，使館佈置莊嚴得體。對於各方面的聯絡也恰似其分，毋怪丹麥對於中國感情甚好。

丹麥與中國的關係，在商務上以羽毛廠及水門汀為主要事業，而大北電報公司及丹人在中國航業界服務的關係亦大。

覲見丹王

丹王Christian X現年六十四歲，王后Alexandrine年五十五歲，太子Frederik年三十五歲，王子Knud年三十四歲，太子現尚未婚，王子於去年九月八日娶王妃Caroline-Mathilde。丹王有弟三，妹三；長弟Carl即現在挪威的國王（H. M. KingHaakon Ⅶ）。

丹王生於一八七〇年九月二十六日，所以每年是日丹京的各國公使及文武百官，例有進宮祝壽之舉。今年九月二十六日我國羅公使適在日內瓦，代表我國出席國聯大會，未克趕返參與盛典，特電囑我代表前往。我因久仰丹王「平民式的帝王」之大名，平時無緣得以覲見，現在獲有這種良機，當然覺得萬分的欣幸。

Amalienborg王宮是十八世紀中葉建築的，莊嚴精工，兼而有之。丹王雖已年高但仍英健非常，看上去好像不過五十左右。

以上拉拉雜雜的寫了幾段，雖不足以盡萬一，但個人對於丹麥的印象可以約略的歸納如下：

丹麥真是一個理想的國家，一個模範的國家。丹麥全國充滿了和平空氣及繁榮的景象，那種空氣及景象為目前世界上的其他各國所少見的。丹麥人民似乎個個都很滿足，他們那種「怡然自樂」的樣子真足令人羨慕，他們那種「孳孳為善」的精神又足令人起敬。竊盜姦邪和犯上作亂之事在丹麥是難得看見的，有好的政府，乃有好的人民。管子說得好：「倉廩實而囹圄空」、「賢人進而奸民退」，真是一點不錯。

一九三四年十月一日草於丹京。

（原刊《申報月刊》第三卷第一二期）

季特逝世五週年

朱樸

合作導師季特教授逝世後到今已經整整地五週年，查理季特生於一八四七年六月二十九日法國之「雅瑞」，一九三二年三月十二日卒於「巴黎」，翌四日（十六日）葬於「尼墨」，享年八十有五，回憶一九二八年八月二十一日在巴黎德剛路二號他的寓所裡第一次拜訪他的情景，一一如在目前！

我們如果稱頌季特為近代法國最大的經濟學家，這在他固然可以受之無愧，但事實上遠不如名他為「合作導師」比較確當。

季特雖不是提倡合作的鼻祖，但合作之能在近代經濟思想上佔一極重要的地位，其理論之能顛撲不破，其成績之能風行全球而日增月盛，這偉大的功績不能不大半歸諸季特一人。

在主持法蘭西學院合作講座的十年中，在無數種的合作著作中，在數十年如一日的奔走及出席國際合作聯盟及各國合作大會的演說中，他所傳播於世界上的合作種子，在數量上是無可估計的。

季特在經濟理論中最偉大的貢獻是以「消費者」為中心——這亦即是合作主義的出發點。他認為近代資本主義下之生產制度其目的完全是為少數資本家牟利，並不是為多數消費者著想，所以結果乃造成富者愈富，貧者愈貧，生產過剩，分配不均種種不平等的現象。欲謀補救這個弊病，唯有消費者聯合起來自己生產，自己分配，根本改造這個社會經濟制度。

在合作主義的經濟制度下，其哲學是「各個為全體，全體為各個」，其精神是以「平等自助」，與「聯帶互助」來代替資本主義之「自由競爭」及共產主義之「階爭鬥爭」，它是一種和平的漸進的合理的經濟革命，更是一種最合乎民主精神的經濟制度。

這個理想現在已逐漸實現了，我們不必列舉全世界各國合作事業的龐大統計來引證，即以中國來說，當我與季特初次見面的時候還不過在宣傳時代，迄今不到十年，目前的發展蒸蒸日上，其成績不但遠非季特當時意料所及，簡直令我自己也覺得十分驚奇了。

五年以前當季特病危臨終的時候，他寫一封信致法國消費合作聯合會的諸同志答謝他們派遣代表慰問的熱情，信末有一極動人的辭句道：

「別矣諸友，幸毋相忘！」

我們今天追憶季特的一生，他的學問那樣的淵博，他的著作那樣的豐富，他的人格那樣的高尚，他的奮鬥那樣的勇敢，他的秉性那樣的仁慈，他的自持那樣的儉樸……無一不足為後世一般合作主義信徒的模範。尤其是他對於幾個中國青年朋友那種一視同仁誨人不倦的態度，使我腦筋中永遠留著深刻的印象而不敢片刻或忘的啊！

（原刊《中華月報》一九三七年第五卷第四期）

香港種種

朱樸

來到香港，忽忽已五個月了。經過相當的「僑居」時間，耳聞目見，總算也已不少。適承亢德兄來函索稿，苦無應命，無已，即以此地的拉拉雜雜奉告，倘亦勉可作為一篇香港通訊以塞責歟？

目前的香港正在非常時期，她雖然不過是一個孤立的小島，但是她的命運，不特將為中英日三國所特別注意，並且將為遠東甚至全世界未來命運之關鍵。這並不是我故意誇大其辭，這是事實。以前，香港不過是大英帝國遠東貿易的根據地而已；今天，除此以外，她又成了大英帝國遠東國防的第一線。

幾個月來，一方面我們在這裡看見旅館、戲院、跳舞場等等出乎意外的繁榮，一方面我們在這裡又看見飛機、大砲、潛水艦等等接連不斷的演習。

香港目前大概可以算得是一般「高等難民」的安樂園了吧？不，縮小範圍地說，至少也可以算得是上海「高等華人」的陳列所！金融鉅子、實業大王、租界聞人、商會主席、交際名媛、電影皇后、梁氏姊妹、老牌明星，……以及幾個月前常在上海報紙上「冠蓋往來錄」

中所見的院長、部長、次長、委員之流，不知其數。

從漢口來的飛機票聽說要一兩個月以前預定，從重慶來的亦同此盛況。「此間樂不思蜀」的情形，不圖重見於今日！

從半殖民地的人們到了殖民地來，一切的觀感當然有些不同。第一，同是黃面孔的同胞，而言語習慣大相逕庭，並且地方觀念之深，似乎還遠過英國人之視美國人。其次，這裡的所謂「華文」，顯然與「祖國」的中文也有些兩樣。尤其是譯文，更有令人見了莫明其妙之感。譬如說吧，街上各處公共汽車的崗站，都立有一塊鐵牌，上刊文字如下：

如要停車乃可在此（Buses stop here if required），這裡的「乃可」二字，用得不但神妙，並且有些幽默。

又兩層電車的上層，都有一塊通告牌，上刊下列文字：

此車樓上嚴禁企立（Standing on the upper deck of this Car is strictly prohibited），這裡的「樓上」二字，也用得極妙；而「企立」二字，對於一般「外江佬」尤屬費解。

又如今天我在跑馬地附近的牆壁上看見貼有一張紙（大概是政府當局貼的），上面印有一輛汽車，底下壓死一個人，旁刊下列文字：

細蚊仔睇真至好走呀（Safety First, Children! Look before you run），這是什麼話？如果不看英文，試問那個「華人」——除了香港華人或廣東華人——能夠懂得它的意義？

香港的大小報紙共有三十餘種之多，除了極少數有政治背景以宣傳為目的的尚可一觀之外，其餘的都是以營業為目的，比較上海的新聞報還要差得遠。資格最老的是《華字日報》，她「創刊於前清同治三年」。一般的文化水準非常低落，我們看了各大報的副刊裡競載著什麼〈舞袖啼痕錄〉、〈荒林神祕記〉、〈熱血灑鴛鴦〉一類的長篇「艷情」、「俠情」小說，就可以知道。

山上與山下有天堂地獄之別：上面有的是，疏散的洋房，美麗的風景，新鮮的空氣；下面有的是，蜜蜂窩式的巢穴，奇形怪狀的乞丐，各色各種的臭味。

自從中日戰事發生以來，這裡的商家無不大獲其利。一般的華人愛國思想甚為濃厚，可是百萬富翁們則剛剛相反。買救國公債的大多是中下階級的人們，一班「高等華人」雖都榮膺所謂募銷委員之頭銜，但是有一天開會適值快活谷大跑馬之期，竟致無人參加而流產！

這樣看來，陳濟棠先生之慨捐七百萬圓——姑不問其來源何自——真可以算得鳳毛麟角，應該由國民政府加以特獎的了。

舊曆新年到了，馬路上熙熙攘攘，砲竹聲乒乒乓乓，跳舞場通宵營業，馬戲團特別獻技，……一切的一切，無不呈現快樂昇平的景象。

誰還相信目前遠東正在從事於空前的打仗，我們的祖國已有數十百萬同胞慘死於廣漠的戰場？

（原刊於《宇宙風（十日刊）》一九三八年第六十二期）

【書評】梅靄：《黃臉小紳士》

朱樸

Henry John May: Little Yellow Gentlemen.

倫敦Cassell書局出版　定價每冊七仙零六便士

這是一本第三國人論述關於中日問題的最有精彩的書；它搜集了許許多多的事實，赤裸裸地暴露了數年來日本帝國主義者對於中國的陰謀及罪狀。著者在他的序文裡面鄭重聲明他所搜集的材料純粹係根據客觀的事實，大部分的記載錄自上海的《字林西報》、《泰晤士報》、《大美晚報》、及《密勒氏評論報》，對於《大陸報》及《中國評論報》上的記載，雖明知其十分可靠亦摒棄不用，以免沾了親華的嫌疑！反之，他對於日本半官性質之同盟社的消息倒有時引用，藉以證明事實之絲毫不假。

原書共分十五章，在我個人看來，以最後一章〈大馬鹿先生傳〉的材料最為新鮮。這章裡面解釋了去年七月二十四日上海北四川路發生日本水兵宮崎貞夫失蹤的一幕怪劇之謎，內容極盡撲朔迷離不可思議之致。此章原文已經我友杜衡及郭鏡秋譯成中文發表一名〈一個日本間諜的自白〉，登載四月九日後的《香港星報》，一名〈一個日本間諜的供狀〉，登載在第五期的《大風旬刊》；譯文俱極暢達流利，讀者可以參閱。

　　第三章〈上海在苦鬥中〉，敘述八一三前後上海的一切，頗為詳盡；著者追記八月十四那天，他連遇三次空炸而幸未遇險的故事，描寫尤為動人。第一次是上午十時三十分左右，他在外灘出雲艦附近，忽然飛機在頭上了，一個炸彈落下來離他不遠，在他面前一堆木料受震飛起，擊中了他而倒下地去，當時他以為受傷了，趕快起來向百老匯路奔逃，後來才發覺只帽子頂上有無數的小孔。第二次是下午四時三十分，一刻鐘前他正在華懋飯店的屋頂上攝取黃浦江中軍艦的照片，忽然聽見飛機聲，就即刻離開，轉瞬間一個炸彈落在華懋飯店的門口，將全座房子的玻璃窗震得粉碎。他那時候正向愛多亞路跑去，走過大世界約有五十碼之遙，忽看見一隻飛機好像受傷的樣子搖搖欲墮，他向前一望，一個二十歲左右穿淡綠衣裳的女郎正向一個男子談話，突然間她的面孔炸掉了，她身旁的男子也不見了，他看見天空中人頭，手足，與紅光亂飛，耳朵聽到天崩地覆之聲，他急忙以兩隻手按沒了兩隻眼睛伏在牆上，這樣的不知經過了多少時間。那時候他自己承認沒有勇氣了，他想到了自己的老家，親愛的人們，以及其他的一切；他想趕快的逃，逃到清靜的地方去，從人群中逃出去，從死人中逃去！

　　因為著者身歷目睹這種戰爭的殘酷，所以他更覺得罪魁禍首的日本帝國主義者侵略中國之不可恕。

在第十四章〈我們看看日本〉裡，他說：「我們實在不懂一個自以為足與文明國家並列的日本，她為什麼要遣送無數的匪徒到中國去挑釁，不宣而戰，從事於搶劫及姦淫；用機關槍掃射正在焚燒的房屋中逃出來的無辜的平民；肆意轟炸難民車輛，並掃射坐在汽車裡的中立國的非戰鬥人員……」

「如果你一探其內幕，就可以發覺這個所謂文明的帝國表面上雖有二十世紀的進步，骨子裡還是在十四世紀的封建時代啊！」

全書各章中對於日本人過去在中國的暴行及獸行有極詳盡的記錄，以限於篇幅，不克枚舉。總而言之，這是一本好書，是尤脫萊女士《日本的泥腳》後的第一本「拆穿東洋鏡」的最澈底的傑作。本書譯名《黃臉小紳士》是根據原文表面的字義，其實按其含蓄的意義，似乎應譯為「小王八蛋」，較為適當也！

（原刊於《宇宙風》一九三八年第六十七期）

張發奎將軍瑣記

朱樸

九一八事件之後，有一位張醒春先生，他懷著滿腔的悲憤，悄然的離開祖國而到歐洲去。在短短的一、兩年中，他孜孜不已的攻讀英文文學，專心一志的研究政治經濟，沉默精細的考察軍事建設；他足跡走遍了歐洲各國，——除了特種的原因不曾到蘇聯去。他那種平凡的生活，平凡的舉動，甚至平凡的儀表，沒有受到任何人的特別注意。

直到一九三四年夏天，他坐了德國郵船"Bremen"號到美國去，當船將靠近紐約的港口時，忽然發生兩個華僑駕了一隻飛機來歡迎這位張先生而致失事的慘劇，於是大家才知道這位沒人注意的張醒春先生，原來就是名聞中外的鐵軍領袖張發奎將軍！

由於這件事的發生，於是一傳二纏的全世界各報紙上竟載著張將軍遇難的電訊。一時歐洲的僑胞大為震動，聽說有一位鄭震宇先生，在日內瓦痛哭了一個黃昏！

我那時正在丹麥的京城，雖然也看見晚報上登載著這個消息，可是我根本不信。我之所以不信是有原因的：第一，當張將軍離歐赴美的時候，他曾明明白白的寫信告訴我說坐德輪去的，那麼電傳他乘機失事，想起來於事實上決不可能。第二，就算他登岸後即坐飛機，按他素有「福將」之稱，生平身經百戰從來沒有損傷過半根汗毛，豈有舒舒服服的坐坐飛機而竟會那麼巧的就出了毛病？

果然，第二天早晨的報紙，證明了所謂遇難之說，完全是一種張冠李戴的無稽之談。

在旅居歐美的三年中，張將軍在學識上修養上得到驚人的進步。尤其是在思想方面，他所受到的影響是大極了。雖然他過去享受「鐵軍領袖」的榮譽，他所統領的鐵軍素以紀律嚴明為民愛戴名於世，可是他覺得軍人對於國家始終是一種消費，他認為今後要救中國，必須從生產入手。所以，一九三五年回國後，他在上海曾公開的向報界發表談話，透露他此後願意從事實業救國的意旨。後來他飛往四川謁見蔣委員長，也曾懇切地面陳這個願望，聽說當時蔣委員長對於他這個志願雖曾予以嘉許，可是最後的回答卻是：「我看你還是帶兵的好！」

一九三六年初，他接到蔣委員長的任命，並經軍政部長何應欽氏的敦勸，在「準備抗日」的預約之下，就了閩贛浙皖四省邊區清剿總指揮的職務。這在當時表面上似乎沒有什麼多大的意義，可是事實上卻奠定了他一生第二段光榮事業之基礎。

在這個時期中，他除了終日奔忙於視察各地民情及規劃防務之外，每天仍於百忙中抽出一兩小時的時間來攻讀研究。據我所知道的，他所最愛讀的有兩本書，一是歐戰時聯軍統帥法國福煦大將所著的《戰爭之原理》，一是目前德國元首希脫勒所著的《我的奮鬥》。[1]

以筆者的所知，張將軍實在可算得是一個十全的典型軍人。他的勇敢廉潔和大公無私，純粹是出於天然而並不是故意做作的。即以筆者與他的關係而講，過去彼此為朋友時，喜喜哈哈，十分隨便；後來正式做他的部下時，公私分明，絕不馬虎。他對於部下上自參謀長下至勤務兵一律看待，甚至自奉亦與士兵無殊。

他的身材並不高大，可是體格卻非常堅固。除了喜歡豪飲外，其他的嗜好如游泳、滑冰、騎馬、打球諸類，都是對於身體有益的。據他自己說，他從前在廣州有一個時期也曾度過非常奢侈而荒唐的生活，幾乎墮落；後來之所以能夠及早回頭，完全是受了朱執信、鄧仲元二位先生的感化。

他的家庭也真可以稱得是一個模範的家庭。夫人劉景容女士曾兩度出國，精於英文；並且性情十分謙和，生活異常儉樸，絲毫絕無像其他一般所謂要人太太之驕奢時髦的姿態。他的二弟貴斌，在討伐陳炯明之役陣亡於東江；三弟嘉斌，曾在法國學習航空，現服務於某地的防空司令部；四弟勇斌，曾在德學國醫，現服務於某地的總部軍醫處。

三年前在倫敦的時候，有一次我偶然問他，對於中國的軍事人才，他所最欽佩的是那一個。他說當然是蔣委員長。此外他對於李宗仁將軍也很有好感，譽謂頗有大將風度。他對於

1 據最近二月二十四日報載巴黎電訊：該書於二月十一日一天之內，在巴黎共售出八千冊之多云。

自己很謙虛，說自問無所長，只能率領一師之眾，衝鋒陷陣而已！

自抗戰以來，張將軍膺第八集團軍總司令的重任，晝夜奔馳於東戰場的任何角落；他的舊部如薛岳、朱暉日、吳奇偉、鄧龍光、繆培南、李漢魂、黃琪翔、葉挺、歐震、李江諸將領，也沒有一個不赫然大露其頭角而為國人所頌敬。關於他們過去及今後光榮的戰蹟，將來自有人為之作詳細的紀錄，本篇所述，不過偶就個人一時記憶所及，聊作零零碎碎之隨筆而已。

（原刊於《大風》旬刊一九三八年第一期）

關於汪精衛先生——讀書隨筆之一

朱樸

近來在舊書店中偶然買到一本張永福編的《南洋與創立民國》，中間零敘國民黨總理孫中山先生以及汪精衛、胡展堂諸先生於民國創立前在南洋群島奔走革命的事蹟，頗多珍料，為正史所未見者。例如孫先生的許多信札中，除了他自己親筆寫的以外，其餘多是汪、胡所代筆，末後加以「弟孫文謹啟」或「弟高野謹啟」的親筆簽字。這裡面汪先生的筆蹟最多，尤以孫先生《革命方略》之草稿五十頁全為汪先生以鋼筆所錄寫，更為特色。許多信札之中，頗多有趣之作，如丙午年（即一九〇六年）六月十七日汪先生在新加坡致林義順一書如下：

××先生鑑：今日溫慶武君來，孫先生約於明夕五點鐘在家招之小飲，祈兄屆時到敘；所約無多人，惟武烈君等耳。又璧君之太夫人明日來，孫師擬留飯，囑堅約尊夫人到敘，幸傳語勿卻，亦於五點鐘齊集。同席者璧君母子及武烈、應培、楚楠諸兄之令室，不與男客同席，想尊先人必允命駕也。此上，即請大安。弟精衛頓首。六月十七日。

此信之末，林義順並加以附註曰；

丙午年精衛同志旅新加坡時，適溫慶武同志及壁君同志之太夫人來星，孫總理讌於晚晴園，囑精衛同志函約順及內人奉陪。至翰首名字撕去者，蓋防當地政府之干涉耳！民國二十年九月九日星洲林義順誌。

這封信裡汪先生間接向林夫人鄭重聲明「不與男客同席」，可見當時雖在海外，而尚保存著所謂「男女授受不親」之古風也。

汪先生長於演說，在南洋時已大露其頭角。民國紀元前九年，革命黨人為宣傳計，在星加坡設立一個「星洲書報社」。《南洋與創立民國》第九十二頁上載云：

當時有學問的革命份子到星加坡，如展堂、精衛、田梓琴等，無不赴該書報社演講，取其聽眾之多而易引人入勝也。斯時演說諸人，最能令人感動者，尤莫如精衛。凡逢到他演說之夕，人未登台，而座已擁滿。演講時，鴉鵲無聲，每至一段精彩處，掌聲如雷，足見聽者注意及其興奮。

丁未年七月十二日（即一九〇七年八月二十日）《中興日報》出版，主筆政者，除汪、胡外，尚有居正、田桐、林時爽、張西林、王斧、何德如、林希俠、方瑞麟等。孫先生亦寫文章，有一次以「南洋小學生」的化名寫了一篇〈論懼革命召瓜分者不識時務者也〉，痛斥保皇黨的《總匯報》。那篇文章的開首曰：

自精衛先生民報第六號駁革命可以招瓜分一論出，言中外情勢，原原本本，使中國人士恍然大悟，懼外之見，為之一除。近又有申論革命決不致召瓜分一長篇，並革命決不召瓜分之實據，及漢民先生駁某報懼召瓜分說，透言外強政策，瞭如觀火，使讀者快慰不已。……

文末曰：

……近數年來西土人士，無論賢不肖皆知瓜分中國必不能行之事，倘猶有言此者，世必以不識時務目之。不意中國人士至今尚泥於拳變以前之言，真可謂不識時務者矣！茲有精衛先生為言以教之，亦發聵振聾之一道也。吾不禁有感於師言，故述錄之，以贈懼革命召瓜分者。想亦精衛先生之所許也。

（見《南洋與創立民國》第五十八頁至六十二頁）

《南洋與創立民國》一書係民國廿二年十月十日出版者，書末有汪先生題詩一首：

遙從南斗望中原，壯志天池欲化鯤；
百戰故人今健在，白頭重話晚晴園。

並識數語曰：

張永福先生創辦《圖南日報》，為宣傳革命之嚆矢；其別墅曰晚晴園，總理孫先生每過星洲，必下榻焉。日來永福先生以大著見示，為賦一絕句。二十二年八月汪兆銘。

筆者雖不能詩，但平時亦頗好讀汪先生的《雙照樓詩詞》，以其情感之深，足以動木石也。友人《逸經》主編陸丹林兄，新從上海來港，他告訴我最近在上海管理天蟾難民收容所，某日有童子軍出手冊請題，他一時觸景生情，乃錄題汪先生的舊詩一首於上。詩曰：

下帷長日未窺園，偶趁秋晴出郭門。風景不殊空太息，江山如此更何言！
殘陽在地林鴉亂，廢壘無人野兔尊。欲上危樓還卻步，怕將病眼望中原！

按這首詩也曾選刊在《雙照樓詩詞藁》中的，詩首並有引言數句云：

歐戰既起，避兵法國東北之閭鄉；時已秋深，益以亂離，景物蕭瑟！出門得長句。

目前故國遭受敵人的蹂躪十百倍於那時的法國，汪先生蒿目時艱，感痛之深，是可想而知的了！

關於汪先生生平可歌可泣的事蹟，雖多為國人所熟知，但詳確的記載，除了去年杭州《越風》半月刊上曾載過張江裁的一篇〈汪精衛先生庚戌蒙難實錄〉外，其他尚未之見。最近漢口出版的汪先生《演講集》，書首刊有汪先生的一篇小傳（英文的），字雖不多，卻能包括無遺，堪稱簡明得體之作。因譯之如下：

汪兆銘，字季新，廣東番禺人。一九〇四年，留學日本東京法政大學。孫先生至東京，集合革命同志，組織中國同盟會，被推為評議部長，創辦《民報》雜誌，宣傳革命，始以精衛為號。古書云：「有鳥名精衛，與其雄渡東海，雄墮死海中，精衛日啣石以填海。」取以為號，喻努力不息之義也。自是數年之間，贊襄孫先生，發起革命；並周歷南洋各埠，所至聯絡華僑，加入革命，組織分會百數十，籌款十餘萬，以供革命軍用。一九十年，遂與同志數人入京，謀刺清攝政王，事垂成而敗。既被執，搜其衣，得最後所為文數篇，訊之，曰：「吾以墨寫文字多矣，今欲以血寫之耳！」清政府囚之刑部獄中。一九一一年秋八月，革命軍起於武漢，九月，各省響應，清政府出之於獄。至南京，被舉為廣東都督，不就。旋與伍廷芳等同受命為革命政府代表，與清政府代表唐紹儀等協議結果，清帝退位，民國統一。九一二年，辭各要職，赴法國留學。然不數月，因國內革命復起，奉孫先生命，回國；自是屢赴法，皆如此，遂斷留學之念，仍贊襄孫先生。一九二四年孫先生改組中國國民黨，被命起草宣言，並被舉為中央執行委員。一九二五年三月十二日，孫先生病歿於北京，於榻前草遺囑。其年七月一日，國民政府成立於廣州，被舉為主席，並為中國國民黨中央政治委員會主席。明年三月，以病去廣州；自是數年之間，因黨內同志所持政策見解互有不同，行動遂以分歧。直至一九三一年九月十八日瀋陽事變起，黨內同志，以團結一致相號召，始入南京，於一九三二年一月二十八日，受命為行政院長，即淞滬戰起之日也。自是與軍事委員長蔣先生同心協力，共赴國難。對內則注意於發展民力，充實國力，以為救亡圖存之準備；對外則注意於循國際和平之路線以前進，鑑於國力未充，及國際和平未得確實保障，對於日本之步步進逼，務自抑制，以避免衝突。為實行此政策，自兼外交部長，以當其衝，因此為一部分人所不諒。一九三五年十一月一日，在中國國民黨中央黨部門口被刺，中三槍，不死；惟七月間患膽囊炎甚重，至是大病之後，驟然流血過多，更引起心臟病，遂於十二月辭職。一九三六年二月，赴德療養；十二月，聞西安事變歸國，復仕中央政治委員會主席。現年五十四歲。

（原刊於《大風》旬刊一九三八年第四期）

八十大慶之威廉二世

朱樸

在本年一月二十九日的中西各報上，載有二十八日荷蘭杜恩（Doorn）鎮上所發出的海通電一則如下：

昨為德遜皇威廉之八旬大慶，此間張燈結綵，氣象一新，皇族六十人均自各處趕來此間祝嘏。晨起，遜皇先至故遜后之室獻花憑弔，旋舉行宗教儀式，然後由皇族各晚輩分班拜壽。威廉精神矍鑠，含笑以金夾賜予各子孫及賀客，夾上刻有自一八五九年至一九三九年之字樣。荷蘭白納德親王亦趕至此間，代表朱麗娜公主向之祝壽；女皇韋希米納亦派宮內大臣，代表祝賀。

二十年來隱身匿跡的「一世之雄」，原來已八十歲了！

一九一八年十一月十日，在天將破曉的時候，有一輛火車忽然開到荷蘭南境伊斯登（Eysden）地方的一個小站，這裡面所藏的就是剛剛遜位的德皇威廉。站長立刻打電話到海牙報告外交大臣，那位外交大臣在好夢中驚醒，帶忙打電話到皇室裡去請示，結果獲得准許，於是威廉二世遂於狂風暴雨之中步出了車門，暫時到阿默隆廬堡第（Amerongen Castte）中去「容身」。

一九二〇年，他在杜恩鎮上購得了一座寓所，一直住到現在。杜恩鎮在荷蘭之中部，全鎮居民約有七千，熙熙攘攘，頗有世外桃源之概。威廉的寓所並不很大，高僅二樓；紅磚綠草，古色古香。門口僅一便衣偵探，略查到訪這賓客；此外再有衛隊一名，在附近徘徊散步而已。

威廉年事雖高，但體力仍健。據其愛孫路易佛丁納親王（Prince Louis Ferdinand）所筆記，他老人家於每晨七時即起身，到花園中散步，在早餐之前召集全體家人作宗教儀式，早餐後再到花園中從事種植。全荷蘭國內只有他家裡有一個完全的薔薇花園，他老人家常常以此自傲。

在室外工作兩小時之後，即回到屋裡瀏覽各種早報。午餐在一時，菜僅兩三樣，晚餐亦如此。他歡喜簡單，陪座者只有最親近的幾個人，但有時也邀請自德國或別處來的賓客。座中如有外國來的賓客，他往往用英文或法文同他們談話，他說的英法語是非常流暢的。

餐畢，往往女客先離室，他與男客，即同到書齋休息，那裡他喝杯咖啡，抽兩口煙，望望花園，並談談天。

於是他即回到他的臥房裡去作晝睡，賓客亦各自回房。下午茶點時平常只有皇后及少數家屬作陪，普通的賓客各自在臥房中用茶點的。

在夏天的時候，他常常下午到村中去散步，每次都受到鄉民熱烈的歡迎，他亦報以答禮。

在下茶點與晚餐之間，他常常利用餘時來讀書，並答覆兒孫輩所詢問的各種問題。當他的愛孫第一次作美國之遊時，他為之祝福曰：

「再會，我的孩子，你是多麼幸運而能得到這次的壯遊啊！我雖然自己不曾有過這個機會，但我是十分快樂給你這個機會的。我想世界上對於一個少年的最好的教育，當莫過於旅行了。」

據路易佛丁納親王所記：他聽了這幾句話受到極大的感動。

威廉好研究考古學，每年秋季他必定邀請著名考古學家六、七人到他家裡去研討一兩星期。

晚餐平常在八時，但他往往先一刻鐘就到餐廳；餐廳門口的桌子上放著一張大地圖，他在圖上分插紅綠小針，細心研究每天報紙上所載關於中國與西班牙的戰事。

晚餐後，他同大家又回到書齋，這是一天中兒孫輩感覺最快樂的時候。此時各人都毫無拘束地坐在寬大而舒適的靠椅中，聽他老人家高聲朗誦並縱談古今。這樣一個半鐘頭或兩個鐘頭之後，他即與兒孫輩互道晚安，但兒孫輩卻個個還戀戀不捨哩。

這樣的生活他整整地已過了二十年！

威廉好客健談，但所談者大多屬於往事，不涉現在，並且他不許往訪者將其談話發表。

可是去年十二月八日，倫敦路透社忽發出一個「驚人」的電訊如下：

> 自希特勒得勢之後，德遜皇威廉二世第一次發表其關於納粹德國之意見。該文原見於《智識雜誌》，由《每日電訊》紐約訪員轉錄者。《智識雜誌》記者訪問威廉二世於其杜恩寓所之書齋，威廉二世稱：「德國本為詩人、音樂家、藝術家及軍人所組成，但現在希特勒已將之變成一充滿神經病者及孤獨者之國家，四週為盲動之群眾所包圍，又為一千左右之說謊者及狂人所統治。希特勒子然一身，無家庭、無子女、無上帝。查民族係由家庭宗教及傳統所建成，但今日之德國，只知蠶食鯨吞，輕蔑人類之尊榮，及我種族歷史上之機構，將全國政權集中於一身之希特勒，未有一位可以尊敬之上帝，又未有一個堪以珍貴之家庭，亦未有值得追憶的過去。在數月前，我認【為】國社主義尚不失為一種最切需要之興奮劑，但希特勒已將與國社主義有關之最賢能與最超卓之德國人消滅，所餘者僅一班衣冠不整之匪徒而已！」

這個電訊有如晴天霹靂，傳遍全球。後來雖經皇室中人否認有此談話，但至今仍留為世人談笑之資。查去十二月十五日美國芝加哥出版的《智識雜誌》（Ken）上確有此項記載，記者名白克哈特（W. Burckhardt），據他說這已是他與威廉第六次的會見，並敘述當時見面的情形極詳，似決非杜撰者。然則此項談話究竟是真的抑係假的？這一個「謎」恐怕無人能夠解答的了。

一九三九年二月一日於香港

（原刊於《宇宙風（乙刊）》一九三九年第一期）

什感之章

朱樸

（一）赭山

第二次經過金陵——我們的新都的時候，曾費了兩天，走馬看花地到各處名勝去玩了一次。到現在我還能記得那個雨花台賣石子的小姑娘，她儘追著我們，一壁氣喘喘地倒她碗裡和筐裡的石子，一壁陪著笑張著小嘴說著：

「再要一點罷，還有美麗的呢。」

「慢慢地走，我帶你們去看古跡。」

我為她——那個活潑伶俐可愛的小姑娘，曾買了許多石子，我們交易最熱鬧的地方，就在方孝孺先生的墓前石凳上面。

此外秦淮河是那樣的一渠污水，莫愁湖上的烈士墓是那樣的荒廢凄涼……我到現在也沒有忘記。

是三月三日的早晨，我又坐著上水的輪船到了W市——這裡有我一個年老的姨母，這裡還有一個我懷想了多年的孤女——雖然都還健在，但不是從前的她們了！老的更老了，年輕的她，被長年孤獨與勞苦的推磨，已經黃萎得不成樣子。啊，她的青春，纔是一個無花的青春！

大約罷，也許是真的，她的眸子，在眼睛裏永遠是生動的，在她眼裡汪汪的淚水，別來倒沒有枯竭。

窗外落著初春的寒雨，心情也越發被他低壓下去了，雨聲是聽慣了的，倒不覺得什麼，只有天窗上的雨水，潺潺地隔著玻璃流著，看著好像陰泣的面龐，把人也帶得煩惱了。有時睡下不久，又被街上的賣湯團的鈴兒搖醒，四圍都是鼾聲，沒有一點動靜，樓下的她，也已經熟睡了麼？

雨過了，蔚藍靜穆帶著慈祥的天空，又懸在頭頂了，然而我的心，卻依舊的陰霾，他像沒有消盡的朝霧，又好像黃昏時候，漸深的靄色。

「等地乾了我們一同上赭山採薺菜去。」姨母說。

「……」她無言地望著我，她的眼中好像說：

「我也要去。」

「她知道薺菜的地方，她一去就採回一大筐來。」

「……」她還是沒有話說，聽著姨母誇她，她微微的笑。

我想藉著機會同她一道到赭山採薺菜去，在空曠無人的地方我們手挽手兒，肩靠肩地談心，我為她理那被吹亂了的鬢髮，她替我挾著走熱了時候，脫下來的外衣。

我想我們不一定要採著滿筐薺菜回去，我們只要向前走，走上赭山，走到山頂，我們坐在山頂的那些巖石上默默地，輕喘著，也不說一句話。我們儘看山下那條如帶長江遠處畫般的山影，烟和樹木……。

但不作興的春雨，又連綿地下起來了，薺菜終於沒有採成，雖然赭山就在屋後不遠的地方。

人生渴想的美夢，實現罷，那是增加了追憶時的惆悵，不實現罷在心上又多了一條創痕。我們畢竟是無言地又相別了，薺菜沒有採，赭山也沒有去。

臨別那天的黎明，隔了夜的油燈還沒有吹滅。我走下樓的時候，姨母已經哭出聲來了，走到後門外的一條小巷口，纔看見她一個人眼睛通紅的竚立在那裡，在這種難別難過的時候，我竟對她說不出一句話來。我走過小橋還望見她立在原來的地方，我向她遠遠的招了招手，轉過茅屋，便不能再見了。

郊外完全蒙在晨霧裡邊，河塘、草房、阡陌，一切的樹木都不能識了，就是那一片赭山，也遮得迷迷糊糊的。

行李車子在前面默默地拉著，我也是默默地跟在後面，因為霧色太濃了，行李車子在二三十步前就不能看見，到了江邊，才知道船被霧遲誤了，要等到午後一點。

我在一家小茶館裡消遣著，對面就是滾滾的長江，帆船在江面上慢慢移動，有的向東，有的向西。

假如不是有霧，大約此刻已經過了采石磯了。其實，我現在還在W市呢，我想到姨母和她，她們的眼淚不知什麼時候才乾……她們留我住到清明，說清明到赭山踏青去但我竟沒有答應她們。

赭山雖永遠在那裡，但什麼時候才能去踏青或採薺菜呢？……並且伴著她們！

（二）兩株石榴

但我徒坐小火輪到江北的仙女廟，已經是午後兩點，天上擁著灰重重的雲，地上開遍了黃的菜花。徒田徑裡經過的時候，聞著一種清的香氣，天雖則陰著，但暖風中混著菜花的香氣，使人感到春是爛熟了。

換了一個碼頭，船也換得更小了，艙裡有十幾個搭客，他們都是說著鄉音，但並不給我什麼愉快。

十五年未曾回過的故鄉，時時在我夢裡映現，在我腦幕上留著它的輪廓，可惜我十五年未曾見過的故鄉，偏偏我遇見它又在晚間，河沿上是螢螢的燈火，河面上有許多金龍似的燈影浮動。街巷點點的燈火，把老朽了的建築物照得黑一塊白一塊的。

下船之後，我便用著全力去追憶那些留在腦幕上的故鄉的輪廓和印象，我好像記得從碼頭出來穿過一條小巷，向南走盡一條短街，再轉一過灣子便到我們的舊店了，果然是的，我彷彿在夢中旅行著，我真的自己找著了別過十五年的舊店了！我們的舊店在我眼前更舊了。窗戶門檻石階，樑和柱……一切都是土褐的顏色。它們和人一樣，禁不住風霜和雨露的摧殘，儘完全褪了它們小壯時候的精彩了。

我們的店，幸虧是被姑母家占去了，否則，經了十五年不曾回來的我，誰還認識我是這裡的當初的一個幼年主人啊！十五年了，像一瞬時的；又好像隔了一個世紀。

我睡在店後的一間小房裡——是當初母親做飯的廚房改的。我臨睡了，我輕輕喊著我的母親：「今夜還不入夢麼？你的孩兒已經一個人找著他的故鄉了，並且是你當初辛勞的地方……」

第二天醒來，我望見四壁泥土都已經剝落了，自己好像睡在窖裡。我起身了，仔細地尋索我夢中和童年時代的那些傷逝。也許我醒得太早的緣故，四圍非常靜寂，好像自己在一圈荒塚的當中，前後左右都環繞著無數的幽靈……

院裡鋪的磚地，已經被踏得龜裂而且破碎了，西鄰的牆脊，向這邊深深地傾斜，好像再經一次暴雨就要塌倒了，南牆蔭的花台，倒還有滿台的泥土……那個水缸，已經破裂了的水缸，也好像在露天底下二三十年了！記得我童年時候，必早已在那個原處放了不知多少日子了。

花台旁邊有兩株石榴，它的根，已經穿過了花台穿到鄰人的院裡，樹幹向北傾斜著，它的枝和葉，高過了我們的屋脊，疏疏的影子遮著半個天井。

姑母說這兩株石榴已經有了年，還是她幼年和我父親同種的。那時還是好玩的孩子，吃過石榴，他埋在地裡一個種子，她再學她的哥哥埋了一個……

歲月過得多麼怕人啊，婚的婚了，嫁的嫁了，兩株石榴都長過了屋脊。

歲月過得多麼怕人啊，父親生了我們許多兄弟；姑母也有了許多兒女……現在這石榴樹，都漸漸枯老了！有一株已經垂死。

姑母說當初這兩株樹，曾結過成擔成擔的石榴，不但自己家裡吃不盡，就是鄰居、親戚也都膩了。

——現在呢，我問：

——盛旺了一時早已不結實了，你看那一株已經枯了一半，那一株也沒有什麼葉子。我呆呆地望著兩株石榴，它好像是兩個黑魆魆的幽靈塔了，我有點駭怕。

——姑母，哪一株是你種的啊？

……姑母也呆望那裡兩株石榴了，她好像用力地在想，在回憶，在回憶起她五十多年前童年的當時！

唉，我不該問，我後悔了！雖然她沒有回答，但我把她引到一個悠長的沉默的回憶裡去了！

十五年未歸的故鄉，在我心裡如同隔了一個世紀，又彷彿只有一瞬；姑母，她已經住在這裡五十多年了，在她心裡是覺得悠長？還是覺得短促？假使沒有我的追問，不會引她回憶，不會引她感到人生也是這樣隨草木同枯。

我一個人去訪我們的舊居——我的生地，但那裡已經改建過一次了。我竟走過了那裡還不知道。舊居旁邊的石橋還在；隔壁豆腐店也還開著，我癡立在橋頭，我徘徊在豆腐店的門前；無言地憑弔著我們的舊居——我們生地。

夫子廟前的河水，依然是那樣的潔如明鏡，河畔依然有許多女人在那裡搗衣，洗菜，淘米。但是那些靜靜的垂楊，好像已經不如我童年時候的依依飄搖了，他們都在隔岸默默無語。

我走到外婆家去，那裡漆黑的兩扇木門也是緊閉著，我想還去看看那裡的竹林，姨娘的臥室……但屋子早已換了主人，我用力從門隙處窺望，什麼也不能映進眼簾了。

高橋、南山寺、城隍廟、松林庵……我又去重訪了還有，在我記憶中留著恐怖的那口大鐘，我也再去看了一次。現在我不怕了，我知道它不是飛來的，我相信它也不會再飛走了。傳說過飛來時會隨著仙女，飛走後城市就要變成澤國……

有時坐在店堂的長凳上，吸一兩枝「紅錫包」，看看隔了兩天的《申報》。街上走來走去的行人，男的還是帶著鼻鉤、耳環和項圈；女的還小小腳，僾然地坐在獨輪小車上被人推著走。

有時一個人跑上城頭，望著噪雜的街市，望著靜靜的河水默默的垂柳……又望見了許多屋頂中有我們的店裡的老屋，還望見那兩株高過屋頂的石榴……

夢中也曾垂過口涎的家鄉燒餅，並沒有喫夠，更可惜我離鄉的時候，龍頭芋和菱角米都還有上市。

我到廣州倒巧遇了正是荔枝新熟的時節。

（原載《興亞月報》第一卷一期，一九四二年）

四十自述

朱樸

寫傳記文最難，寫自傳尤難。因為這種文章最重要的是述事實，說老實話，所以最不容易寫得好。過於謙遜罷，固然可以不必；過於誇張罷，則亦未免近於無聊。

四五年前在香港的時候，《宇宙風》編者約我寫一篇〈自傳之一章〉，當時我想：以一個三十多歲這樣渺小的我，學問事業，兩無足稱，有何資格寫這種題目的文章？考慮再三，終於婉言辭卻了。

時光如駛，忽忽四十之年已逝，撫今追昔，不禁惘然。這三四年來我的變動太大了，雖然學問依然，事業依然，可是我的家庭，卻已整整的摧毀了一半！

「一年之中，妻兒兩亡，人非草木，誰能遣此？」這是我最近寫給北平友人某君信中的幾句。這寥寥十六個字足以說明我目前的遭遇和心境。

因為目前的這樣遭遇和心境，遂勾起了我對於過去一切的回憶。數月以來，每當獨居斗室閉目靜坐之時，從自己幼小入學時起一直到現在我第二個兒子開始入學時止，這三十多年凡是我腦筋裡所能記憶的東西，一幕一幕的湧呈在我的目前：

我是前清光緒二十八年（壬寅）生於江蘇省無錫縣景雲鄉全旺鎮的，祖上歷代讀書，所以可謂是「書香門第」之子孫。先父洓珊公為名畫家，先母過孺人在我三歲時即棄養，所以在我的腦筋裡一點印象都沒有，可謂生平之一大憾事！我於七歲時開始進小學，以天資尚不愚鈍，成績向來不壞。只是身體孱弱多病，往往時讀時輟。識字後第一次看的小說是《三國志》，因此引起了以後對於這類書籍的特別興味。

十歲以後由鄉間到城裡進著名的東林書院（高等小學），因得當時國文教授龔伯威先生的特別賞識，對於國文一門，進步最快。其他諸門，並無成績，尤其對於算術一門，最感頭痛，所以成績也最惡劣。

高等小學畢業之後，先父以家境不裕，命我棄學就商，我堅示不願。可是先父已託我的族兄在蘇州一家某紙店內為我找得了一個學徒的位置，堅令前往，我當時因不忍拂命，勉強赴程，結果到店後不滿一日，終於逃回了家鄉。

經過了這一個刺激之後，我的求學之志，愈益堅決。恰巧那時龔伯威先生在吳江中學教書，先父經他的勸說，遂勉籌學費，命我赴吳江中學讀書。不到一年，無錫輔仁中學開辦，因近便的關係，我遂轉學入輔仁中學。一年後，吳淞中國公學復校招生，我大膽往試，不料居然考取為商科大學一年級生了。

那時候先父的年齡日高，精力漸感不支，筆墨所入，僅能勉供日用，我最初赴滬的旅費及學費，都是他從親友處東借西挪勉強集來的，所以當第一學期完畢後，他向我說絕無餘力再可以供給我讀書了。我目睹斯狀，一面痛感老父負擔之重，一面益堅繼續求學之志，旦夕思慮，束手無策。當時無錫有一個新興的大資本家榮德生氏（即梅園主人），名聞遐邇，聲勢赫赫，我久慕其名，遂親往西門某廠拜訪請求他每年資助學費一二百元，不料晤面後竟遭他聲色俱厲的嚴辭拒絕。我於失望之餘，一時立在他的廠前的一座石橋上想跳河自殺。後來忽然轉念一想，世間決無絕人之路，我必定要努力奮鬥，決不可如此怯懦，匆匆返家後即寫一封長信致中國公學的教務長劉南陔（秉麟）先生，訴述我的苦況。數天後接到他的回信，這一封信給了我安慰，給了我希望，並奠定了日後一切的基礎。

劉先生那封回信的措詞是那麼樣的委婉和那麼樣的勉勵，使我此生將永不能忘！他勸我不要悲觀，要奮鬥，他答應盡力的為我設法，勸我先回到學校裡再說。

回到上海學校之後（那時中國公學的校址在威海衛路，尚未遷回吳淞），劉先生派我管理打字機室的職務，免了我的學膳宿費。又承諸教授如已故的朱進之先生及楊端六先生、馬寅初先生等資助書籍費，同時我自已開始從事譯述，向各大報紙及雜誌投稿，換取少數的零用。記得我第一次譯了一篇王爾德的小說在《東方雜誌》登出來的時候，我的快樂好像中得了頭彩！

在中國公學時我認識了生平唯一的好友孫寒冰先生。他與我同年、同班（同學兩年後他轉到復旦大學去的）、同性情、同志趣、同嗜好。他的學問勝我百倍，他對於學術界的貢獻也勝我百倍，這都是世人共見的事實。可是不幸他竟於前年在重慶猝然去世了，言之痛傷！

民國十一年夏季我於中國公學第一屆商科畢業，畢業後想籌借一千元赴美國工讀，結果到處碰壁，不克如願。後來承楊端六先生的厚意，介紹進商務印書館《東方雜誌》社任編輯，那時我年僅二十一歲，此為我踏進社會做事之開始。

《東方雜誌》社的酬勞很低，月僅三十五元，可是因為筆墨生涯深合我的志趣，且頗承主編錢經宇（智修）先生的青睞，所以精神上尚感痛快。同時與諸同事如李石岑、鄭振鐸先生等聚居一室，終日談笑，至今回憶，頗有餘味。（時《東方雜誌》與《教育雜誌》、《小說月報》、《婦女雜誌》等同一編輯室。）

在《東方雜誌》做了一年多的編輯，承衛聽濤（渤）先生的介紹，到北京英商麥加利銀行華帳房任職。時華經理（即買辦）是金拱北（城）先生，是有名的畫家，所以賓主之間，亦頗相得。

民國十三年三月十二日中國國民黨總理孫先生病歿於北京，我在人山人海的中央公園中參拜遺容，深受感動，因於是年加入國民黨。

十五年夏，先父棄養，我在京接到病危的電報後趕程南下，返鄉時已不及親聆最後之遺訓。不孝之罪，百身莫贖！喪事料理後，自顧孑然一身，出國之念益決。旋即辭去北京麥加利銀行職務，應友人潘公展、張廷灝二先生之招，任上海特別市政府工商局合作事業指導員之職。後復因友人余井塘先生之介紹得識陳果夫先生，陳先生對於合作事業頗為熱心，因見我對於合作理論有相當研究，遂於十七年夏以中央民眾訓練委員會的名義，派我赴歐調查合作運動，於是渴望多年的出國之志，方始得償。

當我出國的時候，我開始對於政治感到無限的興趣和希望。那時國民黨中有所謂左派與右派之分，左派領袖是汪精衛先生，右派領袖是蔣介石先生。我對於汪先生一向有莫大的信仰，我認為孫先生逝世後只有汪先生才是唯一的繼承者。那時候汪先生正隱居在法國，我在赴歐的旅途中，旦夕打算怎樣能夠追隨汪先生為黨國而奮鬥。

有志者事竟成，到了巴黎數月先認識林柏生先生，再經幾個月肝膽相照的友誼，才由柏生兄介紹晉謁汪先生。我記得第一共謁見汪先生時是在曾仲鳴先生的寓所，此情此景，如在目前！

我自得識汪先生後精神上受到莫大的鼓勵。在巴黎數月的期間內，除數度拜謁合作導師季特教授（Prof. Charles Gide）暨參觀各合作組織外，並一度赴倫敦參觀國際合作聯盟會及各大合作組織，復一度赴日內瓦參觀國際勞工局的合作部，得識該部主任福古博士（Dr. Facquet）及幫辦哥倫朋氏（M. Colombain），相與過從，獲益不少。

十八年春，陳公博先生由國內來巴黎，我由汪先生的介紹，初次認識。後來我陪他到倫敦去遊歷，兩星期後陳先生離英他去，我即入倫敦大學政治經濟學院聽講。

這時候國內正醞釀著熱烈的倒蔣運動，一般人都希望汪先生返國主持黨國大計。數月後，汪先生終於返國了，不公開的回到了香港。

我於夏秋之間奉了汪先生的命返香港，到港的時候正值「張桂軍」猛烈進攻廣州的時候，消息傳來，至為興奮。不料後來張桂軍因軍械不濟的關係，事敗垂成。

軍事失敗後，汪先生絕不灰心，頗注意於宣傳工作，遂命林柏生先生、陳克文先生與我三人創辦《南華評論》（柏生兄為社長，克文兄與我為副社長），後我復兼主編《南華評論》之職。現在《南華日報》已有十二年之悠久歷史，這是人人所共知的。

十九年夏，汪先生應閻錫山、馮玉祥二氏的邀請，離香港赴北平召開擴大會議，我亦追隨同往，任海外部祕書。同時並與曾仲鳴先生合辦《蔚藍畫報》，頗獲當時平津文藝界之好評。

是年冬，汪先生赴山西，我奉命重返香港。道經上海的時候，由孫寒冰夫人的介紹，因識先室沈瑞英女士。

二十年春，汪先生赴廣州主持非常會議，我被任為文化事業委員會委員。同年十月，寧粵兩方代表在滬開和平會議，事先我奉汪先生命赴滬辦理宣傳事宜。

二十一年一月三十日，在滬結婚，時適值一二八事變，京滬交通斷絕，我無法赴京追隨汪先生，遂留滬閑居。後來國難會議在洛陽開會，我被召赴會，晤昔日老師楊端六、馬寅初先生等，闊別多年，自問學無寸進，至為愧怍。

是年十一月九日，長兒榮昌誕生。

二十三年六月，我奉汪先生命作第二次出國之遊。先是兩年的時間，我以不常赴京，留滬時多，所以僅僅掛著行政院參議、農村復興委員會專門委員、外交部條約委員會委員等名義，實際上並未做什麼事，虛擲歲月，極為愧恨。這一次是以行政院農村復興委員會特派考察歐洲農業合做事宜的名義出國的，汪先生因該會經費不充，所以再給我一個駐丹麥使館祕書的職務。我赴歐後先到倫敦，適張向華（發奎）將軍亦在那裡，闊別多年，暢敘至歡。數日後我隨他到荷蘭去遊覽。後來，張將軍離歐赴美，我即經由德國赴丹麥。我在丹麥三四個月，普遍參觀了丹麥全國的各種合作事業，所得印象之深，無以復加。（曾撰〈丹麥印象記〉一文，在《中報月刊》上發表。復有關於考察丹麥合作之報告，在農村復興委員會會報上發表。）

這一次的出國與第一次的出國情緒大為不同。當我第一次出國的時候，孑然一身，懷有破釜沉舟之志。第二次則不同了，僅僅短短的數月，而懷念妻兒，無時或已。我想接他們出來，因即於是年十二月經由美洲返國。

可是回國之後，因種種的關係卒致不能重複出國，至今思之，不勝悵然！

二十五年一月三十一日，次兒燮昌誕生。

這時候張向華將軍在浙江江山新就閩贛浙皖四省邊區清剿總指揮之職，因見我在滬閑居無聊，來函相招。於是以一介書生，乃勉入戎幕。幸承他特別通融，除了陪他讀英文、打網球，和出巡的時候終日追隨外，別無他事，所以精神上尚感痛快。尤其是跟了他得遍探四省的名蹟，飽餐天台雁蕩之勝景，至今回憶，猶認為是生平之一大樂事。

二十六年春，我復奉汪先生命為中央政治委員會土地專門委員再兼襄上海《中華日報》

筆政。秋間八一三事變發生，我奉柏生兄命重返香港主持《南華日報》筆政，乃舉家南行。

不久柏生兄亦由滬來港，創立「蔚藍書店」，組織「國際編譯社」，同時梅思平、樊仲雲諸先生也先後加入，人才濟濟，盛極一時。那時思平兄主編國際叢書，仲雲兄主編國際週報，我則主編國際通訊，工作相當緊張，成績不無可觀。

二十七年十二月廿九日汪先生豔電發表，於是和平運動，立即展開。我被派祕密赴滬，從事宣傳工作，經一二個月之籌備，和平運動上海方面的第一種刊物《時代文選》，遂於二十八年三月二十日出版。

是年八月二十八日，中國國民黨在滬舉行第六次全國代表大會，我被選為中央監察委員，復擔任中央宣傳部副部長。同年八月至九月間，我接辦上海《國際晚報》。（後因工部局借故撤銷登記證而被迫停刊。）十月一日創辦《時代晚報》，由梅思平先生任董事長，二十九年九月一日遷南京出版，以迄於今。

二十九年三月三十日國府還都，我被任為交通部政務次長。先是中央黨部也已將我調任為組織部副部長。五月二十六日中國合作學會在京成立，我被推為理事長。

自二十八年冬日起，先室多年不曾注意的心臟病突然發作，迭請中日名醫診治，時愈時發，毫無希望，終於今年（卅年）一月十一日在滬寓逝。七月間，我因為長兒榮昌平日太過用功，次兒燮昌身體不很健康的緣故，送他們到青島去小住。不料八月十九日長兒榮昌初以飲食不慎突患痢疾，繼以看護疏忽及誤於庸醫，竟於十月十六日歿於青島！

今年是我四十歲，在我生日的那一天，親友中有來賀我「初慶」的，真令我啼笑皆非。回憶過去的數十年，雖亦嘗飽經憂患，諸事拂逆，但中心愴痛，從未有如今日之甚。一年之中，最親愛的去了兩個（前者之病，尚在意中；後者之病，實出意外），這恐怕是無論何人所難堪的吧！

我自二十歲後，頗信命運之說。回憶二十一年的一年中得妻得子，今年的一年中喪妻喪子，十歲幸福，毀於一旦，若非命運，何其巧耶？

這一個半月以來，我痛定思痛，萬念俱灰；終日徬徨，已經喪失了做任何事的勇氣。好在上述所擔任諸職，如中央組織部副部長及交通部政務次長，都早已先後辭去，至於目前所擔任的如全國經濟委員會委員等職，事務比較清閑，於我目前心境，尚覺相宜。

我生平時時用以自勵的格言是「澹泊明志」四個字，對於權利二字，素不重視；又大概是因身體衰弱的關係，對於世間一切，都抱悲觀消極的態度。我好與人家說笑話，人家看見我常常嘻嘻哈哈的或者很少能察出我內心的隱痛。又以口鋒太銳利之故，或者無形中要得罪人，亦未可知。其實，我自以為是秉性十分忠厚的。（我之所以特別痛惜長兒就是因為他秉性忠厚的緣故。）我又因自己出身貧苦，所以對於貧苦的人，一律抱有同情之心。我對於厚我的人從不忘記，且時懷報德之心；對於薄我的人雖亦很難忘記，但總想設法忘記，並且從無報復之念。

當榮兒病重及病歿的時候，我在上海寫信給京中至友周佛海、梅思平、夏奇峰三位先生，有幾句話道：「人生本如一夢，而弟所夢者乃一惡夢；人生又如一戲劇，而弟所演者乃一悲劇。」這足以表現我當時及目前內心的情緒。

以上所述，簡略的將四十年來我的生平，作一個輪廓的記載。敘的是「事實」，說的是「老實話」，絕無半點虛偽，或能勉符所謂自傳之旨歟？

三十年十二月三十一晚草於滬寓。

（原刊於《古今》月刊一九四二年創刊號）

論春季大會戰前夜的德英蘇

左筆

震驚全世界的壯烈德蘇大戰，現在已走過了全部的冬天，春季已降臨了，回憶在去年大戰之時，納粹的軍隊，用了全部海陸空軍精力，作著閃電強烈的全面攻勢。雖然遇到了紅軍頑強無比的抵抗，幸運地給蘇聯拖過了它最有利的冬天，保衛了莫斯科、列寧格勒，和南路高加索的門戶科斯羅夫，可是現在與蘇聯最有利的黃金時代，已過去了，今後是和暖春天的季節，也正是德國春季攻勢最有利的燦爛時代。

在這「春季攻勢」的前夜。全世界凡是關心國際情勢者，都抱著極熱烈的心事來觀望這戰爭給與蘇聯整個潰敗，和英吉利的三島登陸。可是僅僅是抱著這樣的觀望是不夠的，是錯誤的。我們必須用客觀的態度，細看這客觀環境的發展，來作客觀的分析。由這種的分析裡，得到一個切確的客觀的觀點。若如果只憑主觀的熱度，而為春季一陣臨，德國就能得著勝利，樂觀輕敵的態度，那就是上了驕傲，忽略疏懈的路途，是不堪設想的。

最先我們要認清一個目標，就是今後的「春季攻勢」的「春季大戰」比去年是會更壯烈的，更擴大的。德國在這春季中當然是會發揮更猛烈的攻擊力。但不能輕視，養精蓄銳的英國，必定也會在這春季降臨的前夜，準備著也來一個「春季攻勢」來還擊德國，必定是會在歐洲的大陸上發動了第二戰場。幾次的傘兵降落，是充滿了極大的「春季攻勢」開闢英國第二戰場的前奏曲。此次這一個「春季攻勢」說是空前未有的大戰，多不如說是：「生死存亡的決鬥」。

同時蘇聯在去年「冬季攻勢」是的確是獲了局部的成功，這是不可否認的事實，在這局部的勝利之中，史太林是會利用這局部的收穫，做一個春季的防禦戰，或甚至「反擊戰」，這是鐵的事實。

所以在這「春季大戰」的降臨中，德國在西歐今後的責任是比以前更重的，更需要拿出全副的精力來打破這目前的難關，擊敗英美蘇的聯軍，不然的話，若只有一絲的忽略、疏懈，則這「春季攻勢」的重大意義，黃金的勝利時代是曾走滑過去的。若這樣的下去，戰爭是會更長久的拖下去，將來的難關是更深重的。

現在我們先用客觀的態度，來驗討一下，三國的力量到底是怎樣的。然後我們在這中去推策他們在這「春季攻勢」裡，是會發生多大的力量，和誰勝，誰敗的「先見」。現在就作一個詳細的分別說明，然後再以全部地包括一下，總結之。

一、德意志：若單單用德國本身的力量，去幹這一場的「春季攻勢」根本是絕對不夠的，並且是絕對無把握，沒有勝利的希望。可是德國與三年前是不同了，他是包存著全部歐洲的力量。因為更在了歐洲各國的同心協力之下。在人力、物力、財力和交通，形勢等方面是有龐大的優勢力量。且德國用了極科學的方法，閃電地來推進他們的生產，使各盡其能，一點沒有空空地放棄了。並且將過去以前各國的生產力完全增加了一倍以上。甚至在著德國以為最嚴重的糧食問題，去年是得著更完滿的解決，今後是有更大絕對把握的收穫。烏克蘭倉庫，是德國以後重大的生產地。羅馬尼亞的油，挪威、芬蘭、亞爾薩斯、羅林、薩爾的煤鐵，還有捷克的重工業，丹麥的肉類等，各各都是德國用之不盡的龐大後援力。

在軍力、人力方面，德國雖然在蘇聯的一場大戰上，消耗了許多，但全歐洲龐大的軍力和人力，德國是一點沒有動用過，這都可以做今後「春季攻勢」的最有力的援軍，至於空軍和機甲師團，是比去年更增加了，空軍永遠還是控個著歐洲的天空。鐵甲師團和閃電陸軍，任是世界各國都不能望其脊背。在這次的大戰中，必定是更發揮其神勇威力，至於最神祕的空軍陸戰隊，這次必定在英倫天空顯其更高大威力，比克里特島之戰，當然是進步得多多了。在戰略上德國必先攻擊蘇聯。到某一種限度時，就絕不想進攻，只做固守之戰。對英吉方面先發動空軍的猛烈大規模轟炸，再用東線上作戰的兵力，配合了其他各部的力量和傘兵來襲擊英國，使英倫三島整個屈服後，然後再返軍全部來解決蘇聯戰爭。

二、英吉利：自從一九四〇年七月法國潰敗時，才急速地修築著本土的防衛，若使當時德國能繼法國擊潰之時，馬上進攻英倫，我想是不需要用多大的實力，必定可以完成這攻略戰。但希特勒是放棄了這黃金的機會，堪可痛惜的。再論起今日的英倫，當然比以前強盛堅固得多了，不但有防衛之力，並且有反擊之力，邱吉爾之不斷叫喊發動第二戰場，由此就可以策見其內部力量。自從美國參戰後，美軍和加拿大軍不斷地開入英倫三島，當然對於防禦方面是更鞏固得多矣！空軍方面，雖然力量不夠，但在防衛本土的天空是大可足夠的。海軍方面，在太平洋的艦全沒後，損失了極大的力量，但大西洋、地中海的艦隊。還是從前的威儀。德國的潛艇雖然是比以前更活躍，但對於他們的艦隊本身是沒有多大的效力。

在地中海方面，英國永遠是抱定要有控制的海權。實在的：若地中海的霸權一旦棄失，則不但大英帝國的經濟財力是完全斷絕，就整個的殖民地，屬地也完全失掉了，大不列顛不戰亦自降了。

對於北非方面，也許他是會發動了猛烈的攻勢，來打擊利比亞的德意聯軍，但我想這是不會生多大的效力的，這要看這二年來的拉鋸戰，就可以明白其大概。英國想整個的非洲要完全在倫敦手裡，這恐怕是絕大的夢想。若使真的夢想不能實現的一天，大英帝國的危難是不會排除的一日。這是今後英國最心腹的痛稟。

總之：英國今後還是永遠處於被動的地位，只能跟從德國的打一下，他或許的還一禮，歐洲本陸沒有完成登陸的一天，永遠是沒有在戰爭上得到主動的地位。經濟不能封鎖完成的一天，也永遠沒有勝利把握的一天。英國之不能勝利，整個的聯軍也跟之毀滅了，潰敗了。

三、蘇聯：史太林機能的智慧，死力的鬥爭，幸總地給他們度過了冬天的黃金時代，拼命地發揮了冬季對俄羅斯優勢的反攻，現在已經過去了。蘇聯反攻的成績到底怎樣？有沒有預照了反攻的計劃，達到了目的？這只有史太林自己知道，天曉得哩！

當然史太林會利用了對他利益的冬季，保衛了莫斯科、列林格勒等要城。必定也會想到如何防衛今後德國神勇的「春季攻勢」。所以史太林在這一方面，是不斷地努力和準備，使戰爭幸運地再給蘇聯的抵抗的能力，故蘇聯是極力的開闢了對外的通路，希望著羅斯福大發慈悲，多給他軍事上的物力幫助。羅斯福為了自身打算，當然也是盡其能力，付其願望。希望蘇聯多在歐洲上佔著重要的地位，來牽制德國龐大的軍力，邱吉爾也答應了於春季來臨時，北冰洋冰雪溶解後，由北路援助其坦克車、飛機，甚至還有派陸軍，機械化部隊助戰，以收其更大的戰爭效果。

但以上的事情，會不會如意地就其理想實現還是一個問題。若一旦這事情不能完全實現，則史太林將怎樣呢？這也是蘇聯很大的一個謎。至於其本身方面力量，雖然有擴大的地域，豐富的財力。會不會在這上面和德國在巴爾幹及東南歐一樣地盡其力量發揮，有科學規律的生產還是一個問題。並且在此次的戰爭中，損失了最大的工業區和農產區烏克蘭省。這百分的四十生產力，用何來補救呢？總之：一切現在問題，都是圍著史太林的四周了，請問這年老巧滑的赤色老人將怎樣呢？我們現在靜觀在這「春季大戰」時的解答。

軍力方面：蘇聯在這次大戰中，能阻止了德軍之佔領莫斯科者，完全由於蘇聯的後援軍源源開來，將前線給德國滅亡的紅軍完全補上。但今後將怎樣呢？來得及訓練與以前一樣奮勇無比的紅軍，擔任了大戰的更重要的責任呢？機械化部隊，坦克車大隊，會不會恢復了以前完全的數量呢？一切都成了問題，一切都要在這「春季大會戰」才可以窺視出他的全貌的。

空軍方面，蘇聯確俱了龐大的能力，這一次德國於去年不能施展其完全閃電能力者，也大部分阻於蘇聯的空軍。但蘇聯的空軍量雖然多，可是都不精的由於英國空軍的保衛列寧城，就可以知道了。可是去年到現在的五六個月中，他的空軍的確是改良了許多。並且由美國及英國運到了不少的優良飛機。可是駕駛員的缺乏是發生了極嚴重的問題。因為初戰之時，史太林錯誤了將優秀的駕駛、戰鬥員放在粗劣的飛機上，完全都犧牲了，不過空軍的後備員，倒沒有如陸軍一樣地損傷了，此次諒可以有力量來補救的。

總之：蘇聯的戰爭自開戰到現在止是著謎字中。就是德國的參謀部，也弄得不清楚。此次蘇聯今後的力量不要看為過大，也不能看為過小。實在的：他的人力、物力、財力在這一次的戰爭中，確發揮了他的能力，幫助英國拯救了不少的危運。今後還是為英國擔任了極大的巨擔，這是鐵的事實。就是德國也不能否認的。

三國的能力，現在已大致說過了如上的情形。所以這一次的「春季功勢」，他們各都抱著極大的希望和勝利的把握，「鹿死誰手」；任何人都不能斷定。總之，這一次的春季大會戰，不是前二年的情形了。前二年有其他的各小國做這舞台上的配角。牽制了德國不少的力量，但是今日的形勢完全兩樣了。戰即是主力的決鬥，不戰即馬上放下武器，和平解決！除非了雙方的勢力相等，變成為拉踞式的爭奪戰外，是絕對不會再延長了這戰爭的。

總之這一次的「春季大會戰」：不是德英蘇三國的問題，直接影響的還是我們整個的國際形勢。關心時事者，諒能必付出更大的精力，在這方面驗討的。

（原刊《中央月報》一九四二年第二卷第四期）

記周佛海先生

左筆

在舊曆新年久陰乍晴的一天，記者承本刊朱社長的介紹，特往拜謁大名鼎鼎的「和平運動總參謀長」周佛海先生。[1]

愚園路中一所半新半舊的洋房，前面包圍著一片小小的草地，那便是周先生的寓宅。記者投片之後，就在樓下的小客廳裡恭候。客廳的四壁懸著汪精衛先生的字和齊白石老人的畫，鐵劃銀鈎，令人神往。廳裡略具椅桌數事，簡單整潔，幽靜異常。當記者正在鑑賞一切凝神靜思之時，不知不覺的忽然周先生已跑進客廳裡來了。

一位體格壯偉英氣逼人的周先生，與記者往日腦筋裡所幻想的年齡很大而道貌岸然的周先生截然不同！周先生的大名至少我已欽仰了二十餘年之久，遠在新文化運動時代，記者就已在國內諸大雜誌上拜讀他的大著，怎麼今日一見，依然丰姿翩翩還是一個青年鬥士呢？

寒暄之後，周先生即一見如故的與記者暢談一切。懇切的態度，爽利的談鋒，在短短的

1 日本報紙及雜誌上對於周氏俱作是稱。

十幾分鐘之內，已將他的豪爽痛快的個性充分地流露出來了。

據周先生自述，他生平唯一的個性，就是心裡有什麼事嘴裡就說什麼話。他不曉得什麼叫做「謀」，更不曉得什麼叫做「術」。此外他還有「三不」個性：即（一）不修邊幅、（二）不事生產、（三）不好應酬。他說他最怕剃頭，不受逼迫是決不肯自動理髮的，所以常常要兩三個月才理髮一次。一件衣服穿上身後就永遠的穿著，不是他的夫人要他換，他決不會換的。他自己不曉得寒煖，不知道飢飽，每天的飲食起居全是由他的夫人當心照料的。所以每逢他與他的夫人不在一起的期間，他就常常要患傷風及胃病。（記者按：這一點頗有餘杭章太炎氏之作風！）

對於金錢他是素來不很重視的，雖則他的幼年和少年時代都是從極困苦的環境中度來。正因如此，所以他現在收入的大部分盡用之於救濟困難的朋友和不宣佈的慈善事業，他說這樣的用錢在精神上是極感愉快的。

他在南京是應酬最少的一個人。不是因為萬不得已，他決不請客；也不是因為萬不得已，人家請他，他決不到。人家知道他的脾氣，以後索性不請他了。所以他晚上是非常清閑的，時以瀏覽書報為消遣。有一天，德國公使飛歇爾氏請他吃飯，問他道：「每次公開的宴會中，何以都不看見你？」他說：「我今晚承你招待，來和你談談，在我是算很特別的。」湊巧第二天有個公開的宴會，德使說：「那麼明天的宴會，恐怕又看不到你了？」他說：「被你猜著了！」說罷兩人大笑。

周先生對於事業方面所感興趣的是政治訓練工作與文化宣傳工作。所以，在國民革命軍北伐的時期，他做黃埔軍官學校武漢分校的祕書長兼政治部主任。（時蔣中正氏任校長，鄧演達氏任代理校長，張治中氏任教育長。）民國十八年至二十年間，他做國民革命軍總司令部政治部主任兼訓練總監部政治訓練處長。民國二十五年至二十六年，他做中央黨部民眾訓練部長。八一三事變後，他先在南京做大本營第二部副部長（按大本營大元帥為蔣中正氏，第二部所司者為「政略」，部長為熊式輝氏，此係戰時體制，始終未經宣佈者），繼在武漢做中央黨部宣傳部長，直至和平運動開始時為止。他說他生平所最怕做者有兩件事：一是外交，一是財政，因他的個性如上所述，既不長謀術又不事生產也。可是當和平運動開始的時候，他就是第一個辦外交的人，國府還都後，他又就第一任的財政部長和第一任的中央銀行總裁，可謂怪極。他又說他最不感興趣的亦有兩件事：一為教育，一為警察。當昔年初到日本留學的時候，有人勸他考高等師範，他不願意，又有人以為日本的警察辦得好，勸他學警察，他也不願意。可是後來在八一三事變前他在江蘇做了六年的教育廳長，國府還都後又兼任，第一任的警政部長，亦可謂怪事。周先生說到這裡時喟然長歎曰：「天下事的離奇變化，真出人意外！」

後來談到個人的嗜好，他說他最愛讀杜詩，看電影，和遊歷名山大川。可是現在因環境和地位的關係，不能出去看電影和遊覽，至以為憾。談到此時，記者偶然聽得隔壁悠揚的琴聲，一經打聽，原來是他的女公子在練習鋼琴。提起這一件事，周先生說最近有一個極為幽默的笑話。原來周女士請一個俄國女人教彈鋼琴，有一天那個俄國女人問周女士的父親是何人，周女士隨手以一張中央儲備銀行鈔票上周氏的簽名示之，那個俄國女人失聲大呼曰：

"Oh, you have a good father!"

周女士立即以極流暢的英語答覆道：

"If he were a begger, then I shall have a bad father!"

在彼此哈哈大笑聲中，記者遂起身告辭，歸來後腦筋裡留了一個不可磨滅的愉快而興奮的印象。

（原刊於《古今》月刊一九四二年創刊號）

陳彬龢論

左筆

一個人物底評論，中國有一句老話，所謂「蓋棺論定」，如果這位人物尚在人間，他底事業，前途尚多，是不能論斷的。「周公流言，王莽下士」，在這時候，如何下筆？話又說回來，一位人物，就是蓋棺千年百年，往往善惡不決，給後人大大地翻案，也是常有的。有名的秦檜和岳飛，陶希聖以社會史底眼光，斷定岳飛是不懂政治的強悍軍閥，秦檜底主和，也有他在政治經濟社會上的道理。再如王安石，是近代史家公認的一位政治經濟革新家，而當時的蘇氏老泉，嘗著〈辯奸論〉諷之。張居正是有明中興的名宰相，在後世戲劇上搬演，給他老先生蓋上奸白的臉譜，比曹操還要難看，所以「蓋棺論定」，也是不成。我們底意思，批評活人，比較批評故人，來得生動。人在世上，忙忙碌碌，終是無暇自己照鏡子，第三者給他拍上一張小照，送給被照的人看看，人我之間，至少有些體察，重新來修正或把握他底生路。我們常看見外國雜誌，有時代人物的論評，我想被論者或者不以為忤的吧。

如今報導圈中，陳彬龢先生登場，是惹起大家注意的。陳氏在新聞圈、文化圈、政治圈，一枝筆桿，風雲際會，載沉載浮，二十多年了。陳氏底文章、氣概，凡是接觸過他的人，都有一種熱、明、銳、滑底感覺。如果拿中國最老的《申報》和他底關係上說，陳先生幾次翻觔斗，我不能不服佩陳氏在事業上的攻勢力量。《申報》老了，幾十年了，這是一般人的感覺。按年頭上講，她應當駕乎日本的《每日》與《東日》，甚至要浸浸乎追步倫敦的《泰晤士》，但是《申報》仍然是故步自封，故態依然。有人說這是表示了中國政治經濟底階段關係，可是《大公報》之崛起華北，大有南侵之勢，老《申報》不甘美人遲暮，於是史量才先生在十年前有一次改革，大約陳先生在前在後就是這個階段的。陳先生的參加，是文字而不是事務，他不能像胡政之、張季鸞兩氏那樣的魚水合作，累得報界前輩史量才氏遭蒙政治性的暗殺，這當然並不能說是陳氏的緣故，大家都知道的，我們也不必給陳先生辯解了。

「申報」二字，據說是山東名家丁佛言氏所書，黃膺白（郛）先生，也曾一度做過《申報》底主筆，而黃氏後來成為政學系的領袖。陳氏一度之主持《申報》筆政，自然也有其政治上的企圖，比方其所著〈上汪精衛先生書〉，洋洋數萬言，可見其書生論政的本色。陳氏對於《申報》社論底革命，我們很佩服。二十年前《申報》「冷血」式短短二三百字的時評，真是好玩。記得郭沫若氏說過，《申報》底時評，意義含混，措辭模稜，不但第二日好用，下一個月，再一年排上，也未始不可。陳氏到了申報，不但有千言時論，並且常有近乎萬言的時論，這不能不說是陳先生的大力矯正，有過不及。

要知道陳先生是現實的言論家，時代言論，陳先生時常把握得緊緊的。大約是民國十八九年間罷，東北易了旗幟，吳鐵城氏到了東北，逢人輒書：「不到東北，不知東北之大。」張溥泉氏（繼）也隨後到了東北，看見哈爾濱中東鐵路中蘇職員的豪華，大呼為「赤色貴族」。陳先生隨後，以主辦《日本研究》底資格，遍踏東北各埠，為各地講演旅行。那時節陳先生的言論豐采，很受一般人歡迎。陳氏歸滬不久而東北事變，所以陳氏則加入《申報》，〈上書汪精衛先生論政〉，便是此後的作品。

陳氏政治上雖不得成，而對於政治上的熱心，則未嘗後人。陳氏無黨，多與社會人士相接。中國政治，如果無黨無派，就永遠不會成功。陳氏嘗以社會人才力和社會輿論力來感召政治上的進步，這個方式常不召致中國政治家底重視。陳氏過去在半社會半政治的場合之下，上海非其所宜，香港為其久居之地。在港方的聞人，無論政治、實業、文化各界人士，多有往來。事變之後，港方更見熱鬧，陳氏編譯些中外時論，發佈中外，也曾風行過一時，仍在過他的半政治半社會式的生活。

陳先生是書生，是文人，陳先生雖然和政治發生往來，和社會事業發生關係，都是蜻蜓戲水式的尚未深入，仍然不脫書生本色。陳氏的文章如何，筆者不敢評價。有人說陳先生底文章淺薄，但是新聞記者論評時事，自然不能如「伏生說經」。我們敢說陳先生的文章，至少堪為「明快」。明快二字，或者不算恭維。譬如胡適之文，也是「明快」而「纖巧」，人們就譏諷胡氏的文章為淺薄。當今文章之佳，無過陶希聖之文，希聖之文來自精學，出以神筆，但陶氏是一個政治無主張、現實無決斷的人，恐怕他將來永遠是一位政治苦悶者。陳彬龢先生，現實上觀察銳敏，敢為大膽的表演，此層高出陶氏一籌。陳氏此次重主《申報》筆政，例如專闢糧食問題論壇，徵求士者意見，獲得社會上的同情不少。

陳氏在新聞事業上，能否成功，我們不敢預見，問題在於陳氏，是否以新聞事業，為其終身事業？如果陳氏肯做中國張季鸞第二，今日《申報》底條件尚未具備者殊多。張季鸞之成功，頼有胡政之氏之魚水合作，前邊已經說過。張、胡之於《大公報》，好似孟良與焦贊，所謂「焦不離孟，孟不離焦」，董事長吳鼎昌好似楊彥昭。今日的《申報》館，事務與筆政，似乎是集中於陳氏個人了（是否如此不得而知姑假定之），陳氏是否具有張胡二氏長年苦鬥中的新聞事業經驗，還是問題。不過我們總希望今日的《申報》能有這個成果，成功為民間公正的一個理想報紙，但這又恐怕不是陳先生一人之所獨能罷。

大東亞戰爭，這一個歷史巨幕之開演，自然要產生許多風雲男兒，這些風雲男兒之際會升沉，又要看何人能否把握大時代中所應趨的途徑。各個部門的表演，都能成就其時代的意義，文化戰線，自然也是其有力的一翼。今日之戰，非僅砲火之戰，也是思想戰、文字戰，幾紙的《新民業報》，薄薄的《新青年》雜誌，結束了中國幾千年來的封建社會，啟示了二十世紀的世界思潮，當此歷史轉換期底焦點尖塔之上，希望《申報》能夠擔當這個前鋒，而且唯有《申報》現處的地位和條件，有資格擔當。陳彬龢先生底前途，我們在寄以誠摯的期待。

（原刊《太平洋周報》一九四三年第一卷五〇期）

陶希聖論

左筆

日本宇垣大將，他做過陸相，他和政黨、軍人、財閥都有關係，屢次有組閣的消息，終是「只聽樓梯響，不見人下來」，近五六年來，愈加成為絕望了。當時的人們，送給宇垣大將一個頭銜「政治惑星」，我看我們的陶希聖先生在中國，也似乎有些相彷。

如果按照「學而優則仕」的話，陶先生早該做大官了，所以我們先談陶先生底學。陶先生湖北黃崗人也，黃崗多望族，代出顯貴。陶先生的父親是一位進士公，民初尚在河南做地方官，那時陶先生以家學淵源，在開封畢業了中學，負笈北京，考入北大。他學的是法律，學名叫陶彙曾，希聖是他的字，他在商務其先出版法學小冊，親族法，是他的拿手。民國十三四年，陶先生在上海出版界，受了新思潮的影響，頗留意於社會學社會問題，所以他到廣東，隨北伐軍轉回湖北老家，任職中央軍校政治教官。他的社會學和沈雁冰、梅思平，同被一般學生所歡迎。武漢政府時代，社會學是時髦，中國社會史的寫作，更是鳳毛麟角，陶先生便用他社會學的理念，中國法制史的研究，在陳啟修主編的《中央日報》上發表，陶的名字便紅了起來。

陶在武漢，確乎做了許多文化工作，而且相當重要。他做中央軍校政治教官，中大教授，講演寫文章，都很賣力，當時的惲代英、施存統，都很器重他。陶氏教授的資格，確是很早，當時的武漢中大，李漢俊做校長，陶已經做教授，那是在民國十六年，民十七又做南京中大教授，民十八秋應聘北大，一直做到民國二十六年中日事變。十二月《雜誌》葉君宜氏《中國內幕異聞錄》說陶氏在「十教授宣言」時依然是講師的話，有些出入，那時陶氏在北京，已經是「名教授」了。

陶在北京的叫座，是在民十八、九年間，當時北京文化界，有些左傾教授，在京滬立腳不佳，由南而北，紛紛逃入故都。施存統、李達、陳啟修（豹隱）、馬念一（哲民）、許德珩等等，都到北京。陳啟修、許德珩和陶希聖，都是老北大的關係蔣夢麟的庇護，可以穩做北京教授，其他施存統、馬念一輩，在當局監視眼之下，偷偷地在師大及各私立大學做夜間講座。當時北京的學生思想，革命之後，黨派複雜，左傾右傾，均所歡迎。為了嗜好不同，課堂動武是那時的家常好戲。後來當局鎮壓，馬念一被捕，施存統通緝，左傾學生，一時苦悶。陶希聖先生，社會學不講，翻翻線裝書，做些社會史教材，則非常賣座。隨後陶氏，在思想方法問題上，又和胡適大開筆戰，陶氏出足了風頭，胡適有些敵不過，老胡好像是被陶打倒了。胡適之總是不脫自由主義實驗哲學派冬烘的臭味，沒有老陶唯物論脫胎的社會史方法吃香，所以有人說老胡被陶希聖打倒了。這或許陶公「聖者時」的拿手，胡氏氣忿不過，常說：「人以罵我姓胡的出名，『我的朋友胡適之』云云，都是出賣我胡適的朋友。」憑事實說：陶氏雖以與胡筆戰出名，文中卻未見「我的朋友胡適之」的話，胡適這話，有點自嘲，論起來胡還是在北大後浪逐前浪陶希聖底先生呢。

陶先生在北京文壇，奠定了基礎，由周佛海氏為援，陳氏（立夫）為助，創辦《食貨》雜誌，北京學生，慕陶之名，從學頗多，桃李滿天下，尤以出聖人的地方山東青年最多。

蘆溝橋的大砲一響，陶氏襆被南下，住在南京周公館，也是周公時事俱樂部的幕中人。據周佛海氏言，他們在周家談和，頗遭李白之忌，熊式輝好意警告，要他們當心。陶先生書不能教，靜極思動，自然要名流論政。廬山會議有他，參政會議自然也有他，在重慶公開講演，對於國際問題，大批流年，推算抗戰一定勝利。這種言不由衷的話，陶氏自然痛苦，終於逃之夭夭，展開和平運動。

平心而論陶氏是恨共產黨，陶氏雖是一位左傾學者，但他在民國二十六年春天北京師大學生紀念五四講演會上，陶氏受了羞辱，以CC團的主動，演出全武行，左傾學生們在法院裡控他是兇手。陶氏當時煩惱極了，對於學生運動，非常灰心，尤其痛恨左傾學生的可惡。陶氏在意識上，既不願表示右傾，又不願追隨左傾，當時的陶氏，陷於極度的苦悶當中。陶當時曾經對人表示：「我既未鍍金，又未鍍銀，我是一個未出過國的國產教授。你們送我紅帽子也可，送我藍（藍衣社）帽子也行，我自己知道，我常在政治上失敗。」由此可見，陶氏自己已認為是個政治惑星，所以他忽而由渝走越，忽而由滬走港了。

陶希聖在朋友交情上，誠如周佛海氏在〈盛衰閱盡話滄桑〉上所言，不賣朋友，頗夠交情，待人接物，尚見誠懇。平心而論，周佛海是真是他的好朋友，雖然去年在港寫文章破口大罵，要知陶氏言論不自由，在藍衣份子監視之下，他的文章是報效的。

陶希聖氏，是否斷念於和平運動，或者所謂「正統派國民黨運動」，仍是一謎。陶氏過去，「見馮言戰，見汪言和，見蔣和戰皆言。」「對國罵共，對共罵國，對x國共皆罵。」空谷來風，非無其因。他脫走到香港，一九四〇年一方面寫信給室伏高信，又託其弟子沈巨塵向南京轉消息（見史筆小冊），一方面在香港《大公報》又寫文章大罵和運，誠然如他的老友周佛海氏所言，他是「緊急關頭，不當機立斷」（見周氏〈話滄桑〉文）猶豫莫決的一個人，無怪他自己就說：「常在政治上失敗」了。但他對政治，又不可不談，不得不談，那末陶先生只好永遠做政治惑星了。

中國之亂，政治無辦法，學術無出路，以陶氏的精思力學，文章震古今，桃李滿天下，竟做了祕密政治黨徒的囚犯，不是可悲的一件事嗎？

（原刊《太平洋周報》第一卷五十一期，一九四三）

張善琨論

左筆

（一）

上海的人物，恭維起來是某某聞人，私下講來是某某大亨，在這十里洋場，豎起大拇指頭來，什麼聞人大亨，究其內容，不外金錢、美人、與癟三底三者連繫相互為用而已。

金錢固可獲得美人心，而美人利用亦可獲得金錢，金錢固可收攬癟三，而癟三利用，亦為致財之道。癟三可保美人，美人可致金錢，金錢更可獲得美人心，這是上海人事泅泳術的必要訣竅。

其實人能雄視於一世，如秦始皇帝，尚為寡婦清築台，後人傳來說秦始皇帝和寡婦清私通，空谷來風，想必有因。漢文帝可以說是一個明君，但是他寵倖鄧通，鄧通致財，良有以也。《金瓶梅》小說上的西門慶，人評他是「妻財運」，可見西門大官人，生來無錢，李瓶兒、孟玉樓嫁過來，西門這強人（他的老婆吳月娘說）金錢美人，越發得意起來。所以有些土財主，不得此門而入，縱銅臭薰天，小老婆和你鬧翻，逃之夭夭，你也沒奈何她。

由此觀之，統而言之，金錢美人，可以兩用，況有流氓無產階級之為助哉？以上嚕嚕哱哱，是我們告訴上海許多尚未成功的小大亨們，是妻財尚未成功，同志仍須努力。

（二）

張善琨先生，上海一聞人也，聞人多妻多財，始可當之無愧。杜月笙、王曉籟、黃金榮諸先生，聞人之老前輩，多妻多金，妻榮子貴，善琨先生，稍後進耳，亦何拘拘於一夫一妻之制。善於成金者，亦必精於成金，揮金如土，非僅可獲得婦人心，亦可嘯聚大小嘍囉，為之助威。那末善琨先生之成功史，可歌可頌，不可不記。

好漢不怕出身低，杜、黃兩聞人，前車可鑑，不過善琨先生，初聞於舊劇界，大成於電影事業，當然是位知識份子了。張先生據說是湖州南潯鎮人，曾經肄業於交大前身的南洋公學。他在求學時代，便是一位戲劇熱心者，大世界的乾坤大戲院，他常走走，捧的是女台柱「女叫天」童俊卿女士，又號小妖怪。潘驢鄧小閒，男子獵色的哲學，張先生當時雖一窮學生，起碼小閒二字，尚且夠得上，頗獲女叫天之寵。天長日久，由火熱而成暱友，由暱友而儼同夫婦，這是善琨先生第一次的女緣。

大世界的後台老闆，是當時赫赫有名的黃楚九先生，也是女叫天的過房爺，以女叫天之介，得入黃氏另一企業的煙草公司服務。張先生事業經營，頗多創意，小囡牌香煙風行一時，於是張先生在黃楚九氏門下的工作地位，由下而中，再一躍而為高級職員。黃氏一命嗚呼，大世界改歸黃金榮先生經營，於是善琨先生，則請拜黃金榮先生為師。這個時候，女叫天既已成了共舞台的台柱，張先生也自然成為共舞台的老闆了。

善琨先生，聰明過人，目光遠大，絕不能老死於暮氣沉沉的舊劇界。他以共舞台的人力資力，加以學生門徒的種種幫助，成立新華影片公司。第一部創作，便是《洪揚豪俠傳》，以最經濟的條件，製造出來，基本演員，都是共舞台女戲子們的客串，王虎宸、童月娟等等，當然賺錢，張先生的事業手腕，真可佩服。讀者要問，童月娟女士，不是馳譽中國的張善琨老闆娘嗎？是的，月娟女士的女弟子，過房媛，善琨先生的如夫人。我們歷次觀片，童女士扮演的角色，不是丫寰（如《白蛇傳》之小青），便是姨太太（如《博愛》之爭夫），那才真正是童女士的拿手好戲呢。

（三）

張先生的事業愈大，聲名愈高，於是他的經綸，越發偉大。記不清是那一年，他以國府某要人的援助，出遊過一次歐洲。八一三之後，中國著名影片公司，如聯華、明星，相繼停業，張先生的新華公司，則首先恢復。憑著張先生劇影兩界的經驗，明星名伶的統御，牢籠有術，滬瀆影界人才，一個個都投入了他的懷抱。新華、華新、華成三公司相繼成立之後，不久又組成中國聯合影業公司，以美商的牌子，張氏出任總經理，於是電影海報上，「張善琨先生監製，親自導演，聯合導演」的字樣，閃爍地照著我們的眼簾。一九三九年，陳雲裳小姐的自港來滬，轟動歇浦，不能不說張先生的慧眼識美人。當民國二十八年，張先生到港，見到陳小姐美麗的小照，張氏立即重金禮聘，結果《木蘭從軍》、《一夜皇后》，一舉南北馳名，再舉大紅大紫，陳小姐自然要五體投地般地感激。其實《木蘭從軍》之製，還沒有《一夜皇后》起勁。單說《一夜皇后》的命名吧，尚有一段影海掌故的佳話。《一夜皇后》，如果仍要叫作「梅龍鎮」，或者「李鳳姐」「游龍戲鳳」的話，就俗不可耐。這一天夜裡，大家談論不休，名稱莫決。善琨太太不耐煩嚷著道：「天不早了，一夜天啦，該休息了吧。」這一句櫻唇出口，好似魯殿靈光，點醒了芸芸眾生，「好了，有了，『一夜皇后』罷」。

張氏既已成功為影業鉅子，手頭越闊，小嘍囉們自然效命，譬如韓蘭根，便是他的得意門生。黃金自有顏如玉，美人無處不成金，西門氏的妻財運，恐怕還不如張氏的女財運，張氏一生的女緣，難能而可貴。張氏執此一帆風順，以之營業，何業不利。廣告、剪綵、電台放送、大典觀光，浩浩蕩蕩，娘兒行列，張先生的名字，震天般的響亮起來。前幾張園游泳池開張之一幕，風魔了上海的何物狂生，膽敢群嚙天鵝之屁，幸而張先生在人屏中救駕，陳小姐又驚又喜，如果按照「小姐落難，公子打救」的中國道義上講來，至少要私訂終身了；

但是張先生是老闆，是總經理，是影業鉅子，以此例彼，不倫不類，失之唐突。職是之故，類似周璇女士與過房爺之謠，吾人敢斷言曰：「空谷來風，絕對無根！」

（四）

上海聞人，以杜月笙而登峰造極，人謂杜氏之人海泅泳路線，可列一公式：癟三起家，金錢中興，政治（？）全後。於是上海大小有志之徒，無不鑽幫入會，廣收門徒，效杜氏之所為。善琨先生，雖有相似，而又別具風格：公式上似可下列：女人起家，金錢中興，××（？）全後。平心而論，張先生遇人以柔，待下以和，亦能急人之急，解人之困，從影以來，男女無勃谿，上下無怨言，張氏以眾成業，以業濟眾，可為張氏事業上成功的妙訣。

一般人們對於張氏的觀感，頗多嫌惡他和女人的關係。我們要了解張氏的事業，不得不置身於鶯鶯燕燕之群，親澤於花香脂粉之間。如果按照東方舊道德律說來，男女授受尚不得親，此烏乎可？人生二十世紀，決非張氏一人之可訾；但是張氏之於女緣，得天獨厚，可為寵兒。

張氏的個人事業，在昔不過一位窮學生，一位小跑街而已，今者巍峨冠裳，募起股票來，動輒以百萬千萬計，一舉手一投足，腰纏萬貫，不費吹灰，可為張氏稱豪於一時。如果按照電影本位事業上講來，張氏之為功為過，尚自一個極大的疑問。張氏從影，一貫的作風，專注生意眼的爭取，對於教化上的意味，則置於次要的地位，常常加以蔑視。以舊伶人從影，以古裝片起家，風花雪月、才子佳人，似嫌迎合低級趣味。我們如果反觀昔日聯華、電通各片，若金燄、趙丹、袁牧之、陳波兒、王人美輩所演各片，無論在編劇、導演、演技上，都相差太多，大有江河日下之勢，識者嘆為影業的沒落。《木蘭從軍》，在孤島文藝上，可謂投機傑作，不料被焚於重慶，見禁於北國，張氏則反以此而獲名，人之幸與不幸，陰錯陽差，實在難說。近兩年來，古裝片無材可取，雙包官司，自然也不打了，滿希望影界能夠出幾部可看的片子，截至現在，依然老調重彈，不能不教我們遺憾。今日影業既已併合成功，張氏位尊總理，一人之下，萬人之上，人力資力，集於張氏之一身，任重負遠，我們希望張先生能夠有幾部片子給我們看一看。真的，現在膠片太珍貴了，哥呀妹呀的稍叫幾聲，現世的生活取材甚多。張氏今後前途遠大，要把個人事業主義，轉換為影業本位主義，黃金有盡，美人有散，事業不朽，才有真價值，才是真收獲。以張氏的聰明，當然必計及此，就張氏最近組織中國影院公司一事看來，好像在企圖政治性上的企業，如意算盤，是否獲得成功，那又要看張氏人事泅泳術如何了。

（原刊《太平洋周報》一九四三年第一卷五二期）

邵式軍論

左筆

（一）

中國社會底統治者是誰？表面看起來是「官」。春秋之後，封建制度已毀，官既不是世襲的，漢劉邦不過一個市井游民而已，竟能打倒「力拔山兮」的貴族階級項羽，可見官於封建世襲制度崩潰之後，未必能長久統治中國社會。但是中國人，雖然嫌惡官甚至仇視官，事實上仍然是崇拜官、羨慕官，甚至於想過過官癮，嚐一嚐官味，啥道理呢？原來官雖不被人重視，而官的來源以及它被支持的力量，依然是中國社會的統治者。「在中國社會，商人資本是支配的勢力，同時地主階級也有支配的勢力。」「商人資本出自地租，而商人資本又流為地價；同時地主階級又壟斷官僚，而官僚又變為地主。」（見陶希聖著〈中國社會經濟之過去與現在〉一文）明乎此所以中國人都要做官，升官必然發財，「升官發財」，又必相聯，如果官而無財，真的要「兩袖清風」，好朋友見了你也要嘲笑你無能，士大夫階級更不會理睬你，叫你到冷盆中洗澡。二十年前，官場新年拜賀，大家碰頭，「恭喜升官發財」。近幾年來，如果再嚷著「升官發財」，官與財二字相連，在打倒貪污口號之下，是一個絕大的侮辱，於是十里洋場中該說「恭喜發財」了。發財二字，是不犯法的，這表示了什麼？是上面說過的：「商人資本是支配中國社會的勢力」，官雖丟了，只要有財，依然是中國社會統治者，依然能做官，所謂「東山再起，再為馮婦」，那末就自謙曰：「勉為其難」了。

有人要問，官既要做，而官已不是世襲的，一朝得官，可以一朝失官，可見官僚不一定是中國社會統治者。家中有資本的人，也未必統統拿出運動官做，而且用財賄官，也未必能做到官，尤其是做大官。我們由中國社會性質上的分析上看來，並不是說有財便可包管能做官，是說中國的社會，官僚與商人資本及地主階級之間的關係，是不可分的。漢劉邦雖一游民，他起來的方式是農民蜂出，和陳涉一樣，揭竿一呼，於是地主階級商人資本便稱他為「寇」，後來在成功的過程是與地主接納商人資本聯合便稱他為「王」。這是許多社會學者講的話，人的一成一敗，都具有社會意義。自古及今，只有「時勢造英雄」，而沒有「英雄造時勢」，可是新英雄們，嘗不明瞭此著，所以他有時沒落。

（二）

社會成就一個人物，尤其是新人物，都難免有「時勢造英雄」上的社會因素。

邵式軍氏，據說是復旦大學出身，在今年民國三十二年即年在三十二歲的壯年。當國民二十六年即二十六歲的時候，就做了蘇浙皖稅務總局長，可以說是一位青年，不能不說是「少年得志」了。原來邵氏乃官家後裔，他的祖父，曾做過上海道台，所以邵氏對《中華日報》記者發表，他家和上海工部局英國總董是有三代的世誼。他底母親，是清末郵傳部（交通）大臣盛宣懷氏的長女，盛家是清末民初第一位官僚資本家，梁財神（士詒）是盛氏手下的小卒，可見盛家在中國商人資本地主階級支配下財界上的勢力。邵氏雖屬宦門零落，既有這麼一門好親戚，所以他在事變前能夠做統稅局的會計主任，聽說這位統稅局長便是盛家的七爺。邵氏的學歷官歷，不必去講，邵氏宦門之裔，而有盛家資本為之支持，十足地表示了商人資本地主階級的色彩，具備了中國官僚階級所需要的條件。時來運轉，風雲際會，時勢就會造出英雄，這不是偶然的一變態的，也並不是一個奇蹟。

（三）

記得在留日同學會上海分會成立會上，趙祕書長代表陳市長講話，提出《論語》上一句話：「學而優則仕」，那末就學是為做官了，可是歷史上例子，每不如是。就拿普通話講：「書生誤國，書生敗事，書獃子不會做官」云云。細思做官固有巧拙不同，賢能之士，政治上往往失敗，不可勝述。孔夫子的學問，「博學多能」，萬世師表，不小了吧，但他不過魯政三月，幾個跳跳喝喝的齊國女樂，把他老先生給鬨走了，他也不能免俗，「聖者時也」，去見南子，想連絡連絡女人，可惜被子路打攪了。可見做官更需有色與財的連繫，有色有財，神能廣大，官運自然亨通。舉例來說，官場中的官話，和官場中的調查等等，常有令人所欲的一座橋樑可尋，否則最低限度在機構改革中，你會丟官的。所以論政萬言的賈生，懷才不遇的屈子，這班書生，不懂此道，無非長吁短嘆，哭泣至死而已。

做官在舊來是中國知識分子的唯一出路，做過官的固然去做官，未做過官的也要先做官。中國近年來，新式職業的增加率，趕不上失卻門弟及生計的新式知識份子的增加。中國新式知識份子，只有一條路，是做教員，如此更多生產些無業知識份子，此路不通，只有做官，群趨一途，則競爭愈烈，這便是中國政界倖進的原因。

中國的地主階級知識份子，數千年來向來靠收田租，田租不足，以田稅來補充，用田稅來買田，收田稅的方法是做官。官僚是分收田稅的法定地位。現在田稅收入，已經不夠維持這些大量地主智識份子，官僚組織，於是不得不擴大範圍，收容他們。但是田稅又不能維持這項擴大機構，正如地主投身商業一樣，官僚組織也要賴商業的利潤。海關收入，是第一位財源，其餘商稅，若煙酒印花及牙稅等等，佔了第二位。官僚收入擴大，投身做官的人愈多，官僚組織也不會縮小。邵氏今日得有蘇浙皖稅務最高的官祿，由邵氏出身經歷及性格上說，是中國社會官場最典型的一個錦標競賽獲得者。

（四）

中國官吏，在昔即企圖獲取土地，以維持生活，始可「恬淡」，歸隱南山，其致田之術，在做官時代即是徵收田稅。今日的官僚，也是如此，不過稅的部門，則不僅限於田稅。同時今日的官僚，由獲取農村田地，到獲取都市地產，收益方法，由田地租價到商業利潤，方式不同，由官而財的性質，卻無二致。中國沒有近代產業資本家，只有地主官僚的商業資本家，他的發展，是徵收租稅，購置地產，農村榨取，都市消費。

做官之後，在古時是「歸隱林泉下」，在今日是「洋場做寓公」，這種將來的生活，凡是做官的人，大概都想如此。

後漢仲長統在他的〈樂志賦〉上所刻描的，便是古時官後做地主的模型設計：「使居有良田廣宅，背山臧流。溝池環匝，竹木周布。場圃築前，果園樹後。舟車足以代步涉之難，使會足以息四體之役。令親有兼珍之膳，妻孥無苦身之勞。良朋萃止，則陳酒希以娛之，嘉時日，則烹羔豚以奉之。踟躕畦苑，遊戲平林。濯清永，追涼風，釣遊鯉，弋高鴻。風於舞雲之下，詠歸高堂之上。……彈南風之雅操，發清商之妙音。逍遙一世之上，睥天地之間。不受當時之責，永保性命之期。如是可以陵霄漢出宇宙之外矣，豈羨天入帝王之門哉？（《後漢書》卷七十九）」

古時為官之後，只有退鄉做地主，所以葉夢得在《石林避暑錄話》中也說：是因為「家舊無百畝田」，所以做汝南許昌二郡太守。當他「既罷許昌」之後，才自云：「今衣食不至乏絕，則二郡之賜也！」今日之官，在於官後到租界上做寓公。當民國十八年的時候，一般北洋大官，都跑在大連購地產。事變之後，中國官僚財閥，輦金滾滾，不是香港，便是上海。吃飽了飯，看完了戲，跳舞場裡走走，再鬧他一通宵。反正明早有電話報告行情，進出鉅萬，不費吹灰。今日這般大亨聞人，又多以官僚資本為背景，這是近代式的官後寓公生活。今日之官，不但官後作商，為官時代，更好做商。開當店、設銀號、置地產、做投機，作來更勝人一籌。

社會趨勢，人之常情，今日之人，人願如此。例如作者是人，人既願此，作者自不能免俗。以此類推，邵先生也是人，人皆如此，邵先生自然也不能免俗的罷。

不過邵先生是一位青年，由二十六歲到今年三十二歲的簡任大員，掌握江南財富中心地蘇浙皖國稅要津，多財而善舞，善舞而多財，譬如幾年來提成經費的運用，便是一個傑作，但願其「好花早開」。以邵氏今日枝枝葉茂的時修，如果自戕其生命，究屬可惜。所以我們希望邵先生，不要效其他腐敗官僚之所為，至少不要吃鴉片。邵先生既是青年，青年有為，自圖上進，所以邵先生的事業，前途光輝不可望際。人謂稅吏，什一逐利之徒，有何可論？但我們以邵氏的出身、經歷、性格，頗有在中國社會性格上解釋的必要，故拉雜論之。世有以邵氏為倖進為暴發而不可解者，本文似乎也可供為一二小小的解說。

（原刊《太平洋周報》一九四三第一卷第五三期）

蘇遊散記

朱樸

四月二十九日在由滬返京的火車中，無意地遇到闊別已久的江蘇省政府主席李士群先生。他一見我面就盛讚《古今》，說創刊號及第二期裡的文章他篇篇都讀過，愛不忍釋。他希望最好以後《古今》能改為半月刊，俾慰一般讀者的渴望。

車快到蘇州了，他和他的夫人誠懇地邀我往蘇州一遊。我深感他倆的盛意，覺得卻之不恭，遂於五月二日約了汪曼雲兄一同由京赴蘇。

中午十二時十二分車抵蘇站，江蘇省政府祕書長唐惠民兄已在站相候。惠民兄告訴我士群兄因有要事又已赴滬，不日即返；聞言之下，不勝悵然。出站後我們一直往松鶴樓午餐，大吃一頓。

飯後我們往遊聞名已久的靈巖山，車出胥門約二十餘分鐘即達。惠民兄先期已派了許多人在那裡照料，我們一到後即坐藤輿登山，這時候綠陰蔽日，輕霧霏微，正是春遊的最好天氣。抬我的輿夫是一男一女，係一對少年夫婦，在滑澤的山道上健步如飛，令我生欣羨而又慚愧之感。

山道的兩旁松柏參天，澗流潺湲，輿行忽東忽西，忽左忽右，約十餘分鐘抵達山巔，到時靈巖寺方丈妙真和尚已在寺前相迎。他引導我們先參拜了大雄寶殿，後到殿左「香光廳」飲茶；壁間懸著張溥泉氏的一副對聯，筆鋒甚為蒼勁。繼到「東閣」稍憩，壁間懸著四幅畫，一曰「靈巖雲海」，一曰「秀峰晨鐘」，一曰「琴台秋月」，一曰「石壁瞻經」，都係描寫靈巖之特色者。可惜那四幅畫的本身不甚高明，未免美中不足。

在「琴台」上遠眺，太湖即在目前，波光帆影，一覽無餘，胸襟為之一暢。返至山麓、蔓草遍地，雜花滿野，欲探西施遺跡，杳不可得，只有「智積井」中見黃色鯉魚一尾，燦爛如金，頗堪紀念而已。

下山後我們到木瀆著名的「石家飯店」吃點心。石家飯店有兩塊照牌：一塊懸在舊房子上，為邵元冲氏所書。一塊懸在新房子上，為葉恭綽氏所書。我們在新房子的樓上吃點心，兩壁滿掛書畫，有一幅是于右任氏手書的最堪注目，書曰：

老桂花開天下香，看花走遍太湖旁；
歸舟木瀆猶堪記，多謝石家鮀肺湯。
十七年十月五日鄧尉看桂，歸次木瀆，酒後書贈石家飯店主人。　于右任

還有一幅橫匾，為李根源氏所書，題曰：

「鮀肺湯館」

民國甲戌，與太炎先生飲於木瀆石家飯店，食鮀肺題此。　李根源

石家飯店的菜和點心真不錯，我所最賞讚的是「三蝦豆腐」。（三蝦者，即蝦子、蝦仁、蝦腦之謂也。）

從石家飯店返城，時已薄暮，我同曼雲兄瀏覽各舊書店，在文學山房購得《吳中舊事》、《平江記事》、《燼餘錄》、《鄧尉探梅詩》、《別下齋書畫錄》、《明辨齋叢書》等數十卷，價不很貴，得意之至。

五月三日上午由惠民兄導遊獅子林及省政府，前者係滬上富商貝姓之別墅，後者係補園舊址，各盡庭園之勝。獅子林中的假山聽說係倪雲林氏所設計，曲折巧妙，匪夷所思，真是名不虛傳。「十八曼陀羅花館」前茶花盛開，嬌豔非常。「卅六鴛鴦館」後有山有池，景物如畫。

中午與惠民、曼雲二兄同赴西園戒幢寺應方丈六淨和尚素餐之邀，先到放生池去看癩頭黿，進門時，恰巧一隻癩頭黿浮在池面，曼雲兄看見了大聲叫呼，那隻癩頭黿聞聲立即沉下池底，永不再起，結果我們拋了許多個饅頭，都為鯉魚所吞。我於失望之餘，深怨曼雲「一鳴驚黿」，他們聽此怪語，個個笑不可仰。

午後士群兄返蘇，相敘至歡。晚承邀宴，席間除曼雲、惠民二兄外，並晤唐生明、張北生、陳光中、袁殊、明淦諸兄。

五月四日我因與滬上友人有約，預定乘中午十二時十二分的火車來滬，士群兄堅留再盤桓幾天無效，就於十一時開中飯，匆匆吃了一半即起身告辭，又承惠民兄代表士群兄陪送到火車站上車，真是盛意可感。

返滬後回想這一次短短在蘇兩天的經歷，頗有所感。第一，就我個人說，一年來的心境，真是不堪為外人道，可是在這兩天的時間內，至少我已暫時忘卻了一切的痛苦。第二，就蘇州的一般說，我所見到的那種熙熙攘攘的情形，決非目前在上海的一般居民所能夢想，這不能不歸功於從政者之努力。就此兩點，我想已足夠紀念的了。

（卅一年五月五日於上海）

（原刊於《古今》月刊一九四二年第三期）

談諸葛亮

朱樸

我在〈四十自述〉（本刊第一期）一文中，曾提起我識字後所第一次看的一部小說書是《三國志演義》。又在該文的結尾中說起我生平自勵的格言是「澹泊明志」四個字，這也是受《三國志演義》中一個人物的影響，那便是諸葛亮。所以如果有人問起我對於我國歷史上的人物誰最是欽佩，我將毫不遲疑的說是諸葛亮。

《三國志演義》對於中國知識階級的影響，我想是很大的。有許多人或許因為它太普遍的緣故而加以鄙夷不屑，其實是不對的。我們應該承認它是通俗文學中最有力量的一部鉅著，它之影響不僅及於漢人而已；據說入關時的滿洲人，他們並沒有什麼《孫武兵法》或《步兵操典》之類，便是以滿譯《三國志演義》作為他們的軍書的。一時名將如平定大小金川的海蘭察和戡略七省教亂的額勒登保，都是仗著這一部小說以成其大名；而其中為他們所效法的人物，便是諸葛亮。

其實我所欽佩的諸葛亮，倒還不是像《演義》中那樣所描繪的。《演義》中所描繪的諸葛先生，正和現在京戲中所扮演的一樣，太傳奇化和神格化了，令人看來，像一個邪道之士，只是穿著八卦衣和搖著鵞毛扇，不像個堂堂正正的人物，和實際上的人物相去似乎太遠。《演義》雖然予一般的讀者以好奇的滿足，然而嚴格地說起來，是有些侮辱千古人物諸葛先生的。

諸葛先生一生行事，只是一個「誠」字，無論他的友人或敵人，都受他「誠」字的感動，決不像《演義》中所說的那麼險詐，甚至把那位東吳大都督周郎氣死。陳壽《三國志》〈進諸葛集表〉有云：「……然亮才於治戎為長，奇謀為短，理民之幹，優於將略。」很清楚的說他並不長於陰謀奇計。當時他部下有一位著名的戰略家，即是《演義》中踢翻他「本命燈」的魏延，當他六出祁山的時候，幾次三番要請兵萬人，從歧道出師，和他相會於潼關；又欲領兵五千，循秦嶺而東，直取長安，以為一舉而咸陽以西可定。這些奇計，都為諸葛先生所不許。蓋在他以為堂堂之鼓，正正之旗，以數十萬之眾而臨有罪，正可不必用奇兵詭計，寧願出師不利，全軍而退，而不肯用什麼詭計，這在正史上所載是非常清楚的。然而稗官野史上卻把他描繪成一個邪道之士，我實在覺得有加以匡正的必要。

當東漢之季，天下鼎沸，諸葛先生躬耕南陽，儻使沒有徐庶之一言和劉先主之三顧，他是決不肯求聞達於諸侯的；但是一經出山，即保持他的出山時的初志，以為曹氏不可與爭鋒，孫氏則可與為援，直到至死不渝。後來雖明知其不可為而為之，足見他忠貞不拔之氣，可以與天命抗衡，鞠躬盡瘁，死而後已，這種精神，大可為處今日之亂世的人們效法的。

在他入世的二十餘年中，劉先主信任他無微不至，甚至臨終時云：「嗣子不才，君可自取。」後主雖然庸劣，然而竟肯舉國付之而不疑，可謂「得君」之至。他的部下更信服他，斥廖立而廖立垂涕，廢李嚴而李嚴致死，《演義》上揮淚斬馬稷一事，決不能說作者是憑空虛構；後主左右這許多奸邪，竟不能以一讒言相加，可謂「得人」之至。夷狄如孟獲，至七擒七縱，非使他說「南人心服永不復反」不已；司馬懿、鍾會乃其敵人，對他敬畏備至，身後軍退，司馬懿按視其陣壘，不覺大為稱嘆，自以為不如遠甚；鍾會於他死後伐蜀，至禁令軍士近其墓地；其使敵人心折，又一至於此。像他這樣的人物，千古以來，簡直沒有一個可以比擬。更何況前後〈出師〉兩表，足以驚天地而泣鬼神，其身後得在兩廡佔一席地，實在是很應該的。

後人對於諸葛先生的敬佩，實不自《三國志演義》風行後始，只要看唐人杜工部的詩句，已可見那時人對他的態度了。我少時讀工部詩至「伯仲之間見伊呂，指揮若定失蕭曹」句，竊常為諸葛先生抱不平之念。我覺得杜甫還是持那種成敗論英雄的看法，其實諸葛先生雖然「出師未捷身先死」，其地位實是不可與蕭何、曹參同日而語的，區區漢家刀筆小吏，豈足與臥龍高士為比。我覺得用伊尹和呂望來比傚他，或許還可以，雖則我們對伊呂的歷史覺得不是十分靠得住的。

諸葛先生雖不似項羽之為失敗的英雄，但總也不能說是成功。他的不幸，乃是他生在那個群才濟濟的時代，曹孟德、司馬懿之流的「客觀環境」都在他之上。所以《三國志》的作者陳壽評論他說：「……而所與對敵，或值人傑，加眾寡不侔，攻守異體，故雖連年動眾，未能有克。昔蕭何薦韓信，管仲舉王子城父，皆忖己之長，未能兼有故也。亮之器能政理，抑亦管蕭之亞匹也。而時之名將，無城父、韓信，故使功業陵遲，大義不及邪？」於是只好歸之於「蓋天命有歸，不可以智力爭也」了，陳壽之論諸葛先生，實在也還公允得體得很。

成都浣花溪畔的丞相祠堂，自從杜工部一唱三嘆之後，久為人們所憧憬。清代文壇怪傑金聖嘆於病中忽思成都，我想大概是丞相祠堂和工部草堂在值得他的懷戀吧。而唱經堂平生又未得到過成都，足見諸葛先生的魔力了。至今日四川人還有頭上纏白布的風氣，據說是他們為漢丞相帶孝的遺風。我想歷史上人物像諸葛先生的，實在很難找出與之為伍的了。

諸葛先生因為《三國志演義》的傳播，使他的大名更為普遍，差不多「諸葛亮」三字，幾成為智慧的代名詞，後來的人們自稱或號稱為「諸葛亮」的，真是車載斗量，不可勝數；但學的大都是邪道之士式的《演義》中人物，離他「澹泊明志」的偉大的人格不知多遠，這大概便是「古今人不相及」的地方吧！

清代中興名臣左宗棠，也是一個自命為諸葛亮的腳色，他在運籌握算之際，每遇得意忘形之事，常會拍腿大唱大讚的說：「此『諸葛』之所以為『亮』也。」不料有一次碰到他屬下的一位藩司林壽圖，卻也接著他拍腿大唱大讚的說：「此『葛亮』之所以為『諸』也。」於是左宗棠大為不悅，林方伯竟因此丟了前程。這雖是一個煞風景的笑話，但引來作為本文的結束，或者可說是一闋絕妙的尾聲吧。

（卅一年四月二十日）

後記：這一次蘇州之行，無意中在舊書店看到《明辨齋叢書》三冊，乃明楊時偉編的《諸葛忠武書》，亟購以歸，這也可以說是我這次蘇遊的一種收穫。

按《諸葛忠武書》十卷，曾收入《四庫全書》，撰者明太倉王士騏（冏伯），計十六卷，茂苑楊時偉（去華）病其蕪冗，更為編次，成書十卷，自從陳壽撰《三國志》的〈諸葛亮傳〉後，關於他的正式傳記，這可說是第一部了。

我所得本，乃同治丁卯余氏據《四庫》本校刊，原刊本則是和《陶靖節集》合刻：題曰《忠武、靖節二編》，《四庫》史臣以為陶的詩文，自為別集之流，應當入於集部，而本書則述一人之史跡，應當錄於史部，說編者不合於體例，故把他們分了家，著本書於史部而錄陶集於集部。

《四庫》皇皇巨帙，言編制當然是不錯的，但原編者把忠武、靖節兩書放在一起，蓋亦有深意存焉。即所謂「進則當為亮，退則當為潛」之意。這兩句話令我大為欽佩，覺得很值得我們處今日之亂世的人效法。

忠武、靖節兩人，一以蜀漢相父之尊，一則不屑彭澤一令，然而處世的態度是一樣的，即我在文首所說的「澹泊明志」四個字是也。

（五月十八日補記）

（原刊於《古今》月刊一九四二年第四期）

梅景書屋觀畫記

朱樸

歲在癸未，中秋之夕，我在魏園參加了甲午同庚的千齡盛宴之後，隨了吳湖帆畫師到他的梅景書屋去觀畫。湖帆是目前我國的第一畫師，此為人所共知。他的畫，世上早有定評，茲姑不論。他所收藏的名畫，據不佞所知，其精勝較諸名聞海內的龐氏虛齋之所藏且尤過之。那晚我所看的共有宋元精品八件，茲略記宋畫四幅如下：（內有一幅是五代畫）

（一）後梁李靄之《戲貓圖》

圖有瘦金書一行，文曰：「李靄之戲貓圖」。湖帆自題曰：「靄之，華陰人，善畫貓，雅為後梁鄴王羅紹威所厚，紹威建金波亭以為靄之援毫之所，故又號金波處士。此圖載入《宣和畫譜》，左上方有瘦金書六字，當是祐陵御筆；中鈐御書葫蘆印，畫作子母貓相戲於石欄間，墨石一拳，雙鈎綠竹紅薇各一枝，朱碧交映，古艷奪目，二貓亦生趣躍然，洵屬寫生神品，正不減江南徐西蜀黃也。下角有修內司大官印半方，存司印二字，秋壑一印已黯蔽不甚可辨，琅琊王氏藏印，即王元美也。清中葉歸南海潘氏聽飄樓，華陽王雪澄廉訪官粵中時得之，旋歸烏程蔣氏密韻樓。兩宋名蹟已如星鳳，況為五季法物，不尤可寶耶？余夫婦皆喜蓄貓，以其形威而其性馴也，故於古人畫貓，亦復竭力收羅，所藏大小幅不下數十本，一旦遇此，豈不狂喜？乃以戰國時秦爰金帑易之，以伏群狸。」

（二）宋劉松年《瑤池金闕圖》卷

卷長一尺八寸，高六寸二分，絹本，金碧山水，無款，元顧玉山跋謂劉松年傑作。原跋云：「崑崙山在西北去嵩高山五萬里，地之中也。廣袤百里，高八萬仞，層九重，面有九井，以玉為闌，有五門明獸守之，上有瑤池周穆王見西王母於此，今觀此圖，景象非常，乃劉暗門生平合作，應推神品第一。至正壬寅皋月上吉日，玉山顧瑛。」湖帆自題云：「劉松年為南渡後畫壇冠冕，聲譽之崇，與北宋之李成，元之黃公望，明之沈周，清初之王時敏相等。同時若李唐之耆年傑構，且如楊炯之名居王後，趙伯駒之精詣妙造，亦未能並駕也。此《瑤池金闕圖》卷，金碧樓臺，工麗秀雅，無美不臻；沒骨青山尤簡穆奇偉，洵尺幅中具尋常勢。顧玉山品為暗門平生合作第一神品，確論也。」又題云：「松年真迹傳世至罕，越今七百年，余所寓目者，只故宮藏《唐五學士圖》殘卷與斯卷而已。樹幹鈎斫筆法，悉同其他，多難置信。」又題云：「是卷舊藏吳廷高士奇家，有元人四跋，更增聲價。江村跋時年三十九，是歲正以春帖子詞被召廷試，三次皆第一，賜翰林擢詹事，聖祖知遇之隆，前所未有，宜其得是圖而賞心悅目矣。」

（三）宋湯叔雅《梅花雙雀圖》

款云：「開禧丁卯歲春王月湯正仲筆。」安陽韓性題云：「密翠長條野岸邊，花枝如雪半籠烟；濃香殘月玲瓏影，照見花間夜鳥眠。」乾隆乙亥御題云：「一幅暗香屏，萬玉横斜影；中有翠禽棲，同心密護冷。」戊寅御題即用前韻云：「誰知雪裡香，卻是月中影；江上倚黃昏，冰心不覺冷。」湖帆自題云：「湯叔雅為揚　咎甥，受畫梅遺法，而揚以疎名，湯以密貴，千花萬蕊，錦簇芳濃，風前月下，不勝其繁華春色也。圖作老梅一樹，枝幹盈百，花朵數千，翠鳥欲語，粉香玉色，絕似錦繡畫屏，宋畫中神品也。上有天順玉璽，蓋曾入元時內府，韓性題字書法，得松雪神髓，清高宗二題，皆書於畫上，畢竹癡簽題下有藏印，殆竹癡所得，轉歸秋帆制軍，沒入內府者。光緒己丑與孝欽皇后臨本一幅同時賜潘文勤公，後由外舅仲午公付靜淑襲藏，今與宋刻《梅花喜神譜》同貯，名吾居曰梅景書屋。」

（四）宋梁楷《睡猿圖》

梁風子畫真迹傳世極稀，故宮所藏《右軍書扇圖》小幅，已為僅見之品。此幅紙瑩如玉，墨黝如漆，光采踈異，精妙入神，昔為廖氏世綵堂舊藏，有瑩中題字曰：「梁風子睡猿神品。」藥洲題識尤屬罕覯，若使藏書家見之，尤不知如何顛倒也。湖帆自題云：「宋梁楷《睡猿圖》真迹，白鏡面箋本，高五十一吋，寬十八吋，上有廖瑩中題字。廖氏精鑑別，富藏，且距梁不遠，題曰神品，可知此畫六百年前早具連城聲價矣。又有元明畫家朱澤民、朱芾二印，及黃羊大夫之裔一印，惜未詳何人。紙本整潔，澤如明鏡，筆墨亦飛舞動人，精光射十步外，洵宋畫中無上劇迹也。」

以上四幅中我尤賞梁風子的《睡猿圖》。為什麼呢？因為先公最擅畫猴，名聞於世（生前曾獲巴拿馬博覽會暨南洋博覽會等獎狀金牌甚多），我少時耳濡目染，對於此門比較的最有研究。梁氏此畫雖寥寥數筆，而神氣生動，無以復加，謂為神品，洵足當之而無愧也。

梅景書屋我所過目的宋畫具如上述，尚有元畫四件，愚見其精彩及價值可說竟在前述四件花畫之上。這四件畫是：（一）吳仲圭的《漁父圖》卷、（二）黃子久的《富春山居圖》卷、（三）王叔明的《松窗讀易圖》卷、（四）倪雲林的《耕雲軒詩跋》。第一圖卷曾由商務印書館珂　版影印出版，第二第三圖卷曾由梅景書屋出版社自印出版，世人諒多已獲睹，茲不贅述。第四圖卷原圖已失，僅存倪氏的詩跋及其他諸人的題跋，頗多可述，日後當另寫專文記之。

癸未中秋後五日記於滬西樸園

（原刊《天地》一九四三年第一期）

記蔚藍書店

朱樸

我在本刊創刊號的〈四十自述〉一文中，曾經約略的提及「蔚藍書店」。大概戰後僑居香港的文化人，幾乎沒有一個不知道「蔚藍書店」這個名字的。可是「蔚藍書店」之所以名為「蔚藍書店」，恐怕就是「蔚藍書店」中的一班同志，也有大多數不會知道的吧！

民國十九年我同故曾仲鳴先生隨　汪先生北上，公餘之暇，從事文藝以消遣。那年九月十五日，我與曾先生兩人共同主編的一本畫報，在北平出版，那本畫報取名「蔚藍」，是曾先生所題的，這就是「蔚藍」二字之由來。

二十一年在上海河南路三〇三號《中華日報》館隔壁開設一書店，復名「蔚藍」，這就是「蔚藍書店」之由來。

二十六年八一三事變發生後我即於八月三十日離滬赴港，後來林柏生兄也離滬到港，二十七年新正樊仲雲兄也由滬到港，隨即在皇后大道「華人行」七樓租房兩間，開辦「蔚藍書店」。

這個「蔚藍書店」實際上並不是一所書店，乃是「國際編譯社」的外幕。國際編譯社直屬於「藝文研究會」，該會的最高主持人是周佛海氏，其次是陶希聖氏，網羅全國文化界知名之士，規模甚大。國際編譯社事實上乃是藝文研究會的香港分會，負責者即為林柏生兄，後來梅思平兄亦奉命到港參加，於是外界遂稱柏生、思平、仲雲及我為蔚藍書店的四大金剛。

國際編譯社的組織大致是如此的：柏生主持一切總務，思平主編國際叢書，仲雲主編國際週報，我則主編國際通訊。助編者有張百高、胡蘭成、薛典曾（已故）、龍大均、連士升、杜衡、林一新、劉石克等諸兄；古泳今兄為祕書；此外尚有辦事員若干人。這許多人蝟集於兩間小房之中，躋躋蹌蹌，極為熱鬧。每星期一我們幹部有一個國際問題座談會，檢討一星期內的國際時事，會後草寄報告兩份與周佛海氏，由他轉呈　汪、蔣二先生。參加這個討論會的，除了國際編譯社的幹部同人外，有時李聖五兄與高宗武兄也惠臨加入，極有精彩。國際編譯社遍定各國時事雜誌，每星期出版《國際週報》一期、《國際通訊》兩期，選材謹嚴，為研究國際問題一時之權威。國際叢書由商務印書館承印，預定一年出六十種，編輯委員除思平為主編外，尚有周鯁生、李聖五、林柏生、高宗武、程滄波、樊仲雲、朱樸之等，在數月之間，已出《共產主義與法西斯主義》、《日本史》、《世界的資源》、《最近英國外交的分析》、《日本戰時經濟》、《蘇聯的遠東紅軍》等書，頗有相當成績。

那時候的蔚藍書店幾幾乎成為香港文化人的心臟區域；友朋往來，川流不息。因為所謂「四大金剛」，除了本店的職務外，尚兼有其他職務。如柏生為國民政府立法院委員、《南華日報》社長；思平為中央政治委員會法制專門委員；仲雲為《星島日報》總主筆；我為中央政治委員會經濟專門委員。凡是僑居香港或者路過該地的一班所謂「知名之士」，幾乎沒有一個不相識的，辱承過訪，則至少「告老司打」[1]飲茶一番，似乎已義不容辭。（如程天放返國、程滄波出國之類，則必須在金龍酒家大吃一頓矣！）後來思平、柏生又兼任中宣部駐港特派員新職（時中央宣傳部部長即周佛海氏），蔚藍書店的生意更為興隆了。

在蔚藍書店的諸同事中，我與仲雲認識的時間最早。遠在民國十一年，我們兩人同在上海商務印書館《東方雜誌》社做編輯。這次又再同事，並且面對面相坐，可謂奇遇。不但如此，我和仲雲的面貌大同小異，頗為相似，友朋來訪者往往弄錯，就是極熟的朋友如鄭振鐸及已故的王禮錫等來店相訪，也竟會錯認，真是笑話。

蔚藍書店的隔壁房間是中國實業銀行駐港辦事處，該行總經理傅沐波（汝霖），是思平、柏生和我三人的老朋友。他的寫字檯與柏生的寫字檯僅隔一層極薄的板壁，每於下午五時公畢後，彼此將板壁輕輕的敲兩下，如有回聲，即心照不宣的同往金龍酒店吃點心。至今思之，猶有餘味。

那時候關於這類的軼事，紀不勝紀，上述二端，僅略窺一斑而已。

二十七年十二月廿九日　汪先生豔電發表後，我首先被派離港返滬籌辦《時代文選》，

1 「告老司打」為Glouceser Hotel之譯名。

其後柏生被狙，思平、仲雲等也先後離港，於是盛極一時的蔚藍書店，就告結束。當日店中諸同志，除了我一人因迭遭家難，灰心一切，絕意進取，依然故我外，其餘的現在大多在京滬等處任職，像思平、柏生諸兄，榮任中樞要職，旦夕為國宣勞，回想當年情況，實不勝今昔之感了。

（原刊於《古今》半月刊一九四二年第一三期）

《往矣集》序

朱樸

在過去十數期的《古今》中，雖然名作如林，無篇不精，但是讀者所最歡迎、各方所最注意的，當推周佛海先生之作為第一名。

第三期的〈苦學記〉、第九期的〈自反錄〉、第十三期的〈盛衰閱盡話滄桑〉，每一篇文字刊出後，中日各報，紛紛轉載，南北讀者，爭相購買，這種盛況，至少可說是四五年來國內文壇上所未睹的了。

周先生的文章事業，早已彰彰於國人之耳目，毋待贅述。他的文字之所以能博得大眾之熱烈歡迎，依我個人的分析，全在於一個「真」字。一般人讀了《三國志》及《水滸傳》兩部小說，沒有不對於張飛、李逵二人引起無上的敬愛者，無他，因為張飛、李逵二人完完全全是一個「真」字的表現而已。

我和周先生正式訂交雖然還不過是最近三四年來的事，但是意氣相投，肝膽相照，遠過數十年的故交。（這裡有一段趣事可以補述的：二十多年前我和周先生為了辯論一個經濟學上的理論問題，曾在《時事新報》及《民國日報》上大起筆戰，後來邵力子也加入我的「敵方」助戰，我因寡不敵眾，不得已遂鳴金收兵！）在我生平所交的朋友中，秉性之忠厚，情感之熱烈，待人之真誠，行為之俠義，沒有一個比得上周先生的。「言為心聲」，他的文字完全是他人格之表現，至性至情，絕無半點虛飾。尤其是最近數年來周先生的孤臣孽子之心，絕非一般普通人所能知道及了解的。不佞忝在交末，深知其處境之艱，用心之苦，因而益堅其敬愛之心。

我們為了窮於應付一般讀者補購第一冊《古今》合訂本的請求，遂有出版「古今叢書」之計劃。現在我們先將周先生專為《古今》所寫的三篇特稿並附有關周先生的文字二篇彙集出版專集，作為《古今叢書》第一種；以後並將陸續出版第二種、第三種、……（預定翼公先生之《歸程》為第二種，梁眾異先生之《爰居閣脞談》為第三種）。藉為推動近代文化之一助。區區微意，或為一般讀者及關心文化之士所樂聞歟？

中華民國卅二年一月一日朱樸謹識於上海古今出版社

（原刊於《古今》半月刊一九四三年第十五期）

樸園隨譚（一）
引言、恆盧主人之言

朱樸

引言

這一篇文字預告已久，所以遲遲至今方克刊出者，則以本刊名作如林，實在輪不到不佞自獻其醜也。民國二十九年四月十五日，我從上海某名收藏家處購得文徵明巨幅真蹟一件，得意之餘，就在卷面上書「民國二十九年四月十五日樸園主人購於上海」十九個字，這是我自稱樸園主人之始。

我在本刊創刊號的〈四十自述〉一文裡，曾經說過我是生長在無錫縣景雲鄉全旺鎮上的，所以十十足足是一個鄉下人。全旺鎮在錫城之東北，距元處士倪雲林先生的墓址芙蓉山約有五里之遙，全鎮有一百餘家，姓朱的占百分之九十九，蓋都是徽國文公的後裔。居民大都是以耕農為生，其次則是小商人，至於讀書的，則不過寥寥一二家而已。

不佞就是這一二家中的所謂書香子弟。全旺鎮以我們家裡的房子為最大，從大門到後花園，共有十幾進房子，論間數當以百計，共住叔伯從弟兄等四房，男女老幼總計有數十人，整個的是一個典型的大家庭制。大廳上設了一所家塾，除了當時我們本宅的五六個小孩參加讀書外，鎮上其他各家的孩子們也都有來附讀的，總數在三四十人左右，頗為熱鬧。課餘之暇，我最喜歡的消遣是釣魚。全旺鎮的東西兩端都是河浜，外通蕩河，著名的「放馬灘」即在東西兩浜的浜口，沿浜滿植柳樹，兩岸都是桑田，當一葉扁舟從蕩河中划進浜口的時候，頗有令人生如入桃源的感想。唐李紳有詩詠之云：

丹樹村邊煙水微，碧波深處雁紛飛；蕭條落葉垂楊岸，隔水寥寥聞擣衣。

描寫真切，有如圖畫。在一年四季中，我最愛的是夏天。每當晨光熹微或夕陽西下的時候，我總是一根釣竿，坐在東浜垂柳旁的一個石級的碼頭上，目注游魚，耳聽蟬鳴，當時雖還年幼，不懂得什麼叫做詩意，但心靈上感覺到悠閒與舒適，則是不可否認的事實。

十歲後我離鄉赴城中讀書，每逢春秋佳節（清明與重陽之翌日），例隨先公赴惠山掃墓，有一處祖塋在五里湖左右，我特別賞識其地景物之幽美。因為五里湖中沿湖幾幾乎都是魚塘，漁歌烟樹，有如仙境。華淑〈五里湖賦〉中曾以比諸武林西湖，謂：

西湖之勝以豔，以秀、以嫩、以園、以堤、以橋、以亭、以祠墓、以雉堞、以桃柳、

> 以歌舞，如美人焉。五里湖以曠、以老、以逸、以奔蕩、以蒼涼。俠乎仙乎？而於雪、於月、於烟雨、於長風淡靄，則目各為快，神各為爽焉。

這個比較，十分確當。我最最喜歡五里湖的是湖水澄清，無與倫比，各魚塘中遍植荷蕖與茭菱之類，極清逸瀟灑之致。這個印象，始終不忘。我於十六七歲時到上海讀書後，二十多年來離鄉背井，奔波四方，人事滄桑，飽經憂患，當年抱負，百無一償，自維秉性愚憨，與世不合，久思披髮入山，以耕讀自終。尤其是前年最鍾愛的榮兒夭折後，精神更失寄託，因是益興返鄉之念，重溫童年釣游之夢。竊願戰事結束天下太平後，決計到五里湖畔購地兩畝，築屋三間，閉戶讀書，以了此生。那三間茅屋和附近的空地我擬名之曰「樸園」，自己即毫不客氣的以「樸園主人」自居，這就是我目前——也可以說是畢生唯一的理想。

這個理想雖小，可是何時方能實現，實在難說。恰巧最近我在滬西找到一所房子，地處冷僻，稍具花木，略有一二分理想中樸園的意味，因即自題為樸園。嗚呼！望梅止渴，聊以自娛，此情此景，不亦大可憫乎？

樸園主人雖年事尚輕，但涉世則已不能謂之不深。閒居無聊，不甘沉默，頗願以其本人之經歷及感想隨時發之於文章藉以洩其胸中之積鬱。興到即寫，興止即停，談古說今，指東話西，既無系統，又無倫次，見仁見智，是在讀者。

恆廬主人之言

恆廬主人在上期《古今》的〈廣州之行〉一文裡，曾說他平生有三大憾事：就是（一）最愛讀詩而不能作、（二）最愛山水畫而不能畫、（三）最愛聽京戲而不能唱。真奇怪，這完完全全不啻為不佞寫照，可謂實獲我心了。我幼時從家塾進東林高等小學（即東林書院舊址），再進中學及大學，雖然以國文一門最稱擅長，大考時沒有一次不名列前茅，可是不曉得為什麼緣故，竟沒有研究音韻之學。到後來要想補習，已覺力有未逮，每念及此，輒引為生平第一憾事！自維我的性格和天資，與詩極為相近，果能自小研究，則大概不致會沒有什麼成就的。少壯不努力，老大徒傷悲，現在追悔，有什麼用呢？

我覺得不會做詩等於啞子，胸中雖有千言萬語而無法足以表達一樣。尤其是當身經極大激刺的時候，如不能將心中的感傷寄之於詩而發洩出來，則真有如啞子吃黃連有苦說不出之感。前年榮兒夭折之後，一直到現在，我無時無刻不在愴傷欲絕之中。可憐我既不能文，尤不能詩，無法足以抒寫胸中之隱痛，不得已只有天天默誦曹子建的〈慰子賦〉以申同感而已。曹氏之賦曰：

彼凡人之相親。小離別而懷戀。

況中殤之愛子。乃千秋而不見。
入空室而獨倚。對孤幃而切嘆。
痛人亡而物在。心何忍而復觀。
日腕晚而既沒。月代照而舒光。
仰列星以至晨。衣霑露而含霜。
惟逝者之日遠。愴傷心而絕腸。

這種傷感到如何程度的詞句，若非同病相憐之人，是決不會體味得到的。所以我雖不會作詩，卻最愛讀詩，尤其喜歡讀一切傷感之詩。年來閒居無聊書空咄咄之餘，我的唯一消遣與慰藉，只有讀詩而已。

其次，講到山水畫，則我的愛好，實不亞於讀詩。我在《古今》創刊號的〈四十自述〉一文裡，曾經提及先公是無錫著名畫家之一，我幼時耳濡目染，無非是畫。先公最初是本來希望我能傳其衣鉢的，後來因為看見我臨習《芥子園畫譜》一塌糊塗，認為不堪造就，所以遂放棄他的初衷。我對於繪畫實在一點沒有天才，可是我愛好繪畫——尤其是山水畫——則好像出自天性。十歲以前，我已經知道什麼「宋元」、「四王」等名辭了，雖然莫明其妙，但可以說是略識之無。我記得先公最愛的是一幅祖傳的秦炳文的丈二山水大中堂，那一幅畫平常時候是不輕易懸掛的，除非遇著家裡有喜慶之事才高高的懸在大廳的正中間。那一幅畫極丘壑雲煙之勝，絕非一般凡筆所能企及。按秦炳文是敝同鄉無錫人，初名燡，字硯雲，號誼亭，別號古華山樵，清嘉慶癸亥生，同治癸酉卒。生平寄情詩酒，愛古如命。畫擅山水，師西廬老人，而臻其勝境。他的姪子祖永（字逸芬，號鄰煙，別號楞煙外史），山水也宗西廬，筆墨超脫，氣味深厚，鎔鑄關、荊、董、巨、倪、黃、吳、王諸大家於一爐，臨撫之作，幾可亂真，與乃叔為晚清吾邑名聞遐邇的二大畫家。祖永的真蹟我不曾寓目，但是見過珂羅版印的他的臨撫卞潤甫的《姑蘇十景》，頗為贊賞。十景之中，我尤愛「鄧尉梅花」、「天平疊翠」、「光福秋靄」、「靈巖積雪」四幅，筆意蒼老之中而不減秀逸之氣，允稱雋品。祖永又善書工詩，著有《桐陰論畫》、《畫學心印》、《畫訣》等書，論述精湛，足為後學津梁。

去年我買了一本日本出版的《支那名畫寶鑑》，閒居無事，常常翻覽以自遣。裡面我所最喜歡的山水畫是：

宋：

郭熙・溪山行旅圖　江參・廬山圖　馬遠・對月圖

元：

趙雍・溪山漁隱圖　高克恭・春雲曉靄圖　陳仲仁・仿巨然山水圖

李侗・清風高節圖　柯九思・溪亭山色圖　朱德潤・春江柳塢圖
唐棣・浮嵐暖翠圖　王蒙・秋山草堂圖　倪瓚・西林禪室圖
吳鎮・巒光送爽圖　楊維楨・歲寒圖　盛懋・秋林高士圖

明：

沈周・策杖圖　文徵明・茂松清泉圖　唐寅・西洲話舊圖
文伯仁・四萬圖（萬壑松風・萬竿烟雨・萬頃晴波・萬山飛雪）
張靈・漁樂圖　仇英・送別圖　錢穀・惠山煮泉圖
關九思・白雲紅樹圖　王建章・廬山觀瀑圖

清：

吳歷・聽松圖　釋道濟・溪山釣艇圖　王翬・夏麓晴雲圖
王槩・聽泉圖　黃鼎・武夷九曲圖　華嵒・白雲松舍圖
錢維城・江閣遠帆圖

今年我又買了一部《支那南畫大成》，我最喜歡的是裡面的長卷，如：黃公望的《富春山居圖卷》；倪瓚的《九龍山居圖卷》；吳鎮的《漁父圖卷》；汪肇的《竹林清話圖卷》；

沈周的《秋江圖卷》、《吳中奇境卷》、《虎邱餞別圖卷》；周用的《寒山蕭寺卷》；藍瑛的《仿梅道人山水卷》；髠殘的《溪山無盡圖卷》；程正揆的《江山臥遊圖卷》；黃鼎的《漁父圖冊》；王翬的《江山縱覽圖卷》、《石亭圖卷》、《載竹圖卷》、《溪山無盡圖卷》；惲壽平的《松風澗泉圖卷》等。以上各圖，可稱已集中國山水畫之大成，真是洋洋大觀，令我百看不厭。

最後，講到京戲，我也可以自詡有相當程度的了。民國十三年至十五年我第一次到北京的期間，唯一的嗜好就是聽戲。我在北京最初捧李萬春，是人人所知道的。那時候，李萬春還是一個小孩子，在大柵欄廣德樓唱戲，他文武都唱，以與藍月春（同樣大的一個小孩子）合演的《兩將軍》為最出名。廣德樓我是風雨無阻天天必到的，此外三慶、中和、華樂、吉祥、開明、新明等戲院，如遇名伶出演，我也是幾乎無處不到的。那時候北京的名伶如龔雲甫、陳德霖、王瑤卿、楊小樓、余叔岩、王長林、梅蘭芳、程艷秋、王鳳卿、錢金福、尚和玉、郝壽臣、侯喜瑞、程繼先、蕭長華……等等都時常出演，可謂盛極一時。以上諸名伶中，我最喜歡看楊小樓和余叔岩二人的戲，當在新明戲院楊、余合作以對抗梅蘭芳的時期（那時梅在開明戲院演唱），我每場必到，從未脫過一次。我每次定的座位都是在第五排中左的第一二兩隻椅子：一隻我自己坐，還有一隻是給李萬春、藍月春兩個小孩坐的。我的前面（第四排）是一位姓楊的老先生，他也是每場必到，並且每次也帶了兩個小孩子，那時我並不知道這位楊老先生是什麼人，只知道他是捧余叔岩的，直到今春楊琪山（毓珣）兄來滬，有一次偶然談及此事，才曉得那位老先生原來就是琪山的尊人楊芷青（士驄）先生，而那兩個小孩子又就是琪山的兩位令姪啊！

小樓之戲，唱、做、道白、扮相等等，無一不臻神化，尤其是他的「氣度」，絕非任何人所能企及，簡直堪稱前無古人，後無來者。他的戲我差不多都看過的，比較的說，如《連環套》、《長坂坡》、《寧武關》、《林冲夜奔》、《霸王別姬》（與梅蘭芳配）等戲，我認為可稱絕唱。叔岩雖為天賦所限，受「本錢小」之苦，但其「苦學」之結果，譚鑫培以後，一人而已。我記得楊、余合作時期，他第一天的戲碼是《坐樓殺惜》（配旦角的是荀慧生），中國的戲院子大都是聽客不守秩序，人聲嘈雜不堪，可是那天當他跑出來的時候台下立刻肅靜無聲，全院聽客，無不全神貫注的點首欣賞，那個印象，真給我太深刻了！叔岩的戲我也是大概都看過的，我所永遠不會忘記的是有一次在金魚胡同那桐花園裡的堂會，那晚他唱大軸，戲碼是全本《捉放曹》，當他前面兩齣戲——一齣是楊小樓的、一齣是梅蘭芳的，唱完之後，時已清晨三時，看客大半散走（尤其是女客一個也不留），總計台上台下的聽客不過百餘人左右，因是我得高踞頭排，飽聆他的蒼勁纖巧的韻調。那晚全部聽客對於他的一句一唱無不贊嘆擊節，皆大滿意。（按：叔岩平常在戲院中唱戲其纖巧之腔調，往往坐在五六排後之聽客多已不能飽聆，要碰到完全能過癮之機會，真是十分難得也。）

民國十九年夏，我第二次到北京，那時叔岩已因病嗓輟唱。某晚，我與陳公博先生一同應邀到他的家裡便餐，我深自慶幸，這次當可以飽聆一番了，不料他飯後吊嗓，竟絲毫不能成聲。此後除了常常聽聽他的留聲機片外，就沒有再看過他一次的戲。最近他卒以久病不治而歿，在目前——尤其是上海——像周信芳之流以傖俗不堪好像爛腳乞丐叫街的聲調，而居然博得「鬚生正宗」的所謂「輿論」，則此後像余叔岩那樣曲高和寡的伶工，恐怕將永遠不會再見了吧！

話又說回來了，唱戲實在不是一件容易的事。我第一次在北京的時候，曾請了一位教師學戲，學了三個月，勉強會哼一段《烏盆計》、一段《四郎探母》、一段《打棍出箱》、一段《游龍戲鳳》——結果卒因嗓子不夠愈唱愈不成聲而無法再學下去。言之匪艱，行之唯艱，天下事固無一不如是歟。

以上拉拉扯扯的信筆寫來，不覺已是數頁，詞句粗獷，未加修飾，讀者諸公，諒之諒之！

（原刊於《古今》半月刊一九四三年第二九期）

樸園隨譚（二）
記筆墨生涯

朱樸

我的筆墨生涯（非正式的）開始於二十多年以前，那時候我正以苦學生的資格在吳淞中國公學讀書，除了學膳費免給，書籍費由劉南陔先生、楊端六先生等私人資助外，其餘零用等費，則不能不靠自己去籌措。當時我讀的是商科，尤孜孜於經濟理論之學，最初寫了一兩篇關於經濟的文章向《時事新報》去投稿，居然獲得每千字一元二角稿費的報酬。嗣後校中成立了一個「中國經濟問題研究會」，公推我為主筆，在《時事新報》上闢得「經濟旬刊」的一角園地，年少氣盛，每期寫了些關於經濟問題的「洋洋大文」，自命不凡。（我與周佛海先生為了辯論某一個經濟問題而大開筆戰，就在此時。那時周先生正在日本留學，他的文章時時在《民國日報》的副刊「覺悟」上發表；按那個時候的《時事新報》與《民國日報》，雖同為學術界思想界所看重的所謂「新文化報紙」，但言論主張無不相左，針鋒相對，幾有不共戴天之勢焉！）

後來，因為聽說商務印書館所出版的諸大雜誌稿費比較豐厚，所以我就開始向《東方雜誌》投稿。我記得最初兩篇是譯王爾德及泰戈爾的小說，居然獲得每千字一元五角到二元的酬報，「名利雙收」，真是喜出望外。

民國十一年我在中國公學第一屆商科畢業，因力謀赴美留學不成，遂由楊端六先生介紹進《東方雜誌》社做編輯，這就是我此生正式從事筆墨生涯之開始。

那時候的《東方雜誌》社共有四位編輯：錢經宇、胡愈之、黃幼雄、張梓生。經宇是總編輯；愈之專事譯文兼寫關於國際的時事述評（他用的筆名是「化魯」）；幼雄襄助愈之做同一性質的工作；梓生專寫關於國內的時事述評。我進去了之後，經宇派我每期主編「評論之評論」欄，兼寫關於經濟財政金融一類的時事述評。當時我的月薪是三十五元，分兩次發給，每次我的所得是十七元五角，這是指絕對不請假而言。因為當時商務印書館編譯所的所長是王雲五氏，此公十分精明，一切措施，全是「科學化」。譬如說罷，我們晨進晚退的時候，都必須在門口一隻掛鐘下面所按置的各人的名片用手抽一下，於是機器一動，就有萬分準確的進退時間紀錄在上面，會計處每半個月審查一下，某人不到多少天，遲到幾點幾分，早退歲點幾分，薪水照扣，絲毫不差？真是神妙之至！

那時候的《東方雜誌》社還是在寶山路商務印書館的所謂「老房子」裡，我記得好像社址是在二樓的一間大房間裡吧，與《教育雜誌》社、《小說月報》社、《婦女雜誌》社、《民鐸雜誌》社同一房間。那時候的教育雜誌社有李石岑（兼《民鐸雜誌》）和周予同；《小說月報》社有鄭振鐸；《婦女雜誌》社有章錫琛和周建人；此外還有各雜誌的校對等共有一二十人之多；濟濟蹌蹌，十分熱鬧。上述諸人各有其特賦的風趣，我至今尚能依稀的記憶。舉例說吧：石岑表面道貌岸然而開口卻好談性經；錫琛喉嚨尖小好像雌雞之聲；愈之與梓生每天早晨到社後必娓娓不倦的大談二房東和水電捐等；經宇弱不禁風而打麻雀則通宵達旦視為家常便飯；建人恂恂君子常受振鐸輩的愚弄及嘲笑；諸如此類，不勝記述。

在我進了《東方雜誌》社幾個月之後，樊仲雲也進來了；翌年我因事辭了《東方雜誌》的職務，接我位置的，是吳頌皋。

我手頭所藏關於那個時期的《東方雜誌》，早已一本不存。前天偶爾清理舊篋，忽然翻得民國十二年九月十日初版發行的第二十卷第十七號的《東方雜誌》一冊，真是如獲珍寶。那一期的《東方雜誌》是紀念經濟學鼻祖斯密亞丹二百年專號，第一篇是我寫的〈斯密亞丹二百年紀念〉，其次則有葉元龍、李權時等的專文，最後復有我的〈斯密亞丹以前之經濟思想〉一文。此外，還有我寫的一篇時事述評，題為〈張弧登臺後籌款之成績〉，頗帶冷嘲熱諷的態度。卷首印有斯密亞丹一張照片。關於此事，我現在腦筋中尚未忘記一件頗為幽默的趣事，就是當那一期《東方雜誌》出版後，大約有一個星期，社中忽然接到一位讀者的來函，他說本期《東方雜誌》裡卷首所印的那位斯密亞丹，並非經濟學鼻祖英國人斯密亞丹，而是另外一個風馬牛不相關的美國人斯密亞丹云云。經宇接得此函，以示愈之（那張照片是愈之不知從那裡剪下來的），大窘，隨即於次期更正誌歉。我以此事頗趣，因於此地順便述及，深望他日愈之不要誤會我故意揭他之短，幸甚幸甚！

此外，還有一段韻事也可以略為提及的，就是當時在我們那一間大編輯室裡，以我的年紀為最輕，頗有翩翩少年的丰采。鄭振鐸那時也還不失天真，好像一個大孩子，時時和我談笑。他和他的夫人高女士在一品香結婚的那天，請嚴既澄與我二人為男儐相，我記得那天大家在一起所攝的一張照片，好像現在還保存在我無錫鄉間的老家裡呢。

我離了《東方雜誌》社後半年有餘就赴北京，在北京兩年有餘又回上海，到十七年由上海前赴歐洲，始償出國之願。在上述幾年的時期中，我絕未寫過半篇文字。到了歐洲後，我記得只曾為《東方雜誌》寫了一篇〈國際合作運動〉，登載在十八年十月十日出版的第二十六卷第十九號該誌上面。這時候其實我已追隨　汪先生由巴黎返抵香港，開始我的政治生涯了。

不幸那一次的政治運動和軍事行動未能成功，最後　汪先生指派林柏生、陳克文和我三人創辦《南華日報》，於是我又恢復了我的筆墨生涯。當時我與柏生、克文互相規定每人每星期各寫社論兩篇並值夜兩天，工作相當辛勞。所幸編輯部內人才濟濟，得力不少，如馮節、趙慕儒、許力求等，現在俱已嶄露頭角，有聲於時。

那時候汪先生也在香港，有時也有文字在《南華日報》上發表，所以這一個時期《南華日報》的社論，博得讀者熱烈的歡迎。還有副刊也頗為精彩，尤其是署名「曼昭」的「南社詩話」一文，陸續登載，最獲一般讀者的佳評與讚賞。

十九年夏我離港北上，旋復南返，二十年十月又離港赴滬，二十三年六月作第二次出國之遊，年底即返，以後一直到二十六年春復奉命兼襄上海中華日報筆政（時編輯部中幹部人員有郭秀峰、梁秀予等），秋間又重往香港主持《南華日報》。嗣後又與林柏生、梅思平、樊仲雲等在港組織國際編及開設蔚藍書店，詳情已具載我在本刊第十三期內所寫的〈記蔚藍書店〉一文，茲不贅述。

二十八年我由香港重返上海，主辦《時代文選》。同年八月至九月間，接辦上海《國際晚報》。十月一日，又創辦《時代晚報》（二十九年九月一日遷京出版），在經濟物資極度艱困的情形之下，現在居然還能夠苟延殘喘地存在著。

去年三月，我以完完全全私人的資格與動機創辦這本《古今》，並且自己盡其所能竭其所有的來灌溉這個刊物，正正式式的重新恢復我的筆墨生涯。回憶過去二十年的生活，一一如在目前。自維孤介性成，不合潮流，既不會拍馬吹牛卑躬屈節所以就做不了官；又不會囤積居奇操縱市面所以就發不了財；所能夠勉強對付者，仍不過是拿一枝禿筆發發無聊之牢騷而已。嗚呼！「百無一用是書生」，其樸園主人之謂歟。

（原刊於《古今》半月刊一九四三年第三〇期）

樸園隨譚（三）

談命運

朱樸

孔子曰：「吾十有五而志乎學，三十而立，四十而不惑，五十而知天命……。」

樸園主人曰：「吾十有五而志乎學，三十而知天命，四十而益知天命，五十而將更知天命……。」

我是一個十十足足命運論的迷信者，這差不多已是親友皆知的了。其實，在二十歲以前，我非特不是一個命運論的迷信者，並且還是一個最最反對迷信命運的人物。當我讀到古文中有「嗚呼，其命也夫！」或者「嗟乎，非命也耶！」一類的句子，我總深恨這批作者的沒有出息，認為這種人自己不肯努力奮鬥，而動輒諉之天命，真正可謂自暴自棄之尤！

二十一歲我自中國公學畢業後力謀赴美留學不成，不得已進《東方雜誌》社做了一年多的編輯。有一天忽然看見報紙上登載招商局「華甲」輪船招考技術人員的巨幅廣告，說考取了後可以「週遊世界」，我為其「週遊世界」四個大字所惑，遂往應試，居然獲取，乃辭了《東方雜誌》社的職務而欣然登輪，不料進去了後發覺這原來是一個極大的騙局！曉得上了大當，費了九牛二虎之力方才謀得脫身，幾幾乎把一條性命都送掉。懊喪之餘，不得已只能返無錫老家坐吃，長日慨嘆，深感無聊。承一位朋友的厚情，代我寫了一封快信寄到北京去向一個與我素不相識的朋友懇託謀事，信去之後，兩個星期毫無回音，我感覺到這當然是絕無希望之事。有一天先公帶我到城中公園裡去散步，道經一個名「萬旭明」的算命瞎子門口，先公同我進去為我算命，我起先表示反對，以為這種「問道於盲」的舉動太無意識，後來經先公說明這不過是姑妄聽之而已，遂勉強從命。那個萬瞎子第一句就說本命甚好，可惜運氣太差，最近將有意外機會，不久即當遠行云云。我聽了之後就覺十分奇怪，詢以何時可以實現，他答「不出三天」！那天回家之後，我半信半疑，一夜不能安睡。第二 毫無動靜，我認定這個瞎子完全是瞎說瞎話，絕不介意。不料到第三天的早晨，果然命我立即北上的北京回信來了！

我經過了這次的怪事之後，向來反對迷信命運的成見開始動搖了。

此後我就到處訪問看相的和算命的，二十年來，總計北京、南京、上海、杭州、香港，以及其他各地凡是稍有一點名聲的所謂命相家，我一一都曾去登門領教過——甚至某一個看相的或算命的我竟先後去了數次之多。二十年來的經驗告訴了我：命運之說不是沒有，可是市面上的所謂命相家，差不多可說百分之九十九是「江湖」。比較的說，算命的我最為佩服者是袁樹珊氏。十年以前（民國二十二年），我三十二歲，那時袁氏正在鎮江賣卜，我在上海寫信給我一個在江蘇省政府做事的姪子託他代我到袁氏處去為我算命，一星期後，他寄了一本「詳批」給我，這一本冊子我至今尚保存在家裡。那一本命書中講我三十二歲以前之事非常準確，這固不足為奇，所奇怪的是到現在翻開一看，從三十二歲到現在（四十二歲）的種種，竟也無一不驗。最奇怪者，前年我妻兒兩亡之事，亦很明顯的寫在上面。原文曰：「三十九歲庚辰，四十歲辛巳，家庭刑尅，不無傷感！」這不是靈而又靈之事嗎？

還有，講我的性情脾氣，真可謂如見肺腑。其文曰：「門第清高，學富品端，人雖聰明，性嫌剛直，萬一薰蕕共處，能無邪正相攻？」講到我最近幾年來的情形，也神乎其神。其文曰：「得君子之贊襄，遭小人之傾軋，忽而高坐堂皇，忽而偃旗息鼓，有得有失，徒喚奈何。」最後他勸我放棄從事政治，其文曰：「若論收梢變計，還當崇樸棄華。或倡導文化，或興建實業，始雖殫精竭慮，繼必利濟群倫，以視政海升沉，戎行變幻，趙孟所貴之趙孟能賤者，其安危順逆，豈可以道里計耶？」這也說得有理，可謂不為無見之論啊！

講到相面的呢，完全準確的我一個也不曾碰到過。但是我確信相面之學自有其真理，因為這差不多可稱是一種常識。以我個人的經驗來說，忠厚之人與陰險之人、善良之人與兇惡之人，都是一見面就可立刻分辨出來的，可說百不失一，絕對無誤。從前曾國藩用人都用「相面」之法，這是人人所知道的事實。他曾寫過一篇〈相面訣〉，我最佩服的是第一句，句曰：「邪正看眼鼻。」

這真是一針見血之論。大凡眼睛異樣或鼻子不正的人決不是好東西，這是十準萬確的。讀者如有不信的，讀了此文後請隨時留心好了，試看歪鼻子的有沒有好人？（眼睛之種類甚多，何者是善，何者是惡，恕我沒有研究不敢胡說。可是歪鼻子的決非善類，——準是邪類，可稱是天經地義的定論！）

總上所說，我認為命相之學是確乎有些道理的。但是，我究竟是不是迷信命相家之言呢？不但不是，並且我還是根本反對命相家之立論的！

大凡每一個命相家為人算命或看相，總認富貴為好，貧賤為壞。其次，總認壽終正寢是好，死於非命是壞。古今中外，千篇一律。其實，我認為這是最最荒謬的地方。孔子曰：「不義而富且貴，於我如浮雲。」可見富貴如以不義出之，則不如自甘貧賤之為愈。我雖不敢高攀聖賢，但亦抱有同感。貪官污吏一括幾千萬，命相家必定恭維他們是交好運！貧窮書生飯都吃不飽，命相家必定批評他們是交壞運！好運壞運的解釋如果是如此的，那麼至少區區寧願一生交的永遠是壞運！[1]再講到壽數，以我國婦孺皆知人人崇拜的關、岳而言，他們二位都是死於非命的，但是炳彪千秋，萬世共欽，較之當時一般苟活偷生壽終正寢之徒究竟算誰是交好運誰是交壞運？還有，鼎鼎大名的〈滕王閣序〉作者王勃，他少時曾自嘆「時運不齊，命途多舛」，到後來二十九歲墮水而卒，死於非命，如照命相家之言，誠可謂交了一生的壞運了，但是今日在我們看來，他究竟是不是算交了一生的壞運？

以上所說的例子，不勝枚舉。所以，愛交好運而不愛交壞運雖是人之常情，但以區區

1 此種語氣，即袁樹珊所批「人雖聰明性嫌剛直」之徵也。

而論，雖也十分希望早日能交好運，但決不願如一般命相家嘴裡所說的「升官發財」那樣的好運。還有，所謂命運者，乃完全決之於天，是以謂之天命；夫天命既定，絕非人力所能挽救，當是極為顯明之理。有許多江湖命相家往往先以危詞聳聽的手段去恐嚇一般問卜者，繼則妄稱能用趨吉避凶的方法來欺騙一般問卜者，於是愚夫愚婦，一一入其網中而不自知，真是可憐之至。

寫到此地，我記起最近的一段故事來了。著名命學家《人鑑》作者林庚白氏，他因算他自己恐怕要「死於非命」，前兩年特從轟炸中的重慶棄官而遠颺香港，不料前年十二月八日香港戰事發生，林氏卒中流彈而亡。由此可見既為天命所定，決非人力所能挽救，固屬彰彰明甚者也。

所以，講到命運（即天命），我是十分相信的。至於市面上一班所謂命相家的言論呢，我不但自己根本反對，並且還要奉勸讀者們不要輕信上當為幸。

本文草草寫完，大膽為之揭諦曰：

命運命運，似真非真；
不可不信，不可盡信！

（原刊於《古今》半月刊一九四三年第三一期）

樸園隨譚（四）

懷北京

朱樸

北京，這名聞中外無人不知的古城，在我的腦筋中，它不單是我的第二故鄉，簡直可稱得是天國，是樂園。二十年前我第一次到北京，在那裡住了三年之久，這在我的生命史上，可以算得是最最快樂的黃金時期了。第二次是民國十九年夏秋之間，短短的不過勾留了三四個月，感慨無窮。第三次是二十九年夏天，第四次是三十年夏天，這兩次都是來去匆匆，不過一兩個星期，並且終日忙於無謂的酬酢，一無閑情逸致去欣賞北京的一切，真正可謂不勝遺憾之至。

今年春天，我本想隨恆盧主人北上一遊，不料臨時事阻，不克如願。半年以來，遠承素未謀面神交已久的知堂老人及徐一士先生等來函相邀，頻頻催詢，因之遊興大動，滿擬於中秋節前啟程，可是丁茲亂世，一念「出門一里不如家裡」之確有其真理，躊躇不決，恐怕結果是又要走不成的了啊。

不管走得成或走不成，我的心嚮北京，已非一日，是堅決不拔的事實。三年以前，我就早想舉家北遷了，這是恆盧主人所深知的。「山人」賦性疎懶，因循蹉跎，無論何事總不肯想到就做，所以到現在一事無成，徒喚奈何，北上之終未實現，不過其一端耳。

二十年來，不佞遊歷的名勝之地也可謂不少了，遠至世界樂園的瑞士，近到我國天堂的蘇杭，雖都是各有所長，名不虛傳，但最最使得我夢寐不忘的，仍莫過於北京。我不僅是愛北京的風景，我是愛北京所有的一切！

我愛北京城牆的雄壯，我愛北京住宅的寬敞，我愛北京氣候的乾爽，我愛北京人情的敦厚，我愛北京天壇的偉大，我愛北京三海（中海、南海與北海）之清幽，我愛中央公園裡的古柏森森，我愛東安市場裡的五光十色，我愛廠甸的舊書攤及古董舖，我愛天橋的雜耍紛陳無奇不有，我愛聽富連成的科班戲，我愛喝信遠齋的酸梅湯，我愛吃東來順的涮羊肉，我愛看北京人的大出喪……。

一切一切，不克盡述。總而言之統而言之，我認為北京的景物無一不美，它是住家最最合乎理想的地方。毋怪南方人甚至歐美人到了北京後無一不是「北京迷」、「北京化」，人人都有樂不思蜀之同感。法京巴黎算得是名聞世界了，但以我個人的經驗來說，我還是喜歡北京。北京的特點在於中西俱全，新舊皆備，非但毫不衝突，並且十分調和。譬如就以十餘年前我住過的「歐美同學會」來說吧，雖然房子的外表完全是中國式，房子的裡面完全是西洋式，可是相得益彰，各盡其美，絕無不中不西之感。還有一點好處是娛樂的平民化。譬如以二十年前的事來說吧，有錢的人們花了十塊錢去聽楊小樓、余叔岩、梅蘭芳等諸大名伶的義務戲與無錢的人們花了一兩吊錢去聽廣和樓與廣德樓的科班戲，其享受的程度並無多大的差別。再如花了一毛錢的入門券到中央公園去坐坐，到北海公園去溜溜，不知不覺的可以消磨半天的時光。此外，每逢過年過節，各有其特殊風光的應景點綴，世風相傳，一無變動，令人不知不覺的發生思古之幽情而不忘其歷史的本源。

然則北京是不是果真一無缺點呢？憑我的良心說，實在是沒有。如果勉強要我硬說一兩點的話，那麼不妨以時髦的口氣說「暮氣太重」吧！

二十年的悠長的時間，世界上無論何處無論何地差不多都有劇烈的變動，可是北京呢，我最近兩次去的觀察，有些地方雖間或亦有小小的改觀，但大體竟可說依舊如故。不但景物無恙，甚至人物亦多無恙。前年我到北京華樂園去聽戲，有一個案目居然還認識我。到五芳齋去吃點心，有一個茶房亦復如此。二十年來我個人歷盡憂患，飽經滄桑，而這兩位先生竟絕無變動，真不禁令我感慨無窮！北京乎，北京乎，真是世外的桃源啊！

中秋過了，重九即在目前，當此秋高氣爽之時，正暢遊名勝之大好時期。邇來懷念北京，積思成痗，日前偶爾翻閱舊報，忽然看見民國十三年五月十七日的《申報》上載有我所寫的一篇〈遊頤和園記〉，二十年前之景象，一一如在目前。附錄於下，聊當復遊，蓋亦畫餅充飢之意云爾。

頤和園者，去北京西直門二十餘里，陰踞橫阜，陽臨大湖，周十四里半；崇樓飛觀，依山而構，清慈禧后之所經營也。余來京師，承衛先生渤贈遊券，四月二十日遂與錢君海岳同往焉。車出西直門，經海甸，已見萬壽山宮殿，紅牆黃瓦，閃閃作光，而佛香閣尤為壯麗。久之及園：入門為仁壽門，月台上行立銅鼎龍鳳缸諸件；上為仁壽殿，左右翼以配殿，當日引見外國使臣處也。自殿南轉，則見昆明湖，余先遊湖南，走文昌閣循東隄而南，有乾隆御碑，一銅牛背鐫篆文，尾係斷後新補，蓋庚子年八國聯軍入京之成績也。再南達八角亭，西通十七空橋，長一二十丈，聯接龍王廟，度橋而西，即廟也。有聯云：「雲歸大海龍千丈，雪滿長空鶴一群」。前有牌樓三，西為玩雲門，左轉為鑑遠堂，對面為澹會軒、月波樓，北入涵虛門為涵虛堂，額曰：「晴川藻景」，聯曰：「天外綺霞橫海觀，月邊紅樹艷仙桃」。龍王廟後堂題曰：「鴻風懿采」，左右階級如橋，下為假山，拾級而下，至北洞口嵐翠間，遠望西山，平臨湖山，山風水浪，怡然有自得之趣。有聯云：「列岫展屏，山雲凝罨翠；平湖繞鏡，檻波漾空明」。

道已盡，遂返八角亭，循隄而南，又通西隄，六橋縹緲，大致仿浙之西湖而微者，余以路遠乃不去。回文昌閣，有知春亭在閣前嶼上，北為玉瀾門，內為玉瀾堂，左藕香榭，右霞芬室，光緒所居也。左轉為夕佳樓，由玉瀾門西行臨湖處為隄，白石闌干，至湖西清宴舫而盡。經「日月澄輝」、「丹樓映日」、「煙雲獻彩」諸殿為樂壽堂，慈禧所居也。階下有日圭，有銅鑄鹿鶴，入邀月門，步長廊，廊亘數里，直窮湖西，上繪雲霞，燦於茶火，外為水殿，為對鷗坊，為寄瀾軒，內即萬壽山，有亭台矗立岩阿者，曰養雲軒，曰瞰碧堂。未幾至排雲門，有聯云：「疊石起瑤巒，如山之壽；引泉為玉液，在澤皆春」。前列銅獅怪石，峙一牌樓曰：「雲輝玉宇」，門內樓閣均在山下，鱗次而高接於山頂，眾香界內為排雲門，區曰：「萬壽無疆」。庭中有橋，左為「玉華」、「芳輝」二殿，右為「雲錦」、「紫霄」一殿，中有銅缸鼎龍鳳諸件，排雲殿區曰：「大圓寶鏡」，有聯云：「崧岳太雲垂，九如獻頌；瀛洲甘雨潤，五色呈祥」。規模宏壯，為慈禧受賀處，其照仍掛殿中，一切御用品均在，惜門封不得進。

對廊緣山而高，輝煌奪目可駭，初步狹，上之廊將盡，又步狹上之廊，自西而東，復東而西，中間之上有石台，為德輝殿，額曰：「敷光榮慶。」復斜而西，上有石階，即佛香閣，閣圓而高，階三層，斜上可歷其頂，登之四眺，園中諸勝均在俯仰間矣。殿後左右，復有一閣，閣北即眾港界，西穿假山，至轉輪藏前有二閣，後有數亭，均八角形，下立大碑，題「萬壽山昆明湖」六字。轉至佛香閣，右穿假山，為寶雲閣，八卦形，俗稱銅殿，門窗破損，係聯軍之力也。上為天寶閣、五方閣，下有石坊，題字頗多：有曰：「山色因心遠」，有曰：「天地不言工」云云，餘均不能記憶。遵故道出排雲門，仍循長廊過秋水亭、魚藻軒、清遙亭，西通一室，曰「化動八風」，則長廊盡處也。秋水亭之北，為「山色湖光共一樓」，旁側道登山，為「聽鸝館」、「畫中游」、「愛山樓」、「借秋樓」諸勝，駐有軍士，遂止遊焉。

下掠寄瀾堂，西抵湖宴舫，俗名石船，雲石為礎，有首尾舵輪，為樓二層，園人煮茗待沽，余二人遂於此小飲焉。出舫後有橋，兩端各有坊橋，西為澄懷閣，迎旭樓，橋東為穿堂殿，斜門殿，小有天，延賞樓，再北為宿雲簷，如城樓然，至此萬壽山之勝已遍。乃入後山，東上蘇州街，街鋪以方磚，高高下下，夾道多松柏，約三里，至北宮門，有大橋，仰望後大廟塔，上連眾香界，道中所經亭臺極多，惜均坍壞，蓋咸豐英法聯軍火燒圓明園所波及也。北俯後湖，水聲汩汩，綠樹冪蒙，有碧天深處氣象。踰香岩宗印之閣，曲折達諧趣園，泉聲甚厲，自後湖來扼於西北，峽石修竹，嬋娟多可愛。南為涵遠堂，僚堂作曲池，水清見底，旁為「湛清」、「霽清」諸軒，「眺遠」、「澄爽」諸齋，北有乾隆碑，文曰：「蘭亭尋詩」。徑旁為知春堂，上知魚橋，橋下多游魚，臨水處亦多亭榭，而匾多不存，至可惜也。

轉向萬壽山，南過一小城樓，曰：「赤城霞起」，曰：「紫氣東來」。再南入德和園之頤樂殿，匾曰，「載日騰蛟」，觀劇處也。前為大劇臺，分三層，上層顏曰「慶演昌辰」，中顏曰「承平豫泰」，下顏曰「驩臚榮曝」，建築崇閎，外間所罕有也。旁為重廊，後為廂房，各十一間，王公大臣賜聽戲處也。北有殿曰「穫福申猷」，曰「煥焯珍符」，曰「郁繞祥氤」，曰「春陶嘉日」，亦列銅缸龍鳳諸件，出已至仁壽殿之西矣，遂出大門而歸。

夫頤和園世傳係慈禧截海軍之費而為之者，又有謂不過就乾隆清漪園而修築之者，此姑勿論。余觀其結構在清代末造尚規模之大如此，不知當國家全盛時之所構如秦之「阿房」，漢之「建章」，陳之「臨春」、「結綺」、「望春」，隋之「迷樓」，乾隆之「圓明」，其壯麗更何如耶？世人多以游頤和園為觀止，而不知吾國之可稱觀止者正多多也。惜乎國人不好古，多燬於兵，而繼起之君亦以前朝為奢侈而不稍顧惜之，即西人夙以文明保守古蹟聞者，乃一入中國，亦蹂躪若此，噫，此豈第秦漢陳隋而已哉！即圓明一園，距今首尾僅三百年，而遺跡亦已無人能指其處矣，嗚呼！

（原刊於《古今》半月刊一九四三年第三二期）

樸園隨譚（五）

記雁蕩山

朱樸

鄙人是一個十十足足的鄉下人，雖然居住在這個名聞世界的大都市裡前後已有一二十年之久，可是土氣未脫，野性猶存，對於時髦娛樂如跳舞場、跑狗場之類始終不感興趣，旦夕所念念不忘而心嚮往之者仍不過是鄉間山水之自然風景而已。回憶幼時七八歲至十歲之間，每年舊曆三月十八日總隨先公赴芙蓉山去看迎神賽會，十分有趣。十歲以後，每逢清明與重九的翌日，例隨先公赴惠山掃墓，此情此景，如在目前。十幾歲時在東林書院讀書，有一次校中全體學生到蘇州去旅行，遊了一次虎邱，以後一直到二十歲未曾到別處去遊過名山大川，真正可謂孤陋寡聞之至了。

二十歲後到了北京，暢遊西山、香山、玉泉山、萬壽山。以後離京南下，又復出國兩次，十餘年間所遊過的名山國內計有紫金山、雞鳴山、靈巖山、靈隱山、江郎山、雁蕩山、天台山、廬山等處，國外遊過歐洲法瑞中間阿爾卑斯山之一部。總上所述的諸山之中，印象最深而又最令我不忘的是雁蕩山。我是民國二十五年五月初旬遊雁蕩山的，距今不過七年。當時我曾寫了一篇〈遊雁蕩山記〉，載在那年七月份的《中華月報》上，現在轉錄於此，藉資回味。讀者如不以「炒冷飯」見譏，不勝大幸！

余耳雁蕩山之名久矣，屢欲往遊，苦未得閒。民國廿五年四月下旬，閩贛浙皖邊區清剿總指揮張向華先生出巡四省邊境，五月初旬，經浙省之永嘉、瑞安、平陽、樂清等縣，余幸獲偕隨，遍覽勝境；八日抵天台山，晚宿國清寺，萬籟俱寂，百感交集，念歲月之易逝，慨良機之難再，因濡筆以紀此遊，藉誌不忘焉。

五月二日晨七時，余等由溫州乘小輪赴瑞安，行一小時，經妙智禪寺，乃登陸小遊。寺甚宏敞，門前有小石塔七座，環以半月形之小池，中蓄黃鯉魚數十尾，游揚自得。入大雄寶殿，僧人正誦經，殿宇甚新，金碧輝煌，堂中置有黃白色杜鵑花及淺綠色繡球花數盆，盛開，目之心醉。方丈殷勤導遊，歷半小時返船。

繼經仙巖山，復舍舟登岸。山路甚整潔，步行數百武，過一牌樓，題曰「溪山第一」，為先賢朱晦翁所書，筆力遒勁。渡虎溪橋，抵聖壽寺，寺僧擊鼓鳴鐘以示敬。方丈出迎招待，引導登山，遊觀音洞，旁有瀑布，可數十丈，石壁上刻有「飛白」二字。再上登雷亭，旁有石壁對峙，下為深澗，泉水湍流，宛如奔馬，是處名「雷潭」，余等燃爆竹投諸澗中，回聲震耳。繼登龍鬚亭，經仙姑潭返寺，寺僧出所治素肴以饗客，頗精美。午餐後繼續再行，下午四時抵瑞安，晚宿南堤電氣公司。

五月三日晨八時離瑞安，渡飛雲江乘小輪抵平陽，十時到達，在縣政府午餐後，即換輪赴鰲江，寓陳鯨量先生之「橫海樓」。是日大雨不止，下午張總指揮出席平陽縣各界歡迎大會，並致訓詞，晚應各團體公讌。

五月四日天晴，晨五時即起，六時乘小輪赴水頭鎮，九時抵達。在北港區公所小憩後，即向南雁蕩山進發，步行二十餘里始達。初見山脈，至為平庸，經「石天窗」後左轉，遠望奇峰林立，石骨嶙嶒，先登「雲關」，左右石壁萬仞，勢若倒垂，人過其下，動魄驚心，據巔俯瞰，峻險無比。右折赴西洞朱仙姑廟，廟藏洞中，陰濕非常，前有一樓，面對「凌霞」、「踞虎」諸峰，倚窗四矚，心曠神怡。午餐後即離廟下山，進登對面之凌霞峰，循石級蜿蜒而上，約數百武，抵會文書院。小樓數楹，空無所有，惟遠眺層巒疊嶂，聯嵐旋抱，胸襟為之一展耳。後有一圖書館，入座小憩，進茗解渴。旋下山盤桓至四時餘，乘竹筏沿溪順流而返，五時餘重抵水頭鎮，在北港區公所晚餐後再乘小輪返鰲江，已夜深十一時半矣。

五月五日晨八時離鰲江，九時半抵平陽。轉船赴瑞安，十二時在縣政府午餐後即返溫州，寓甌江大旅社。

五月六日晨五時即起，張總指揮得中央委員邵翼如（元冲）先生名片，悉同寓，遂訪談片刻。六時半離溫，渡江後乘汽車於十一時抵雁蕩山，駐雁山旅社，由雁蕩山名勝建設委員會常務委會潘耀庭君招待，因悉蔡子民、吳稚暉二先生亦來此小遊，方於今晨離此。雁山旅社介於「靈峰」、「靈巖」之間，背山面溪，清幽絕倫。午餐後，由潘君引導，乘人力車出發，一路溪流琮琮，漸入漸佳。抵靈峰橋，以山路崎嶇，遂舍車步行，仰瞻靈峰，聳立雲際，左右環以「雙筍」、「天冠」、「超雲」、「朝陽」、「金雞」、「合掌」、「五老」諸峰，奇異怪誕，莫可名狀。循路而上，抵紫竹林，入白雲庵小坐，門前有一怪石，名「斷尾鯉魚」，甚肖。拾級再登，經一石坊，上刻「天階」二字，為康有為所題。抵「古竹洞」，更上為「鳳凰峰」，在「來儀亭」中小坐，遠望萬峰筆立，無一不奇，幾疑置身畫中。旋折赴「合掌峰」，進「觀音洞」，地位之險奇，不可以言喻。兩旁石巔夾峙，高數十丈，中露一線青天，視之宛如合掌？自掌根入掌心，都數百級，入內為大雄寶殿，後有高樓數層，洞頂飛泉，掛落殿前，曰「珠簾泉」，右瀝成方池，曰「洗心處」，旁有「最上乘」三字，甚佳。出洞後折赴「北斗洞天」，大門上漆著龍虎二字，入門懸泉下滴，落一池中，曰「天漿玉液池」，舉目四顧，屋宇敗頹，叢棘遍地，不可久留，遂轉赴「三折瀑」，先「下折瀑」，繼「中折瀑」，最後「上折瀑」，各高百餘丈，飛舞而下，如掛銀河，如懸匹練，日光射之，璀璨如鏡，飄風颺之，柔飛若烟，既雄偉如奔馬，復斌媚若美人，誠極視聽之大觀，有不能不令人拍掌叫絕者矣！三折瀑中以上折瀑為最勝，石壁四合，下匯為潭，飛涎濺沫，寒氣襲人。留連久之，登山巔由山背蜒蜿而下，經「雞龍岡」，紆迴盤曲，砠磴崎嶇，在「梅花樁」小憩後，赴「水濂洞」，一路泉聲鏘鏘，如奏音樂。經「鐵城障」，崇壁千仞，崛然特立，旁有一峰，名「老猴披衣」，神形酷似。左折入淨名寺，清冷靜邃，已隔塵雜，方丈法號「月鏡」，係余同鄉，瀹茗相款，絮談不絕，不覺天之將暮，匆匆告辭，返雁山旅社時已日落西山矣。

五月七日晨七時乘肩輿出發，經「觀音峰」等登「青雲梯」，遠眺萬山重疊，峰巒蜿蜒，入「息征亭」小坐後，進抵「大龍湫」，大龍湫為雁蕩山最有名之瀑布，壯偉秀麗，二者兼具，袁子才曾賦詩頌之，極工切之致，錄之如下：

龍湫山高勢絕天。一線瀑走兜羅綿。五丈以上尚是水。十丈以下全為烟。
況復百丈至千丈。水雲烟霧難分焉。初疑天孫工織素。雷梭拋擲銀河邊。
繼疑玉龍耕田倦。九天嘆唾唇流涎。誰知乃是風水相搖蕩。波迴瀾轉冰綃聯。
分明合併忽分散。業已墜下還遷延。有時軟舞工作態。如瀼如慢如盤旋。
有時日光來照耀。非青非紅五色宣。夜明簾獻九公主。諸天花散維摩肩。
玉塵萬斛橋叟賭。明珠九曲桑女穿。到此都難作比擬。讓他獨占宇宙奇觀便。
更怪人立百步外。忽燃滿面噴寒泉。及至逼近龍湫側。轉復髮燥神悠然。
直是山靈有意作遊戲。教我亦復無處窮真詮。

天台之瀑何狂顛。雁山之瀑何嬋嫣。石門之瀑何喧闐。雁山之瀑何靜妍。
化工事事無複筆。一瀑布耳形萬千。要知地位孤高依旁少。水亦變化如飛仙。

旁有小樓數楹，名「龍壑軒」，懸一聯云：「一峰拔地起，有水從天來。」為康有為所題簽，筆劃蒼勁。小坐後續行，經「芙蓉峰」、「羅漢寺」、「雙髻峰」、「紅岩洞」、「合珠峰」、「響水岩」等處，抵「梅雨潭」，一路翠竹蒼松，綿綿不斷，石澗湍流，琤琮可聽。梅雨潭之瀑布亦極秀麗，對面為「駱駝橋」，奇險，面「駱駝潭」，臨「羅襟帶」，前後左右，但聞水聲。折赴「西石梁大瀑」，勢如奔馬，聲如鯤雷，下有一潭，甚深，余等就對面「澄心亭」品茗小坐，前仰「雙角峰」，後瞻「童子峰」，神形畢肖。亭旁有新屋數間，係雁蕩山名勝建設委員會所建者，余等即就此午餐。後赴「能仁寺」，寺已破頹，無甚足觀，惟途經「燕尾瀑」，玉帶雙流，宛如燕尾，尚覺其別有風致耳。旋循原道轉赴「靈巖寺」，寺為雁山之名剎，名峰環抱，各鬥奇勝，「天柱」拱於右，「展旗」侍於左，「屏霞」衛於後，「獨秀」、「卓筆」、「金烏」、「玉兔」、「雙鸞」諸峰俱羅列於前，峻險幽奇，目不暇給，迴胸盪氣，匪言能宣。尤以天柱峰平地拔起，孤圓削直，雄壯偉大，罕與倫比，如此名勝，嘆觀止矣！徐霞客評靈巖為「天下奇觀」，實獲我心哉。大雄寶殿四字為康有為書，客堂中懸有時人葉楚傖、經亨頤諸氏之紀遊書畫多幅。殿旁有小樓數楹，係供遊客住宿者，頗精幽，上懸「聽瀑盧」匾額一方，梁寒操題，筆甚挺秀，旁懸喻信厚一聯，題曰：

造化敷設，有此大觀；山雁蕩，水龍湫，洞石佛，百二峰拔地凌雲，南戒雄奇推第一。我輩登臨，更驚異境；右天柱，左展旗，後屏霞，數十仞神工鬼斧，靈巖名勝嘆無雙。

余等抵靈巖寺時適大雨，本擬雇土人一觀其攀登天柱峰之絕技，未能如願，頗以為憾。迨雨止時已天晚，匆匆趕返旅舍，一路經「朝天鯉」、「聽詩叟」、「將軍抱印」諸巖，惟妙惟肖，顧而樂之。晚雁蕩山名勝建設委員會常務委員蔡履平君來訪，蔡君長古絃，為奏《秋江夜泊》及《思賢操》二曲，哀感動人，彌足紀念。

五月八日晨天雨，輿夫謂山洪暴發，不便續遊，遂決意赴天台山，因雁蕩山共有一百另一峰、六十一巖、四十六洞、二十六石、十八剎、十七潭、十六亭、十四障、十三瀑、十三溪、十嶺、八谷、八橋、七門、六坑、四水、四泉、二湖諸勝，尚有其他不入門類者不知凡幾，斷非短時期而所克盡遊，只能留待異日。瀕行，雁山旅社主人出示遊客題冊屬題，見有吳稚暉先生之最近墨跡，情文並茂，自非凡筆，錄之如下，用殿吾記：

奇峰怪石，不可勝數，散布於平疇雜嶺之間，占廣大之區域者，雁蕩是也。奇峰怪石，不可勝數，高下矗布，翕聚而為崇高之大山者，黃山與華嶽是也。奇峰怪石，不可勝數，夾江列陣，亘數百里，如岳家軍之不可撼者，三峽是也。奇峰怪石，不可勝數，如泰西人之象戲，植高蹲之子棋，布局於郊原者，桂林陽朔是也。

關以外與滇之邊不與焉，域中山嶽之至奇者，盡於此五矣。古人所謂此實造化小兒糖擔中之玩物，非尋常丘陵峰巒比也。若夫號稱名山者，自皆各有其一得之奇：如天台之石梁崩瀉，匡廬之五老屹峙，峨眉之蛇倒退，方山之雲水洞，諸如此類，亦竟他山無兩；然未嘗能稱奇峰怪石，不可勝數也。雁蕩多數以二靈為最勝；靈岩區域之上折瀑，以余所目擊，似在大小龍湫以上。雁山旅社居二靈之間，去上折瀑又僅隔尺咫，可謂居一山之勝矣；而起居之適，食飲之美，取值之廉，尤令人快意，真不負雁蕩而足為東道主矣。民國第一丙子五月五日，隨蔡子民先生梁孟，徐先生季蓀，李先生潤章，陳先生仲瑜，遊三日，將出山，漫記之。

民國廿五年五月八日燈下朱樸記於天台山國清寺旅次。

嗚虖！七年前之一切猶歷歷在目也，而今江山依舊，人事全非，重讀此文，蓋不勝今昔之感云。

民國卅二年榮兒逝世第二週紀念日識於滬四樸園。

（原刊於《古今》半月刊一九四三年第三三期）

樸園隨譚（六）

憶錢海岳（並介紹其文集）

朱樸

晚登高樓望，木落雙江清，寒山饒積翠，秀色連州城；
目送楚雲盡，心悲胡雁聲，相思不可見，迴首故人情。

——《李太白詩集》

近來常常喜歡到舊書店裡去跑跑，因之結識了幾個舊書店裡的朋友。重九之晨，有一家舊書店裡的朋友送了一大包書到寒齋來，翻閱一過，忽然看見裡面有一本《海岳文編》及兩本《海岳遊記》，不禁大喜過望！

海岳是我三十年前在無錫東林書院裡的老同學。那時我與他是同班，意氣相投，交稱莫逆，在同班數十人之中，他是最最令我不會忘記的一個。海岳的尊人錢史才先生，是無錫著名的學者（著有《麟洲全集》：計文十六卷，詩一卷，遊記六卷）。海岳家學淵源，自小即以能文為人所驚異。我記得有一次在學校裡上作文課，國文教員沈先生（其名已忘）出了一個題目曰「說菊」，海岳做了一首長賦，滿篇古典，弄得那位先生手足無措，啼笑皆非，除了字字密圈外毫無其他辦法，那時海岳大概還只有十二三歲吧！（我記得他比我大一二歲）。

海岳的國文雖足以傲視儕輩，但是其他的各門功課，無一不在平均分數以下。尤其是他那副書獃子的神氣最為可笑，時常為一班頑皮同學所嘲弄。可是他很自負，對於一般的同學們都不屑一顧，承他不棄，常常同我評論古今，月旦人物，頗有「天下英雄唯君與操」之氣概。（他在學校裡有一個綽號，名「官少爺」，因為他的尊人是做官的緣故。現在回想童年天真無邪的時代，真不勝神往也。）

東林書院畢業後他的一切我都不能記憶了，現在所能勉強記得的是後來在蘇州我曾和他相遇過一次，在杭州又相晤一次（那時他寓居在杭州，我還是下榻在他的寓所的），可是何年何月，我簡直不清楚了。

民國十三年我往北京，又遇到了他，那時他正在某大學讀書，寓在東城的某公寓裡，我們又時相過從；他曾陪我遊了一次頤和園（見三十二期拙作〈樸園隨譚〉之四），但是以後他又離開北京，不知到何處去了。

此後直到二十五年，那時我在嘉興軍次，有一天忽然接到他從南京寄給我的一封信，才曉得他在軍政部當秘書，察其語氣，似乎不甚得意。及後中日事變發生，彼此之間的音訊又告中斷，屈指至今，不覺又已整整的七個年頭了。

連日秋雨不斷，晚上我獨自在書齋裡將海岳的大作一一拜讀，二十年來故人的所經所歷，有如謦對。總閱這三本書裡的所作，忽爾汪洋恣肆，不可一世，忽爾纏綿悱惻，如泣如訴，真可謂極盡文筆之能事。請看他的《海岳遊記》的〈自敘〉：

予少有大志，束脩以來，欲盡讀天下奇書，交天下奇士，窮天下奇山水，建天下奇功業。四歲識字，七歲為詩文，九歲卒九經，十六極諸史，汎濫百家，兼及鞮譯象寄，俛仰公卿間，歷知於馮蒿庵、樊樊山、王晉卿、秦宥横、林畏廬、趙次山、張季直、梁任公諸先生，而吾鄉楊仁山、味雲、許修直三先生，亦加寵異。嘗浮江淮，上會稽，觀錢塘潮。攀九華、黃山、白岳，覽雲海。南極天台、雁蕩、普陀、匡廬、天目。北向京師，瞻耶魯，登泰岱看日出。東臨榆關。西北度雲中紫塞，經燕然，升恆岳。絕漠憑弔陰山青冢，驅馳河漢趙衛宋魏鄭楚之郊。擔簦躡屩，挾策於諸帥，無所遇，困窮歸，功業無建樹，年已逾弱冠，返之初心，如芒在背。

且讀書雖破萬卷，為古人陳迹，空言而不適實用；交遊雖多大賢，而資性駑下，未收回漸磨浚濯之效。足跡半海內，又皆禹跡到地，未踰重冥而窺九州。雖亦掛名宬史，迴翔粉署，都講北雍，一世之人，目之曰才子，曰名士矣。然予豈才子名士中人耶。思欲出身以效時，抒夙抱，自期於功業，以無相知有氣力為推挽。又不屑濡足蒙垢，僥倖以乘時，寧窮棲茹菽，藏寶以迷國。久欲披髮入山，謝絕塵網，為父母顧養而止。予既不得志於世，益欲登覽山河，以消其塊壘，以開拓其心胸，以遠遊於四海，有所作，每於舟車馬背，重崖絕壑，醮松脂，拾枯枝而寫之。然亦多噍殺憤激不平之辭，而積之久而多，用示鴻雪，偶一閱之，如晤故人，不忍棄也。

又嘗慕項籍立功，有虞姬從之，子長出遊，有清娛侍之，英雄兒女，千古美譚。虞姬其人，世不可得而見矣。予妻能文好遊，有類清娛，乃歸不一年而下世。俯仰宇宙，此身遂孤。每至山顛水滸，徒為傷遊感嘆，涕泣不能自已，故遊興於今亦少減矣。烏乎，遇不遇命也，而數之奇，世莫予若。產無薄田，不能家食，讀書不得。老成凋謝，風雅日替，交友不得。羈靮升斗，鞅掌簿領，窮山川亦不得。知己無人，際會無日，建功業更不得。讀書交友窮山川事，出之已似可勉，天並靳之，則建立功業之有待於人者，更無論已。而同輩後生，未嘗有志於斯，皆已一一扶搖以上，予又不得不悔曩者之所趨向。於是始信奇之為累奇於人，即數之所以奇於人與。

去年秋，退歸笠澤，居閒多暇，因取舊記，編為四集，為篇一百有十，付之汗簡，就正同文。夫文章既不足以蕩夷海岳，驅遣風雲，噴薄神鬼，縱橫古今為一家言，徒取以撫範泉石，奇即肖其山川，於人何有，於世何有。時不再來，功業無分，恐遂汩滅，奇才如賈長沙，不得不無望於吳公之薦引也。今年書成，爰識數語，序以自勗，並志吾慨。

這是何等筆墨！又是何等氣概！辜鴻銘評其文曰「雄豪奧秘，揮霍出之」，這八個字誠可謂言簡而當也已。

《海岳文編》中悼亡之文佔了六篇之多，想見其伉儷之情深。那六篇文是（一）〈亡婦薛夫人事略〉、（二）〈悼薛夫人賦〉、（三）〈薛夫人墓志銘〉、（四）〈薛夫人哀辭〉、（五）〈薛夫人象贊〉、（六）〈釋服哭薛夫人文〉，篇篇沉痛，哀感動人。寫到此地，不禁引起我自己的悲哀來了。先室逝世，已將三年，榮兒夭折，瞬逾二載，悼亡之後復繼之以喪明之痛，其何能堪？恨我不文，數年來竟未能作片言隻字之追悼，豈真所謂「至哀無言」者非歟。嗚呼痛已！

現在海岳不知又飄泊到何處去了，同病相憐，天各一方，追懷良朋，我念何如！

（原刊於《古今》半月刊一九四三年第三四期）

樸園隨譚（七）

《蠹魚篇》序

朱樸

《古今》問世，忽忽已將兩載，成績如何，識者早有定評，無待詞費。當《古今》發刊之初，我們即抱定一個堅決不拔的旨趣：即寧願曲高和寡而孤芳自賞，決不隨波逐流而取悅庸俗。出版以來，雖在精神和物質兩重壓迫的艱困環境之下，而我們時時刻刻保持這種一貫的風格，始終不懈；事實具在，不難覆按。出乎我們意表之外的是曲雖高而和者倒並不寡，《古今》月刊創刊號出版三天後即悉數銷罄，以後無期不是供不應求，後來我們應了讀者熱烈懇切的要求，自第九期起改出半月刊，截至目前為止，已出至三十五期，可是無期不是悉數銷盡，一無存留。

我們為彌補一般讀者之無法購得過去之《古今》合訂本起見，因有《古今叢書》之出版，並以周佛海先生之《往矣集》為第一種。自本年一月初版起，到現在不滿十一個月的短時間之內，已經再版六次之多。這種盛況，不特為近年來出版界所絕無，即在戰前，亦簡直可稱奇蹟也。

《古今叢書》第一種出版後讀者歡迎之熱烈，既如上述，然則我們為什麼直到現在才出版這本《古今叢書》第二種呢？這是因為我們在選擇材料的時候，還是很謹慎的躊躇的不敢以粗糙窳劣之作來濫竽充數，正像我們之於《古今》半月刊的水準一樣，堅抱寧缺毋濫的主旨。

茲值本書——《古今叢書》第二種排竣之時，謹將內容略為介紹於下。

本書除周越然先生〈購書的經驗〉一文外，餘皆陸續刊於已出各期的《古今》半月刊中。作者諸公，不但都是當代聞名的作家，而且恰巧還是南北各占其半。本書中的所述，對於買書的甘苦，版籍的源流，書肆的內幕，書賈的技倆，旁及各地私家與公家書庫的風土，名勝，都有所點染及描繪，不論當作書市掌故，或文史小品看，都無不可，而足與黃蕘圃、葉郋園、繆藝風、傅藏園諸家之作媲美。其中如周越然先生庋藏之富，經驗之深，陳乃乾先生出入丹黃之久，歷年過眼之廣，在海上本已夙負盛名。而陳先生又惜墨如金，鑑於《古今》殷勤敦請，始以其力作見貺。其中所述藝風堂繆荃孫氏的收校古書情形，尤其世所罕知，而於乾嘉諸賢，徵引更富，讀此卷畢，對清代以來之書市大要必能一目瞭然。周知堂先生的〈舊書回想記〉，為先生本身所極重視之作，而出之以一貫的雋永沖淡之筆，其引言中曾謙遜地比為「有如抽紙烟的人，手嘴閒空，便似無聊，但在鄙人則是只圖遮眼也」，其實正如我們讀他的〈夜讀鈔〉一樣的低徊有味。紀果庵先生的〈白門買書記〉，如與謝興堯先生〈書林逸話〉中所述北方書市部分並讀，自益覺相映成趣，較之前人《金陵買書志》所記，尤為淵達條暢，親切有致。謝剛主先生的〈晚明史籍考〉，久為識者所珍，今復出其餘緒，成此〈三吳回憶錄〉，不但見聞博洽，材料充實，而文筆之清麗拔俗，尤可當絕妙好辭看。他如庾持先生之〈四庫瑣話〉，對有清一代文獻，鈎劃精詳，楮冠先生之〈蠹魚篇〉，於諸作中文自成一格，本叢書並即以此為題。總之，本書內容，不惟作者是名家，而作品尤屬名作，加以輯錄，付諸手民，也無非想於此寂寞的文苑中，略盡濡沫之力而已。

不佞哀樂中年，更值亂離，所資以強自排遣者，僅此區區抱殘守闕之微趣。涼風天末，落日書城，纂輯既竟，略志所感云爾。

（原刊於《古今》半月刊一九四三年第三五期）

樸園隨譚（八）

海外遊屐夢憶錄

朱樸

終年著書一字無，中歲學道仍狂夫；
勸君高枕且自愛，勸君濁醪且自酤；
何人不說宦遊樂，如君棄官復不惡；
何處不說有炎涼，如君杜門復不妨；
縱然疏拙非時調，便是悠悠亦所長。

——李于鱗詩

旅行是人生一大樂事，而乘長風破萬里浪，則尤為人生之一大壯事。我於民國十七年夏作第一次歐洲之遊，翌年返國；復於廿三年夏作第二次歐洲之遊，半年返國。綜計兩次遊展所及，有印度、埃及、法蘭西、比利時、英格蘭、瑞士、荷蘭、意大利、德意志、丹麥、瑞典等國；——第二次歸途中復經美利堅、加拿大及日本，時間匆匆，大多過眼雲烟而已。

我素性疏懶，從來沒有做過日記，所以往日勝遊，到今天差不多都已成夢境。就是勉強追思，至多亦不過一個很模糊的影子罷了。

年來蟄居滬濱，日以讀書自遣；所看的書，以遊記之類為最感興趣，殆所謂雖不能至心嚮往之者是也。

立冬之晚，我做了一個夢：好像在一個曾經到過的大花園裡騎在一隻大象的肩背上攝影。醒來一想，這原來是九年前在錫蘭島上坎第湖邊暢遊的一幅絕景啊！

坎第

坎第是哥侖波的唯一名勝，我第一次出國路過哥侖波時並未往遊，到第二次路過才特地去作半日之遊的。當日情景，十已九忘，昨讀梁任公〈歐行途中〉一文所記，描寫真切，恍如面對。摘錄如下，聊資回味：

好幾年沒有航海，這次遠遊，在舟中日日和那無限的空際相對，幾片白雲，自由舒卷，找不出他的來由和去處。晚上滿天的星，在極靜的境界裡頭，兀自不歇的閃動。天風海濤，奏那微妙的音樂，侑我清睡。日子很易過，不知不覺到了哥侖波了。哥侖波在楞伽島，這島土人叫他錫蘭。我佛世尊，曾經三度來這島度人，第三次就在島中最高峰頂上，說了一部《楞伽大經》。相傳有許多眾生，天咧，人咧，神咧，鬼咧，龍咧，夜叉咧，阿乾闥咧，阿修羅咧，都跟著各位菩薩阿羅漢在那裡圍繞敬聽。大菩薩問了一百零八句偈，世尊都把一個非字答了，然後闡發識流性海的真理。後來這部經入中國，便成了禪宗寶典。我們上岸遊，一眼望見對面一個峰，好像四方城子，土人都是四更天拿著火把爬上去禮拜，那就是世尊說經處了。山裡有一所名勝，叫做坎第，我們雇輛汽車往遊。一路上椰子檳榔，漫山徧谷，那葉子就像無數的綠鳳，迎風振翼。還有許多大樹，都是蟠著龍蛇偃蹇的怪籐，上面有些瑣碎的高花，紅如猩血。經過好幾處的千尋大壑，樹都滿了，望下去就像汪洋無際的綠海，沿路常常碰著些大象，像位年高德劭的老先生規行矩步的從樹林裡大搖大擺出來。我們渴了，看見路旁小瀑布，就去舀水吃，卻有幾位黝澤可鑑的美人，捧著椰子，當場剖開，翠袖殷勤，勸我們飲椰乳。

走了差不多四點鐘，到坎第了。原來這裡拔海已經三千尺，在萬山環繞之中，潴出一個大湖。湖邊有個從前錫蘭土酋的故宮，宮外便是臥佛寺。黃公度有名的錫蘭島臥佛詩，詠的就是這處。從前我們在日本遊過箱根日光的湖，後來在瑞士遊過勒蒙四林城的湖。日本的太素，瑞士的太麗；說到湖景之美，我還是推坎第。他還有別的緣故，助長起我們美感。第一件，他是熱帶裡頭的清涼世界，我們在山下，揮汗如雨，一到湖畔，忽然變了春秋佳日。第二件，那古貌古心的荒殿叢祠，喚起我們意識上一種神祕作用，像是到了靈境了。我們就在湖畔宿了一宵，那天正是舊曆臘月十四，差一兩分未圓的月浸在湖心，天上水底兩面鏡子對照，越顯出中邊瑩澈。我們費了兩點多鐘，聯步繞湖一匝。蔣百里說道：今晚的境界，是永遠不能忘記的。我想真是哩！我後來到歐洲，也看了許多好風景，只是腦裡的影子，已漸漸模糊起來，坎第卻是時時刻刻整個活現哩。……閑話休題，那晚上三更，大眾歸寢，我便獨自一個，倚闌對月，坐到通宵，把那記得的《楞伽經》默誦幾段，心境的瑩澄開曠，真是得未曾有。天亮了，白雲蓋滿一湖；太陽出來，那雲變了一條組練，界破山色。真個是「只好自怡悅，不堪持贈君」哩。

坎第確是勝地，更經飲冰室主的妙筆渲染，越發顯得其出神入化了。若以不佞的鄙陋之筆來描寫追記，則豈能達其萬一耶？然則坎第有知，也當深感這位一代文豪而自慶得一知己了吧！

巴黎

徐志摩在他的《巴黎的鱗爪》一書中劈頭說道：

「啊巴黎！到過巴黎的一定不會再希罕天堂；嘗過巴黎的，老實說連地獄都不想去了。」

這兩句話我想凡是到過巴黎嘗過巴黎的人們都得承認而有同感的吧！

在我生平所到過的地方中，沒有一處足以比得上巴黎的；有之，恐怕只有北京吧。可是，北京的美不過在於「古」，在於「雅」，在於「幽」，在於「靜」而已；巴黎之美，尚不止此。

它一方面，繁華熱鬧到了極點；可是另一方面，古雅幽靜也到了極點。住在巴黎的人們是永遠不會感覺到寂寞的。喜觀熱鬧的朋友們：你們儘管沉湎酒色歌舞達旦好了，巴黎有的是醇酒和美人！喜歡清靜的朋友們：凡爾賽故宮和楓丹白露森林不是很好的去處嗎？再不然，在賽納河畔釣魚和逛逛舊書攤不也是極風雅之致嗎？

此外，還有那男女咸宜雅俗共賞的咖啡館！

世界上那一個都市裡沒有咖啡館？可是，請問有那一個都市裡的咖啡館足以比得上巴黎的咖啡館？

巴黎的咖啡館有它的一種特殊的「風味」，那種風味為任何地方的咖啡館所不及的。我們到世界上任何都市的咖啡館裡去是「喝」咖啡，可是在巴黎則不然，他們叫做「坐」咖啡。喝咖啡與坐咖啡之間的風味相去太遠了，兩者決不可以同日而語的。

世界上任何都市裡的咖啡館恐怕沒有再比巴黎多的了吧？幾幾乎可說是五步一小間，十步一大間。在巴黎的咖啡館裡，我們可以看見各式各樣的人們。譬如說吧：嘴裡啣著大烟斗的是詩人，頭上留著長髮打著大黑領帶的是畫家，手裡夾著書包的是學生，綽約多姿媚光四射的是舞女，……他們有的在談天，有的在看書，有的在繪畫，有的在寫信，有的在調情，……形形色色，無所不有。他們的態度是那麼悠閒，他們的神情是那麼自然，他們真是葛天氏之民無懷氏之民啊！

我在巴黎前前後後一共住了半年多，法文沒有學會半句，可是倒沾上了每天坐咖啡館的習慣。十餘年來，喝咖啡幾乎成為我唯一的嗜好。可是無論到何處，只是喝咖啡而已，至於坐咖啡的風味，則除了巴黎外，尚別無所遇也。

巴黎可述的勝處太多了，如凱旋門咧，愛弗爾鐵塔咧，康谷廣場咧，魯佛博物院咧，馬德林禮拜堂咧，香蕊荔蕊大街咧，拿破侖墓咧，亞力山大橋咧，聖母院咧，盧森堡公園咧，……真是有美皆備，無麗不臻。或曰：然則巴黎果真一無缺點乎？答曰：實在沒有。如果硬要我說吹毛求疵的話，那麼，其唯電車上習見之出鬍髭的女賣票員乎？一笑！（巴黎電車上之賣票員大多為女人，且大多為出鬍髭之女人，狀極難看，可云大大的殺風景也！）

日內瓦

瑞士有世界的公園之稱，而日內瓦尤為名聞遐邇之地。我於一九二八年底由巴黎到日內瓦，在那裡住了有一個多月；白山綠水，時繞夢思。（阿爾卑斯山巔終歲積雪，無分冬夏。）瑞士全國都是山水，而日內瓦則僅僅擅湖水之勝。日內瓦湖與我國的西湖風格雖完全不同，但清麗則相彷彿，固各有所長也。

我在日內瓦住的是一所家庭旅館，主人名狄寶夫人（Mme. Tibaud），年五十餘，招待週到，和靄可親，令人興賓至如歸之感。她善駛汽車，好作郊遊，常常駛了一輛紅色的小汽車陪我到鄉下的一間小咖啡店裡去喝咖啡。那個小咖啡店離日內瓦市區約十五六里之遙，面臨湖濱，環境幽靜。我們喝咖啡的時候常常遇著店主的一個女孩在練習鋼琴，聲調悠揚，彈得頗為動聽。喝完了咖啡之後我們沿著湖濱慢慢的駛車歸去，那時候夕陽照在湖面上宛如萬道金光，燦爛奪目，此情此景，如在目前也。

那時我在日內瓦的任務是向國際勞工局的合作部調查國際合作運動的狀況，每天由寓所到國際勞工局之間的往還我總好沿著湖濱步行，尤其喜歡的是立在一個冷清清的碼頭上買了幾塊麵包餵飛來飛去的海鷗。我雖然後來在巴黎的盧森堡公園和威尼斯的聖馬可廣場同樣的餵過麻雀和白鴿，但不知為什麼總覺得沒有在日內瓦湖畔餵海鷗那樣的富有詩意。

除了日內瓦外，瑞士還有許多名勝之地我都不曾去遊歷過，每一念及，悵憾萬狀。只有一次我一個人獨往法瑞交界之夏蒙尼峪（Chamonix）作一日之遊，滿山飛雪，銀河分瀉，那種壯觀，現在還彷彿依稀的留在腦際呢。

著者前幾天偶因起居不慎患了重傷風，本文寫到此地時忽然寒熱大作，一時不克繼續的再寫下去。本來還想寫下去的有倫敦、柏林、海牙、哥本哈根、紐約、檀香山等處，現因急須發稿，只能俟諸異日了。

卅二年十二月十五日於樸園。

（原刊於《古今》半月刊一九四四年第三八期）

樸園隨譚（九）
小病日記

朱樸

窮士病且飢，古今同一流；身安腹果然，此外吾何求？……

——《石湖居士詩集》

十二月十五日

晨起，身感微冷，閱報畢，草〈海外遊展夢憶錄〉，不二時，忽發寒熱，草草終篇，即送黎庵發排，因下期《古今》為新年號，稿須早發也。

下午延丁仲英老醫師診視，謂係感冒，需稍休養，晚服藥一大盌。

十二月十六日

一夜安睡，寒熱已退，晨起陽光滿園，憑窗俯瞰池中金魚，悠然有自得之樂。

得吳世庭、周慧海二女士柬，招晚宴，作書謝之。

友人程君以吳觀岱畫一軸見貺，盛意可感。是畫無款，僅有「梧桐夜月仿新羅山人」九字，及「梁溪布衣」小方章一。上有胡汀鷺題跋，文曰：「此吳岱老真蹟，為屏條散失之一。畫摹新羅，得其神髓，疏梧夜月，秋意滿紙，無一點塵俗氣，洵逸品也。戊寅夏五，胡汀鷺識」。余見岱老之畫多矣，欲求如此畫之疏淡清逸者，殊不多覯。猶憶二十餘年前先公與吳、胡二先生每日下午例在無錫公園池上草堂茗會，雅人勝致，如在目前。迺曾幾何時，前輩風流，凋謝殆盡（汀鷺先生數月前亦已謝世），撫今追昔，能毋惘然！

劉夫人轉告：得五弟信，近狀甚佳，聞之甚慰。數月來之憂慮，一旦消釋矣。

十二月十七日

恆廬主人聞余病，來書存問，意甚懇摯，頗興空谷足音之感。余自前年迭遭妻兒之喪，萬念俱灰。兩年以來，蟄居滬濱，讀書自懺。往日交遊，一一疏遠；寒居樸園，終年門可羅雀，宛與荒山破寺無異。初固不無寂寞之感，旋自深悟炎涼之理，轉覺幽靜之可樂矣。

午後閱《歸震川集》，讀〈思子亭記〉中「父子重懽，茲生已畢，於乎天乎，鑑此誠壹」諸句，掩卷不能卒讀。

晚間犬吠四起，轉輾不能成寐。

十二月十八日

得知堂老人書，中有云；「弟昔見杜牧之句：『忍過事堪喜』；以為此公尚有事須忍，何況我輩？古人云：『毋我負人，寧人負我。』下一句尚不能做到，唯上一句極想努力。只盡其在我，餘只好不計耳。質之高明，以為何如？」句句金石，堪以懸諸座右也。老人信末復蓋有「忍過事堪憙」章一，古色古香，尤饒韻味。

徐一士先生新膺國史編纂委員會編纂之職，前曾馳書賀之，頃得手復，詞意謙恭，無以復加，讀之令人愧慚無地。夫以一士之學望，屈就斯職，誠可謂大材小用，乃自遜如是，學者風度，自非濫竽之輩所可企及也。

知堂老人士林重望，著作等身，一士先生熟悉掌故，南北一人，其文字久為國內讀者所崇仰，年來對於《古今》贊助尤力，公私同感。不佞與二先生雖俱為神交，但辱承不棄，時以教言見賜，獲益匪淺，於以益見北方學者敦厚樸實之風，遠非南中囂張淺薄輩之可比矣。

十二月十九日

恆廬主人約談，下午四時前往，晚九時返寓。

浩姪自錫來，談鄉間近狀甚詳，奇離怪誕，幾令人不能置信。邇來百物騰貴，生活日艱；來日大難，至堪憂慮也。

十二月二十日

上午十一時赴恆盧，午餐後即送恆盧主人赴大場飛機場，往來車行顛波，病軀似尚不勝。下午在《古今》社小坐，已五日未到矣。

十二月二十一日

富晉書社主人以明賢手札尺頁一冊求售，計王守仁、王寵、莫是龍等八家，共書十二通，索價一千二百元。審閱再三，頗多可疑。即往梅景書屋以示湖帆，果然，僅文徵明、周天球二書係真蹟耳。即出五百金易此二信，售者初尚不允割售，經再三往返，始成交。衡山書係致祝枝山者，文曰：

> 日為冗逋所迫，未能晤對，懷念何如！默庵處《感懷帖》足下曾一見否？所言濟之先生《此事帖》，亦佳。明意擬為唐人搨臨者，曷若此帖盡善盡美，且有宋元人跋語，

鑿鑿可據，其為真蹟無疑矣。僕曾偕題其末，足下何不詣彼觀之？且足下向游神於義獻之門，賞鑑不爽，儻一經妙句題品，豈非斯帖之一助也！草此奉聞，不備。徵明頓首上。希哲尊兄先生侍史。十三日。

此畫紙雖略嫌黝損，而神情盎然，殊可取也。

十二月二十二日（舊曆十一月二十六日）

今日為先室沈夫人及亡兒榮昌安葬於虹橋公墓之期，一星期來，氣候不常，時抱杞憂，晨起天朗氣清，為之大慰。十時許赴安樂殯儀館舉行祭別，雙棺並列，欲哭無淚。下午二時到虹橋公墓，四時諸事完畢。從此黃土一坯，人泉永隔；如此人生，亦可傷已！

是日親戚到臨者約二十人，友人僅周君黎庵、文君載道二人而已。當二柩入壙之時，次兒燮昌嬉躍如常，竟不知其喪母失兄之可悲，嗚呼痛已！

（原刊於《古今》半月刊一九四四年第三九期）

樸園隨譚（十）
《往矣集》日譯本序

朱樸

二月十日下午三點鐘，《大阪每日新聞》特派員村上剛先生忽然駕臨《古今》社來訪我，寒暄之下，他說接到東京《日日新聞》吉岡文六先生的電報，說《古今叢書》第一種周佛海先生的《往矣集》已由《日日新聞》全部譯成日文，最近期間即將出版，希望我寫一篇序文，萬勿推辭云云。詞意懇切，終於令我不客氣的答應了。

《往矣集》自去年一月出版以來，一年之中，已經八版，如此盛況，實為近年來國內出版界所絕無，這不但著者周先生個人當引以自豪，抑亦《古今》社全體同人所認為非常光榮的。

周先生第一次為《古今》寫文章就是前年五月《古今》第三期上所發表的那篇無人不知老少咸誦的〈苦學記〉。那篇文字在《古今》上刊出後中日各報無不轉載，以後每逢周先生在《古今》上有文字發表，中日各報也無不一一轉載，這充份的說明了周先生的文字是如何的博得中外讀著們的熱烈歡迎。

周先生的文章之所以能夠博得大眾之熱烈歡迎，我想不外乎一個「真」字吧？在去年一月一日《往矣集》剛剛出版的時候，我在該書的序文中曾經說過以下的幾句話：「在我生平所交的朋友中，秉性之忠厚，情感之熱烈，待人之真誠，行為之俠義，沒有一個比得上周先生的。言為心聲，他的文字完全是他人格之表現，至性至情，絕無半點虛飾。」

這一年來，一切的一切，更足以證明了我的批評。就我個人所知，在過去的一年中，周先生公開捐助苦學生的助學金為數甚鉅，此外他所不願為外界所知道的對人的援助，更不知有多少。他因出身苦學，所以在他苦學成功的今天，對於國內成千成萬的苦學生特別抱有深摯之同情。「君子不忘其本」，這在周先生誠可謂當之無愧了。

言行相符是一件最不容易的事，中國有一句老話曰「文人無行」，就是說文人的文章無一不冠冕堂皇，但事實上他們的行為則十九是不堪問聞。尤其是一般所謂「名公鉅卿」，不要說言行不能相符了，簡直痛痛快快的可稱言行適得其反。《申報月刊》第十期上有李芷君的一篇〈讀往矣集〉，對於這一點也曾慨乎言之，文中有曰：

> 有許多名公鉅卿，儘管在嘴上或筆上說得如何正大光明，磊落軒昂，可是一接觸實際的行動，就距離得不可以道里計了。……說起一切名公鉅卿的文章，往往在未讀之先，已經令人搖頭不已了。不是失諸枯燥嚴肅，八股濫調，味同嚼蠟；便是紙上寫的與心中想的截為兩橛。所謂心口不應，正足以概括這些人物和這些文章的全盤精華。

周先生的《往矣集》之所以能夠不脛而走，萬人傳誦，恐怕就因為它不蹈上述之覆轍吧？最近上海《大陸新報》也將《往矣集》譯成日文出版，並請周先生自己寫了一篇序文，原文已先在最近出版的《古今》半月刊第四十期上發表。周先生在那篇文章的最後一節曰：

友邦日本的讀者，讀了這本小冊子，對於我過去的苦學和奮鬥，當然可以得到相當的了解。但是我希望友邦讀者更要了解中國現在，和我當年一樣苦學奮鬥的青年，有成千成萬。這些青年，將來都是中國的棟樑，東亞的柱石。我希望日本的青年和中國的這些青年，互相了解，互相提攜，真正的新東亞，纔能建設起來。

謹借引於此，同樣的再以貢獻給日本的讀者。

中華民國三十三年二月十五日朱樸謹識於上海古今出版社

（※編者按：原有〈海源閣藏書求售記〉一節，因只記書目版本，似已成往事，今刪之。）

（原刊於《古今》半月刊一九四四年第四二期）

樸園短簡——致文若第一信

朱樸

文若：

昨晚別後即驅車到愚園路岐山邨岑公館，適值晚餐，賓客甚多。心叔敬我白蘭地一杯，我連喝三杯，周太太見我興高采烈，問我是不是有了什麼「奇遇」，這在她不過一時隨便嘲笑揣度之辭，卻不料正中下懷也！

席間周先生向公博太太及孛孛太太講笑話，甚趣。

晚餐後十時十分隨周先生赴北站，上車後即睡，夜半一時抵蘇州站，為車身震動而醒，以後轉輾反側，不能入寐，無時無刻不想念你，直至天明。

請你不要怪我不守祕密，昨晚在車上我已將我們兩人的事告訴了周先生了。一因我的精神太興奮了，二因周先生是我最好的朋友，他對於我的事一向十分關切，我不能將這樣重大的事瞞著他。他聽了非常高興，並答應將來為我們證婚。

今晨八時半到京，承周先生邀，寓迎賓館，十時開會，十一時四十分議畢，中午在國際俱樂部吃飯，飯後返迎賓館洗了一個澡，睡了一小時，現在精神抖擻，連忙寫信給你。

我們兩人在兩年多以前曾經多少友好的熱心介紹，始終未能謀面，而這一次竟於無意之間一見傾心，這大概不能不說是所謂「緣」了吧？兩三年來，我受盡了人間所有的災難和苦痛，苦非涵養有素看破一切的話，早該跳海自盡或者披髮入山了。我因精神無所寄託遂創辦《古今》以強自排遣，卻不料無形中竟因此獲得了你的重視和青睞。同時，這兩年來我所聽到關於你的都是些什麼「脾氣古怪」、「行動非常」等等批評，因而也就引起了我這個真正脾氣古怪行動非常的人對你的特別注意。誰會料到我們兩個怪人終於相識，彼此見怪不怪其怪自敗啊！

我們兩個都是憤世嫉俗落落寡合的人物，決非庸俗之流所能了解的，不幸處在這個社會，真正所謂「生不逢辰」。可是，從另一方面來講，在茫茫塵海之中居然能夠獲得一個互相了解互相同情的人，縱不無相見恨晚之感，也可說不虛此生了吧！

你的國學根底以及思想見解都遠勝於我，這不但引起了我對於你的無上欽仰，並且使得我自己感覺到不勝慚愧。潦草書此，幸勿見笑。

南京氣候與上海差不多，可是空氣卻新鮮多了，明晨擬獨往雞鳴寺及靈谷寺一遊，下午如無他事，當即返滬。……

樸（一月十五日下午四時於迎賓館）

（原刊於《古今》半月刊一九四四年第四〇期）

〈發刊詞〉

古今中外，東西南北，形形色色，無奇不有。在幾千年的歷史中，世界上產生了多少英雄豪傑和名士佳人，發生了多少驚天動地和可歌可泣的事蹟！過去的都成史料，現在的有待紀錄，未來的則無從說起。總之，後之視今，亦猶今之視昔，世事滄桑，令人感慨不勝而已。所謂歷史，整個的就是一部人類的千變萬化和喜怒哀樂的紀錄。我們——全世界的人們——現在都是這個時代中某一喜劇或悲劇的某一主角或配角。說「吾人生不逢辰丁茲亂世」等語，似乎太悲觀了一些，但如果說「我們何幸而生在這個偉大的時代」等語，則又未免太英雄氣概了吧。

同人等都是些一介書生之類，一面雖是憂國傷時，可是一面卻又是力不從心。說句老實話，我們除了一枝筆外簡直別無可以貢獻於國家社會之道。因此，我們就集合了少數志同道合之士，發起試辦這個小小的刊物，想在此出版界萬分沉寂之時，來做一點我們所自認尚能勉為其難的工作。

我們這個刊物的宗旨，顧名思義，極為明顯。自古至今，不論英雄豪傑也好，名士佳人也好，甚至販夫走卒也好，只要其生平事跡有異乎尋常，不很平凡之處，我們都極願儘量搜羅獻諸於今日及日後的讀者之前。我們的目的在乎彰事實，明是非、求真理。所以不獨人物一門而已，他如天文地理、禽獸草木、金石書畫、詩詞歌賦諸類，凡是有其特殊的價值可以記述的，本刊也將兼收並蓄，樂為刊登。總之，本刊是包羅萬象，無所不容的。

我們願闢此小小的園地，以供同好諸公的耕耘。

（原刊於《古今》月刊一九四二年第一期）

漫談《古今》——代編輯後記

樸之

《古今》出版，忽忽一月，讀者歡迎之盛，出於意料之外。因為初創及經濟的關係，創刊號印數不多。不料出版以後，五天之內，上海方面已完全售罄，向隅者要求再版，紛紛不絕，我們以限於財力及物力，無法滿償讀者之望，深為抱歉！

南京方面的情形也完全相同，創刊號到京後僅僅兩天的時間，《時代晚報》社及建國書店兩家已銷去總數的大半，目前一本無存，不必再說。

創刊號出版後我曾返京一行，小住數日，在那幾天內所遇到的友朋，莫不讚頌《古今》，交口稱譽。就中如周佛海先生向我說道：「《古今》創刊號裡的文章幾乎可稱是篇篇都好；所代你擔心的是不知將來能否永遠保持這樣高的水準。」江康瓠（亢虎）先生在電話中向我說道：「翻閱《古今》，欽佩萬分；名家手編，自是不凡」。李聖五先生向我說《古今》的文章編排印刷等等無一不好，只是我那篇〈四十自述〉太消沉了，他勸我以後千萬不要悲觀……。

以上所舉的三位都是在著作界及出版界享有盛名而極有地位的人物，他們的批評都是

「行家」之言，決非隨隨便便之人胡亂恭維者可比。除了江先生與我比較客氣外，周、李兩位先生都是與我極不客氣極有交情的朋友，他們的忠言，至堪重視。

關於周先生所顧慮的一點，我認為是一針見血之談，非常重要的。我過去辦刊物，向來抱「寧缺毋濫」主義，重視「質」的成份，而輕視以「量」炫人。《古今》出版於目前這個空谷足音的時代，尤應堅守素志，決不遷就時俗；這一點我自當特別注意，以期不負周先生之厚望的。

關於李先生所勸我的一點，可就難了。我自去年一年中妻兒兩亡之後，精神刺激，實在太深。尤其是榮兒之夭折，對我打擊之大，簡直不可譬喻。我對於他之痛悼，並非像普通一般庸夫愚婦之為封建思想宗族觀念所囿，實以這個孩子，死得太可惜了。他雖年僅十歲，但他的性情、脾氣、嗜好、思想、行為等等，簡直無一不與我相似。他雖還是一個小孩，但一切一切，絕不像一個小孩。在十年的時期中，我對於他從來沒有呵斥過一次或半次。在平時的腦筋中，我不以他是我的兒子看待。他是我的朋友，他是我的知己，他是我精神上的唯一安慰者，他是我的靈魂，他是我的一切。所以他死之後，我如失靈魂，如失一切，所謂「痛不欲生」，簡直是為我寫照。半年以來，這種情緒，有增無減，我非不知逝者不能復生，非不知徒事傷悲亦屬枉然，但是不能自已，毫無辦法。因此我才體味出來父母對於子女之愛如是之真切。在這種的心境之下，我的言論行動，不免大受影響，這是免不了的。不要說〈四十自述〉那一篇太消沉了，就像〈發刊詞〉那一篇，我寫好後自己覺得不滿意，給同社的某君看，他也以為語氣太消沉，勸我最好重寫一篇，但是我試之又試，終於不成，可見言為心聲，乃是自然之理。

我希望知我的人們能夠原諒我同情我不要對我作冷酷的無情的批評。同時我也希望自己今後能勉抑悲思，從消極一轉而為積極，以期不負愛我者的盛意。

末了，我對於所有歡迎本刊的讀者致謝，對於本期特賜大作的梁眾異先生、江康瓠先生等致謝，尤其對於代本刊印刷及經售的《國民新聞》諸位先生深致感謝之意！

（原刊於《古今》月刊一九四二年第二期）

編輯後記——介紹周黎庵先生

樸之

本刊創刊號出版後讀者歡迎之盛況，我已在第二期的〈編輯後記〉中約略述及。不料第二期出版後讀者歡迎之盛，更甚於前：印數增加之後，依然供不應求。我們一面雖感到精神上的欣慰，可是一面卻又感到財力上的困難。因為現在原料飛漲，百物騰貴，本刊每冊成本約需二元，而售價只收一元，所以讀者要求再版，我們實難應命。區區苦衷，敬希讀者諸君鑑諒！

本期的內容比較一二兩期，更為精采。周佛海先生於政務紛忙之際，竟肯撥其餘冗，特為本刊寫〈苦學記〉一文，不特本刊引為殊榮，抑且為一般讀者慶幸。周先生此文為近年來文壇上所罕見之傑作，其對於現代青年精神上之鼓勵，不言可喻。《古今》中外的偉人名人，十九是由艱難困苦的環境中奮鬥出來的，讀周先生此文益信。

餘如〈爰居閣脞談〉、〈龍堆雜拾〉、〈記爰居閣主人〉、〈崇效寺楸陰感舊圖考〉、〈香港的雜誌〉、〈補談汪容甫〉諸文，各有特色，值得一讀。〈談英國人的迷信〉一文，別開生面，尤饒趣味。

末了，我要向讀者報告一個好消息：就是我每月須往來京滬，不能傾全副精力從事於本刊，因此自本期起，特聘周黎庵先生為本刊專任編輯。周先生過去曾任著名雜誌《宇宙風》編輯多年，蜚聲文壇，已非一日。自今而後，本刊的陣容愈益堅強，基礎愈益鞏固，這一定為讀者諸君所樂聞的吧？

（原刊於《古今》月刊一九四二年第三期）

滿城風雨談《古今》

樸之

《古今》出版，瞬已八月，這八個月以來，無論新舊朋友，一見面無有不提及《古今》，虛頌謬讚，無所不至，真令鄙人受寵若驚。現在《古今》因徇讀者的要求和友朋的期望，決自本期起改出半月刊，當茲改版之際，謹再略說幾句，以補創刊號中〈發刊辭〉的不足。

去年十月十六日，我所最心愛的長兒（榮昌）夭折於青島，時離其生母之亡，尚不到一年。我經此打擊，痛不欲生，對於自己的前途，抱有萬事俱休，只欠一死之慨。因此寄居滬濱，終日徘徊，自己不知怎樣才能遣此無聊的餘生。有一天，忽然闊別多年的陶亢德兄來訪，談及目前國內出版界之冷寂，慫恿我出來放一聲大砲。自維生平一無所長，只有對於出版事業略有些微之經驗，且正值精神一無所託之際，遂不加考慮，立即答應，計籌備之期，不到兩月，《古今》創刊號，遂於今年三月二十五日出世。

《古今》之出版並非為什麼提倡學術，宣揚文化等等的大題目，不過為我個人遣愁寄情之舉，所以我在創刊號中所寫的〈發刊辭〉及〈四十自述〉兩文，充滿了意志銷沉的語句和淒涼蕭殺的空氣。又因讀《菊山詩集》中「世間萬事俱陳迹，空倚西風閱古今」句具有同感，所以即以「古今」二字題名本刊，此即本刊之由來，應為世人明告者也。

所以，本刊完全是一個私人的刊物，是一個百分之百的自由意志的刊物；只因私人經費有限，所以未能盡量擴充，可是八個月來的慘澹經營而能得到今日的結果，已非鄙人意料所及，這不能不算是「萬事俱休」中的一點奇穫，而精神上聊堪自慰的一件事。

《古今》之所以有今日，陶亢德、周黎庵二兄襄贊之功不可沒。《古今》之所以能出版，摯友周佛海先生在精神上友誼上給我的鼓勵與幫助甚大，其功尤不可沒。謹於此表示我個人衷心之感謝。

本期半月刊出版為十月十六日，適為亡兒週年之期，回溯過去，遠矚將來，誠不勝啼笑皆非之感。又本期出版距重陽節僅二日，因借「滿城風雨近重陽」之句以題本篇，字意雙關，自揣尚屬切當也。

（原刊於《古今》半月刊一九四二年第九期）

《古今》一年

朱樸

歲月不居，光陰似箭，《古今》出版，忽忽已屆周年。回憶去年此時，正值我的愛兒殤亡之後，我因中心哀痛，不能自已，遂決定試辦這一個小小刊物，想勉強作為精神的排遣。不料出版以後，洛陽紙貴，口碑載道，我一面既慶幸新寵之前途無量，一面卻又深感舊恨的永難忘懷，俯仰身世，誠不勝甜酸苦辣之感！

《古今》之所以能獲得今日之初步的成功，其最大的原因有三：第一，摯友周佛海先生對於《古今》及不佞個人精神上的鼓勵及幫助極大，他的愛護之忱，簡直無可比擬。第二，亢德、黎庵——尤其是黎庵——襄助之功不可沒。第三，不佞本人過去雖向以做事馬虎出名，但是這一年來對於《古今》，則以全副精神對付，廢寢忘食，一絲不苟，心目中幾視《古今》為第二生命。（此乃說老實話，並非「丑表功」也。一笑！）

此外，南北諸位第一流作家之不吝珠玉，以及《國民新聞》社對於印刷方面的諸多賜助，使本刊得盡善盡美，當然亦是成功之最大原素。

《古今》之所以出版及其所以能至今日的地位，略如上述，現在我來檢討過去一年中外界對於《古今》的批評及申述未來一年《古今》預定的計劃。

自從《古今》出版以來，外界的批評大概譽者十之九而毀者十之一。我們自己雖有堅強不拔的自信，但是絕對歡迎人家的批評——尤其是對於我們指正的批評。可憐的是能夠使得我們心服的指正式的批評半篇都沒有，有之僅一二「跖犬吠堯」式的冷箭而已。不僅此也，復有卑劣之徒，鑑於我們空前的成功，因妒生恨，竟陰謀利用外力以壓迫本刊者，其喪心病狂，下流無恥，誠不屑齒及，這是我們認為不勝遺憾的。

至於譽者呢，雖十占八九，但能令我們心許的也並不多見。去年十二月三十一日《中華副刊》上有一篇柳雨生先生的〈談古今叢書〉，我認為最能認識我們的心境，茲摘錄其原文如下：

> 近年出版界的情況，可說是今非昔比。烽燧疊起，文化衰落的現象，日甚一日，是大家都已經意會得到的事情了。在這個文化低落而亟待補救，亟需振興，——或者更可憐一點說，亟當保存的時候，上海還能夠有一個《古今》出版社，有一個「文獻掌故，樸實古茂，散文小品，冲淡雋永」的《古今》半月刊，你說，為什麼不叫我們歡喜呢。
>
> 《古今》最初是沒有什麼「社」的，後來有了「社」的名義，想也未必有什麼社的「組織」。它的主編人，多是我的很好的朋友，幾個月來常常到他們辦事的地方

（亞爾培路二號）去談談，也無非東南西北的隨便說說，毫無拘束，毫無顧忌。我和他們的熟識，長的已經有了十年以上的情誼，並非因為有了《古今》，纔大家認識的。然而《古今》畢竟不失為一個可以閒談的地方，他們發刊的雜誌，不失為一個國內第一流的好散文雜誌。

有人說：《古今》太偏於談人物了，並且太偏於談古代事故。有人說：《古今》太嚴肅了，像許多篇用文言寫的文字，格調高古，擲地作金石聲，但絕不是現在我們需要的精神食糧。——話雖如此，《古今》的銷路仍舊激增起來，並且因為受到讀者歡迎的緣故，又由月出一冊，改為半月一冊。在這個世亂群離，言不及義的時候，《古今》不失它的孤崖一枝花的風趣。

也許有人會說：《古今》的缺點，是偏重於風土人情，懷古感舊，不免流於清談。——清談是可怕的名稱，許多人都不願意承認自己的議論是清談的。我們現在不是做史論，也不是談王衍、謝安、或嵇康、阮籍、劉伶，……清談云云我們可以用不著怎樣饒舌去分辯，南北朝的清談究竟和政治的興衰有多麼大的關係，這裡都不用去提它。因為清談還有一部分應該和哲學，和玄理都有密切關係的，或者也可以認為是人生率真的態度的一種罷。它絕對不是「飽食終日，無所用心」，它更未必是「群居終日，言不及義。」

我們何不翻一翻《古今》所載的文章呢？——慚愧得很，我的文字也有幾篇在內，但那是不用齒及的了。好的文章，不是沒有人寫得出來的，但是我卻知道那決不是荒懶的我。請讀一兩篇文中的警闢透徹，蕩氣迴腸的句子罷，例如：

「吾人之決心於革命，孰非山惻隱之心所發者。人必不忍其同類之死亡屈辱，而歷史之所紀，父老之所傳，亡國之慘在人耳目，此追既往而生惻隱者也。人心醉而未由醒之，濁而未由清之，目擊蚩蚩之民，辛苦憔悴，為人踐踏，乃無異於牛馬草芥，顧身受者不能自脫，坐視者莫知所救，此撫現在而生惻隱者也。……德之不建，民之無援，使人陷於沉憂之中而不罷自拔，由此鬱積以成革命之決心。……若夫為惻隱之心所迫，則接於目充於耳者，皆顛連無告者之憂傷憔悴之色與其呻吟之聲，既不忍於旁觀，又不能拯之出於水火，吾何為生於此世乎？」

我們請再讀另外一段用白話寫的文字：

「……身世之感，雖常令人發生出世之想，而家國之憂，卻不能不令人鼓舞餘勇，堅定貫徹初衷的決心。尤其是我們現在所處的環境，正是周公恐懼流言，王莽謙恭下士的時候，是非未定，功罪難分。如果半途而廢，雖存周公之心，終成王莽之果，上何以對祖先，下何以對子係！後世的批評，我們可以不必去管，流芳百世也好，遺臭萬年也好，無聲無臭，與草木同朽更好，……但是個人的是非固然不必計較，國家的利害，卻不能不加考慮。自古孤臣孽子的用心，不在求諒於當時及後世，乃在使個人的苦心，努力和犧牲，實際有益於君父。所以現在距我們企求的目的，雖然道路崎嶇，關山險阻，但是救傾扶危的目的一日不達到，就是我們的責任一日未解除。一息尚存，此志不容稍懈，那裡能夠因為人事滄桑之感，而改變鞠躬盡瘁死而後已的決心呢！」

兩文都論革命的決心，可以代替我解釋它並非完全清談，更決不會有什麼誤國的罪名了。但是，《古今》的文字，精闢的固多，清新流麗，夾敘夾議的又何嘗沒有？個人所見到的，翼公先生的文字就是其中之一。整飭條貫，宛轉周致的又何嘗沒有？個人所見到的，〈爰居閣脞談〉就是其中之一。現在，聽說該社就要發印叢書了，驚心動魄的文字也有，整飭條貫的文字也有，談古說今，紀敘故實的也有，而清新流麗的文字，更是很多。個人的歡喜讚歎，還是小事，但是，「這種盛況，至少可說是四五年來國內文壇上所未睹」了，細想起來，一石一木，都需要極精細極用力的去經營，更何況是偌大的「文化」呢？我們在荒野的空漠裡看見同路的旅伴，快樂的發出一兩聲驚歎的微語，大概也不能夠盡算是一個人的所謂感慨或感情作用罷。

今年一月十三日《中華副刊》上又有一篇楊素宜先生的〈一年來的散文〉，除批評《古今》上的諸作家外，並提及不佞的名字：

朱樸之是政界聞人，是專門學者，但散文的格調，尤為流暢清新。所作〈發刊辭〉、〈四十自述〉、〈蘇遊散記〉、〈記蔚藍書店〉諸文，都是至情動人之作。朱氏筆鋒常帶感情，雖不常作，卻極難得。

上述除稱我是「政界聞人」與事實不符愧不敢當外，其他如說我筆鋒常帶感情云云，誠可謂一針見血之評。我生性富於感情，尤其這兩年來，迭遭家難，刺激太深，因是字裡行間，往往無端流露而不自知。所謂「言為心聲」，誠屬無可奈何者也。

寫到此地，我忽然又想起一件關於我個人的事來了。去年今日《古今》創刊號出版，孤軍突起，一鳴驚人，震動了沉寂已久的整個上海文壇，一時效顰者流，紛紛而起，有一個刊物想魚目混珠，竟冒用我「朱樸」的名字及《古今》中另一作者「左筆」的名字寫了些無聊的文章。後來經我在《古今》第三期上刊登聲明「本人除主辦《古今》外向不在其他刊物撰文」的啟事，不佞的名字才絕跡於其他刊物。這一方面固十足暴露上海有些文氓之如何無恥，一方面卻又澈底反映《古今》之怎樣的被人重視。此種情況，誠足令我們興啼笑皆非之感。

綜括一年來《古今》的成績，其收穫實已遠超我們當初的意料，殊堪欣慰。同人等受此光寵，敢不益自奮勉，以期不負愛護諸君的厚愛。我們在未來的一年中，除了絕對保持過去取材謹嚴寧缺毋濫的精選作風外，並且更將廣約作家，多出叢書，實現〈發刊詞〉中所說的

「對於國家民族來做一點我們所自認尚能勉為其難的工作。」

風雨如晦，雞鳴不已，我們希望有志之士，同來共襄盛舉！

卅二年三月十五日於退省齋

（原刊於《古今》半月刊一九四二年第一九期）

《古今》兩年

朱樸

人生浪自苦，古今無一了。雞命湯火間，喔喔猴戒曉。
預憂復何益，轉使髮白早。不如噇酒糟，糟丘無壽夭。

——句曲外史詩集

兩年以前的今天，是《古今》創刊號初出問世之期，時距先室沈夫人之喪一年二個月又十四天，離亡兒榮昌之夭，則僅五個月又九天也。

《古今》是在我個人生平最不幸的時期出版的，所以懷古傷今，感傷的氣味特別濃厚。兩年以來，不但我個人的筆調始終未變，就是大多數作者的文字，也竟不約而同的採取「抒懷舊之蓄念，發思古之幽情」的作風，因此《古今》於無形中造成一種特殊的風格，這是識者所能共鑑的。

《古今》出版之動機具如上述，不過紀念我妻兒之喪失——尤其是最心愛的榮兒之夭折，藉謀精神上的強自排遣而已。以這樣渺小的動機而居然獲得今天這樣的成績，一切的一切，可說完完全全是出於我個人意料之外的。記得前年此時第一位讀者周佛海先生看見了《古今》創刊號之後，除了謬讚「文文俱精」、「篇篇都好」外，頗以「水準太高」、「難以為繼」代我擔憂，老實說，當時我也具有同感，絕無把握，誰會料到後來不僅永保水準，並且蒸蒸日上呢！

可是，《古今》的成功也決非倖致的；其所以能獲成功的原因，最大的約有下列二端：

（一）自己的苦幹

當《古今》最初創刊的時候，那種因陋就簡的清形決非一般人所能想像的。既無編輯部，更無營業部，根本上就沒有所謂「社址」。那時事實上的編輯者和撰稿者只有三個人，一是不佞本人，其餘兩位即陶亢德、周黎庵兩君而已。創刊號中一共有十四篇文章，我個人寫了四篇，亢德兩篇，黎庵兩篇，竟佔了總數之大半；其他如校對，排樣，發行，甚至跑印刷所郵政局等類的瑣屑工作，也都由我們三人親任其勞，實行「同艱」、「共苦」的精神。及今回思，頗有餘味。那種情形一直賡續到十個月之後才在亞爾培路二號找到了社址（這是承金雄白先生的厚意而讓與的），於是所謂「《古今》社」者才名副其實的正式辦起公來。嗣後迄今的一年又兩個月之中，我與黎庵兩人沒有一天不到社中工作，不論風雨寒暑，從未間斷。就我個人的經驗來說，生平對於任何事務向來比較冷淡並不感覺十分興趣的，可是對於《古今》，則剛剛相反。一年多來如果偶爾因事離滬不克到社小坐的話，則精神恍惚，若有所失，何以如此，自己也不得其解。所謂「全神貫注」者，儻以不佞擬之於《古今》，殆不能謂為過甚歟！

（二）友好的幫助

《古今》之有今日，至少友好的幫助當居一半的功績。就中幫助最多而最力者要推周佛海先生。兩年以來，他不僅不斷的為《古今》撰文使得《古今》能夠獲得讀者更熱烈的歡迎，[1]並且每逢《古今》遇到困難的時候，他總不吝賜以精神及物質的幫助。對於《古今》最熱心最關切的，恐怕周先生也不亞於不佞自己吧？兩年以來，每期《古今》中的每篇文字，他沒有不過目的。在僕僕風塵的京滬道上，不論坐飛機或乘火車，他總是一卷《古今》，不離左右，這是他的隨從人人所目睹的。其次，梁眾異先生最早即以其大著〈爰居閣脞譚〉見賜，深為讀者所珍視。他如北方周作人、瞿兌之、徐凌霄、一士昆仲、謝剛主、謝興堯、沈啟无……諸氏，南中陳公博、冒鶴亭、江康瓠、李釋戡、紀果庵、趙叔雍、龍沐勛、陳乃乾、文載道、沈爾喬、陳旭輪、柳雨生、周越然……諸氏，類皆碩學重望，蜚聲文壇，兩年來承各時時以宏文鉅著見惠，使得《古今》益增光輝，都是奠定《古今》不拔之基的極大功臣。

此外尤其使得不佞個人以及《古今》社全體同人一致感奮的是　汪先生對於《古今》的特別重視。兩年以來，他每次看見我時總殷殷以《古今》垂詢，去年今日《古今》週年

[1] 《古今》叢書第一種周佛海先生的《往矣集》在一年之中再版八次，並經上海《大陸新報》社、東京《每日新聞》社發行日譯本，可見中日的讀者對於周先生的文章是如何的熱烈歡迎也。

紀念號出版，並承於萬幾之餘特以〈故人故事〉手稿見頒，該稿後曾在滬公開展覽，轟動一時。最近復承親為《古今》撰書封面，計有「恢弘雅量涵高遠，領略清言見《古今》」一聯，「寺樓鐘鼓催昏曉，墟落煙雲自古今」一聯，「嘔心事業無成敗，入夢親朋有古今」一聯，「快雪均夷險，危松定古今」一聯，「袖間今古淚，心上往來潮」一聯，以及集吉田松陰語「不通古今不師聖賢鄙夫耳，古人言古今我言今亦何傷乎」一頁，曾分刊《古今》第三三、三四、三五、三六、三九、四十各期，已為讀者所共鑑。凡此殊寵，決非《古今》以外的任何刊物所能希冀的。還有江南第一畫師吳湖帆先生，年來隱居滬濱，惜墨如金，辱承不棄，特為《古今》繪劉後村詩意「靜向窗前閱古今」圖及崔曙詩意「澗水流年月，山雲變古今」圖兩幅，分刊三八、四一兩期封面，深獲讀者的一致讚賞。這種殊寵，也決非《古今》以外的任何刊物所能希冀的。

《古今》之到今天，誠可謂登峰造極得天獨厚了，不佞忝主社政，一面固極感榮幸，可是一面卻又不能不深自慚愧。為什麼呢？因為以我這樣不學無術的人而謬竊虛聲，良心上實在不能不感到一種譴責。兩年以前我在創刊號的〈發刊詞〉中曾經說過以下的幾句話：

同人等都是些一介書生之類，一面雖是憂國傷時，可是一面卻又力不從心。說句老實話，我們除了一枝筆外簡直別無可以貢獻於國家社會之道。因此，我們就集合了少數志同道合之士，發起試辦這個小小的刊物，想在此出版界萬分沉寂之時，來做一點我們所自認尚能勉為其難的工作。

兩年以來，以《古今》的本身來講，雖然不論在主觀方面或客觀方面都不失為一本合乎理想的刊物，差堪自慰；可是我平時常常反躬自問：究竟對於國家社會有了些什麼貢獻？慚愧得很，我自己實在說不出什麼來。除了在這醉生夢死的萬惡社會中稍稍表示了我們耿介孤僻的風格和十足暴露了我們「百無一用是書生」的弱點之外，還有些什麼呢？〈發刊詞〉中又曾說道：

我們這個刊物的宗旨，顧名思義，極為明顯。自古至今，不論英雄豪傑也好，名士佳人也好，甚至販夫走卒也好，只要其生平事蹟有異乎尋常不很平凡之處，我們都極願盡量搜羅獻諸於今日及日後的讀者之前。我們的目的在乎彰事實，明是非，求真理。所以，不獨人物一門而已，他如天文地理，禽獸草木，金石書畫，詩詞歌賦諸類，凡是有其特殊的價值可以記述，本刊也將兼收並蓄，樂為刊登。總之，本刊是包羅萬象，無所不容的。

同人等現在細細的檢查過去，覺得以上所云的一段我們在這兩年之內總算已經盡其所能的勉力做到了。〈發刊詞〉中的最後兩句話是：「我們願闢此小小的園地，以供同好諸公的耕耘。」茲值本刊二週紀念之期，謹再錄述上語，以獻愛好本刊的讀者諸君之前。

民國三十三年三月二十五日於滬西樸園

（原刊於《古今》半月刊一九四四年第四三・四四期）

小休辭

朱樸

短髮蕭蕭老日侵，遺編未敢廢研尋。薰蕕理慾迷通義，衮斧忠邪害怒心。
篤信聖賢常事左，稍知治亂每憂深。人生有腹當盛酒，誰遣吾儕著古今。
——後村詩集

三年前的今天，我的最鍾愛的長兒榮昌夭折於青島，時距其母沈夫人之逝，只有九個月又五天。不佞本來是一個神經質的廢物，既丁時艱，復遭家難，精神上實在不堪支持。那時我寄寓於滬西一所俄國人的公寓中，小屋兩間，孑然一身，意志銷沉，茫無所歸。承一兩位知友的好意，勸我辦一本刊物來消遣消遣，在無可無不可的意境之下，《古今》創刊號終於在兩年前的三月間出版了。

《古今》出版的動機不過為我個人遣愁寄痛之託，絕無其他作用，具如上述。出版以來，兩年有餘，辱承海內作者讀者不棄，熱烈愛護，凡我同人，靡不感幸。

我們檢討過去《古今》上所發表的文字，大都是屬於懷古傷今之作，所謂同聲相應是也。至於執筆的人物，則頗多「遺老」、「遺少」之流，所謂物以類聚是也。這些當然都是不合時代的「落伍者」，哪裡談得上什麼「報國」和「革命」等等的大題目呢？所以，同人等都覺得非常慚愧，誠所謂不勝戰慄惶悚之至！

最近，我的意志益形銷沉，追念亡兒，無時或已，不獨對於其他一切感覺到厭倦，就連本刊也感覺到厭倦了。兩個月前，偶與少數友好閑談及此，他們都大為驚異，說《古今》如果停辦，未免太可惜了，希望我不要如此消極。只有最近從北方來的兩位朋友——一位是王古魯先生，一位是謝剛主先生，他們於惋惜之餘，倒頗同情於我的心境。還有一位是知堂老人，前天來信說《古今》停刊後他從此也不想再寫文章了，如此志同道合，真可稱得是《古今》的生死知己了。

我希望我的情緒終能有好轉之一日，那麼將來《古今》或者還能有與讀者見面之機會。詩云：「民亦勞止，汔可小休」，爰本斯義，作〈小休辭〉。

民國三十三年十月十六日（榮兒永別之三週紀念日）草於滬西樸園

（原刊於《古今》半月刊一九四四年第五七期）

樸園日記——甲申銷夏鱗爪錄

朱樸

八月十五日

晴而悶熱，惟有風甚勁。上午赴中行，琪山來訪，談半小時。下午到《古今》社，鶴老送贈《梁節庵遺詩》一冊，盛意可感。寒冰夫人偕子女來訪，談一小時。《古今》第五十三期出版，封面刊登孫邦瑞君所貽鄭蘇戡之「含毫不意驚風雨，論世真能鑑古今」一聯，頗為大方，惟略嫌簡素耳。

晚讀《劉後村詩集》，得「人生有腹當盛酒，誰遣吾儕著古今」句，巧合而確切，深有所悟，即飲白蘭地一盃而睡。原詩日後當刊之《古今》封面，俾供共賞也。

八月十六日

晴熱，昨晚轉輾反側，不能成寐，苦極。晨赴中行，得沈諒昭訃告，將於月之二十日在靜安寺領帖。諒昭忠厚君子，一生廉潔，任中行常董將兩年，為余之前任。此次身後蕭條，一無所有，喪殮之費，悉由中行擔任，余勉送賻金三千，聊表寸衷，力與願違，愧疚何似。震老惠借法前總理Edouard Herriot所著之"Eastward from Paris"一書，是書係英譯本，一九三四年出版，紀述當時遊俄之詳情，震老極稱其觀察之深刻，為研究蘇俄者之所必讀。當於星期日盡一日之力讀畢之。

午飯後小睡，忽為空襲警報驚醒。三時解除後即到《古今》社小坐，發北京知堂老人函一通，後赴泰山路閒步，在舊西書舖中購得"The Diary of Lord Bertie, 1914-1918"二冊，返寓讀之，深感興趣。按Lord Bertie係第一次歐戰時之英國駐法大使，其所記歐戰前後之外交秘史，纖屑無遺，雖不免明日黃花，但亦足供研討史實者之推考也。又查是書係倫敦《泰晤士報》圖書館中之藏書，蓋有該館之圖章，不知何由而竟流至上海。嗚呼，亂世人物之聚散無常，即此一書可覘已！

晚為《古今》覓封面材料，漫覽各家詩集，得洪北江「偶成」七律四首，慨乎言之，不勝同感。詩曰：

哀樂中年詎可支。未衰恐已鬢添絲。遭讒真悔知名早。投隙方嫌見性遲。
乍識面人偏入夢。不關心事忽沉思。平生學行吾能審。豈待悠悠論定時。
百種芟除癖尚留。閉門索句出門遊。研摩未及唐餘史。蹤跡粗窮禹九州。
胸次漸能忘寵辱。舌鋒從不快恩讎。白雲溪畔三間屋。略有頭銜好乞休。
閒來屈指溯從前。孤露餘生我自憐。平輩半皆成老宿。故人多已學神仙。
難忘硯北千秋業。卻有城南二頃田。一事冷官差可慰。趨朝常得弟隨肩。
亘亘平生一寸心。不同朝士競升沉。憑誰可解胸中結。倩客時談海上琴。
乞與藥鑪希駐景。肯從塵網索知音。南舟北馬頻來往。坐使勞勞變古今。

八月十七日

晴熱，昨晚仍未得安眠，不知何故，或係抽香烟、喝咖啡過多之故歟？果爾，則勢非嚴自約束不可矣。晨赴中行，路經梅龍鎮定點心數事，因下午將有客來寓喝茶也。閱報英美軍在法國南岸之坎尼（Cannes）與尼斯（Nice）等處登陸，名聞於世之避暑勝地，一旦化為砲火連天之屠宰場所，誠浩劫已！

下午四時，冒鶴老、馮幼老、吳震老、羅儀老、楊琪山、吳湖帆、梅畹華、羅夫人等來寓喝茶，縱譚《古今》，暢論藝事，頗極一時之盛。寒齋久已無此勝集，亂世中得此，不能不謂之難能可貴也已。復承震老惠贈鄉先賢秦逸芬（《桐陰論畫》作者）墨筆山水四幅，皆係精品，曷勝感銘。鶴老亦贈詩一首，語多推獎，愧不敢當。畹華年來息影歌壇，以書畫自遣，其風格雅非常人所及。特懇為畫紙扇一面，另一面為余越園書，係三年前得之於北京榮寶齋者。（當時代價僅聯準券十元。）

今日未往《古今》社，僅與黎庵通電話一次；《古今》佳稿壓積甚多，尤其過長者不能不割愛屏棄，誠為憾事也。

八月二十三日

昨晚大風雨，晨起頗感涼意，一雨驚秋，信不誣也。上午赴中行，與震老閒談時事，感慨良多。下午與文若赴爰居閣，邀外舅同往孫邦瑞處觀畫。今日所觀者有沈石田畫二卷，董香光畫軸及冊頁各一件，王烟客冊頁九幀，惲南田畫一卷，皆精品。石谷二卷俱係中年時代之力作，頗為外舅所讚美。余則尤賞石田之《虞山紀遊圖》卷，因平昔對於石翁之畫素有特好也。今日同觀者尚有沈劍知，對於董思翁之畫軸手舞足蹈，擊節賞嘆，類如孩兒之睹糖菓，誠可謂思翁之知己也已。劍知書畫俱宗思翁，而深得其神髓者，宜其心醉若是也。邦瑞富收藏，今日因時間匆促，不克飽覽為憾，異日當約湖帆再往訪之。

（原刊於《古今》半月刊一九四四年第五四期）

樸園日記——重陽雨絲風片錄

朱樸

十月二十日

接孫道始自徐州來書，及惠贈張仲仁所書楹聯一副，錄存於此，以誌感銘：

樸之學兄左右：久疏音問，時就大著《古今》中得讀宏文，知賢者志在立言，其澹泊胸襟，較諸弟之抗塵俗吏，蓋不啻有天壤別矣。羨甚羨甚。曩承雅屬代覓「古今」集句，迄未報命，良深歉疚。頃無意中於此間書肆見有張仲仁先生所書楹聯，內嵌「古今」二字，極為渾成，即論書法，亦古樸可喜，特行購得另郵寄奉，尚祈哂納；非敢言𧬊，聊以塞責耳。……

聯云：

略誦古今成野史
具言金石著山經

當即懸諸省齋，尺度頗為適合。

道始為余三十年前無錫東林書院之老同學，睽違已久，時切馳思。夙富藏書，尤篤好鄉邦文南，曩曾見其王鑑堂所藏鄉賢遺書目錄，達五百餘之多，其苦心孤詣，誠不可及。頃聞將轉長杭市，西湖風景如舊，秀色依然可餐，殊足為故人賀也。

午邀袁樹珊便餐，議談甚暢。承以其所編《命理探原》、《命譜》等書見贈，並以其正在撰著中之《卜人傳》草稿見示，其矻矻不休之精神，良可欽佩。

晚應周作民邀，至其武康路寓所餐敘，同座有李贊侯、吳震修、唐壽民、葉扶霄、錢書城、吳蘊齋諸氏，俱銀行界人。菜係福建沈氏名廚所製，甚精。

周氏富收藏，客廳中懸有名人字畫甚多，如陳乾齋之楹聯，戴醇士八大山人等之立軸，俱係逸品。其中余尤賞黃尊古之巨幅山水，極盡丘壑雲煙之勝，堪稱神品也。

十月二十五日

連日斜風細雨，令人愁悶。今日為舊曆重九節，偕文若登國際飯店十九樓午餐，是樓係新經佈置者，有一室兩壁上鏤刻唐詩若干首，古色古香，別見匠心。憑窗俯覽上海全市，車水馬龍，不減往昔，默誦「萬方多難此登臨」之句，不禁感慨系之矣。

飯後赴中國通商銀行，出席董事會會議。

四時赴《古今》社，見第五十七期休刊特大號已出版，匆匆過目，不勝傷感。溯《古今》創刊於三十一年三月間，迄今歷時二年又七個月，他人但知羨其成功，殊不知其主持者之嘔盡心血，歷盡艱辛也。世人之評《古今》者，多以之與昔日之《人間世》、《宇宙風》、《逸經》、《越風》諸刊物相比，其實今昔時代大異，安可相提並論？竊以《古今》之長不在其執筆人物之地位，不在其文字材料之精湛，乃在其「風格」之特殊。此特殊風格如何？即不佞在〈蠹魚篇序〉中所謂之「寧願曲高和寡而孤芳自賞，決不隨波逐流而取悅庸俗」是也。《古今》創刊號上曾載鄭菊山詩，有「世間萬事俱陳跡，空倚西風閱古今」句，余因慨其沉痛而有《古今》之創辦。《古今》休刊號上曾載劉後村詩，有「人生有腹當盛酒，誰遺吾儕著古今」句，余因感其曠達遂有此次之小休。《古今》自第四期起封面上印有一「寧靜致遠澹泊明志」之章（此係余從《繩齋印稾》中選來者），雖不敢謂引以自況，但所以誌後生小子景仰先賢之忱而竊願奉以為訓也。嗚呼！《古今》今後其將永遠成為歷史的陳跡矣乎？二年又七個月之時間雖短，但在余之生命史上將留一永不可滅之紀念，則無疑矣。

十月二十七日

晨赴中行，得悉今日係馮幼老壽辰，下午五時往賀，便訪其鄰居梅思平。久不見思平矣，容光煥發，益轉豐腴，心廣體胖，信不誣也。

晚在馮宅飲壽酒，同席有吳震老、梅畹華等多人，甚為熱鬧。飯後有餘興，由畹華之子女清唱，首由小九（葆玖）唱《金鎖計》一段，繼由小七（葆玥）唱《烏盆計》一段，俱博得熱烈掌聲。小九僅十一歲，容貌舉止，無一不酷肖畹華，將來克傳衣缽者，舍此子莫屬也，小七年十三，具鐵嗓，他日其將為女劉鴻聲乎？一笑。今晚操琴者為王幼卿，名伶鳳卿之子，夙工青衣，亦有聲於藝壇者也。

《古今叢書》之三《一士類稿》已出版，倚枕翻讀，幾至忘寢。

十二月二十八日

晨接楊琪山自北京來書，謂晤王古魯，悉《古今》將停刊，深為惋惜：復謂北返後患痢疾，迄今未癒云云。此公饕餮之徒，最嗜魚翅，余常勸之而不聽。斯人也而有斯疾也，何足奇乎？雖然，故人有病，終可念也。

琪山信中並謂返京後常晤老友許修直，「寬袍大袖，搖擺如故」，形容盡致，如見其人也。

晚邀周黎庵、文載道便餐，一以《古今》小休，尚有瑣層餘事待商；一以二年來甘苦相共，不能不聊表寸衷也。所惜寒齋藏酒不多，互盡一盃後即已酒瓶告罄，憾何如之。

飯後閒談時髦作家之最近軼事，頗多妙趣。

邇來生活愈高，終日為柴米油鹽操心，秋風漸厲，不知將何以卒歲，念之夜不成寐。

甲申立冬抄於滬西樸園

（原載《藝文雜誌》，一九四五年第三卷第三期）

樸園日記——北上征塵記

朱樸

十二月十八日

上午整理行裝，紛亂之至。下午吳震老來送別，並惠贈明瓷四件，盛意可感。晚九時黎庵等陪送赴北站，在站長室小憩；十時登車，同車有周夫人、陳君慧、熊劍東。

十二月十九日

晨起車停丹陽站，悉南京有警報。旋開行，至正午十二時方抵下關，時警報尚未解除，中行同人來接，悉已第三次矣。下榻首都飯店，寓三〇四號及三一七號。下午往訪恆廬主人，並晤羅君強，談約二小時。

十二月二十日

午應胡經理熙伯邀，在中行便餐。下午與文若同往恆廬訪周夫人，適外出未值，復與恆廬主人閑譚十餘分鐘。旋往訪君強，晚應夏奇峰之邀便餐。

十二月二十一日

晨六時即離首都飯店，承君強派紀副官並衛士兩名護送過江，並承恆廬主人在津浦車上代定指定席四座，便利不少，俱可感銘。先在貴賓室小坐，十時準備登車，忽聆警報，頗受虛驚。車於十一時開行，下午五時過蚌埠，復遇警報。

十二月二十二日

昨晚終宵未眠，下午七時抵天津，九時半平安到北京，計不過遲到七小時，可謂大幸。出站後先至六國飯店，繼至北京飯店，皆告客滿，遂驅車至西堂子胡同楊宅，琪山適在家，相見驚喜，急治晚餐，以供大嚼，晚即下榻於乃兄珠山之書齋中，爐火融融，溫暖如春，回憶昨日，有如隔世。

十二月二十三日

上午往新開路訪定一姪女，將燮兒暫寄其家。下午在寓休息，與琪山伉儷暢譚至深夜方寢。

十二月二十四日

上午往皇城根訪唐俊夫（寶潮）及其夫人，三年不見，俊夫似已略呈老態矣。下午往北兵馬司訪汪翊唐，暢譚一小時餘。

十二月二十五日

上午往東安市場瀏覽舊書，見有孟心史《清初三大疑案考實》一書，大喜，亟購之，價僅十二元。按數月來在滬欲購是書，跑遍各書舖而卒不可得，今竟於無意中得之，誠可謂踏破鐵鞋無覓處，得來全不費工夫矣。中午返寓，悉中國聯合準備行歐陽載祥及中國銀行徐味甘二君來訪，未值為悵。下午老友許修直來談，風采如舊，殊為欣慰。

十二月二十六日

晨接歐陽載祥電話，謂已在六國飯店定得房間，遂即遷入。午餐時知堂老人來訪，互道欽慕之忱。余與老人神交已久，兩年來因《古今》關係彼此常通音信，獲益不少，今日一見，誠可謂快慰生平也。下午往中國銀行訪徐味甘，閒談瑣屑事務。傍晚陶良五伉儷來訪。

十二月卅一日

連日舊雨新知，酬應為勞，日記已數日不作矣。懶性入骨，雖時自警戒而卒莫能改，深可慨嘆。晨接唐俊夫電話，謂邵厚甫已有書畫十二件送到。欣然前往，選購王覺斯正楷一卷及沈石田詩畫一卷，頗為得意。中午應謝剛主邀至其小水車胡同寓所便餐，同座有瞿兌之、徐一士、王古魯；一士與余尚係初見，極為客氣。剛主富藏書，琳瑯滿目，多係佳本。全攜晨購之書畫一二件，以示兌之，兌之尤賞王覺斯之正楷，謂為罕見，殊與余有同感也。席間惟兌之飲量最豪，無一對手，余僅盡一盃而已微有醉意。菜係謝夫人親製，酒係汾酒，兩美兼併。剛主畜有一犬，體格高大而性情馴良，時偎余旁並以首擱余膝上，真為可愛。席間一士、兌之、古魯同約後日中午在兌之家便餐。三時返寓，車經金鰲玉蝀橋，雍容華貴，氣象萬千，左右遙見北海、中海中蹓冰者甚眾，不禁神往。晚在琪山處小酌，文若以傷風未往。餐後獨自踏月返寓，東交民巷中萬籟俱寂，人影在地，斯時斯境，頗有禪意。

（原載《雜誌》，一九四五年十四卷第五期）

故都墨緣錄

樸園

來到故都，忽已一月，除了舊雨新知，酬應為勞外，其餘的時間，大多沉酣於鑑賞書畫之樂。不佞對於書畫雖十足是一個門外漢，但愛好此道，則好似出於天性。尤其際此哀樂中年，憂患餘生，既無聲色犬馬之好，則寄情於此，殆亦勢所必然。如有人以附庸風雅相譏，自當謹敬拜領，所不敢辭耳。

寒齋收藏素來不富，雖略有幾件，但均不足以登大雅之堂。比較言之，以今年的收穫最為可觀。春天外舅爰居閣主在上海中國畫苑舉行書畫義展，我以二千金購得王烟客的隸書一軸，價廉物美，頗為得意。夏天，沈劍知告我孫邦瑞新得沈石田《虞山紀遊圖》卷一件，係吳門繆氏舊藏，精美無比，讚嘆不已。我立即往訪邦瑞，索圖拜觀，展玩再三，愛不忍釋。後來我託老友吳湖帆轉懇邦瑞可否割愛，終承慨然相讓，私衷欣感，誠可謂非言可宣也。

這次來京，行裝甫卸，我首即託人向邵海父婉商可否再以其家藏精品，稍讓數件。海父固余舊識，翌日即送來書畫十餘件，我選擇二件，這兩件是：沈石田畫卷、王覺斯詩翰卷

（正楷），俱係精品。過兩天海父又送來文衡山八十八歲所書小楷《古詩十九首》及陶詩四首冊頁一件，係天籟閣項墨林氏原藏，吾友瞿兌之、謝剛主、徐一士、王古魯見之，相與賞玩，讚嘆不已。是冊陶詩頁上蓋有「神品」二字之章，非過譽也。

查澄蘭室《古緣萃錄》卷三第二十四頁上關於此件之記載如下：

文衡山小楷《古詩十九首》冊：

紙本，五開半，十一頁，頁高四寸八分，闊三寸八分，烏絲方格，九行，行十五字，筆意鬆秀，圓轉空靈。每首下有「徵明」小印，暨「墨林」印。每頁上有「子京」、「師昌」印。冊首有「長為農夫」、「也園」、「褚研頴鑑賞」、「文鼎」四印。第二開有「辛穀經眼」印。款後有「桃里項元汴印」、「墨林秘玩」、「項子京家珍藏」、「項廷模」五印。僅存半印者，不記。後款：

嘉靖三十六年歲在丁巳六月既望書徵明時年八十有八

另紙蠅頭小楷，書陶詩「人生歸有道」、「種豆南山下」、「少無適俗韻」、「野外罕人事」四首，計二頁，每頁高三寸九分，闊三寸八分，十一行，行十二三字不等，無款。結構謹嚴，筆筆精到。每頁上有「徵明」一印，又有「子京」、「墨林山人」、「游方之外」、「神品」、「墨林項元汴精玩書畫之印」、「項廷模印」、「師昌」、「文鼎之印」，共十三印。半印三題，在另紙。

註云：

翰林待詔文徵明衡山先生小楷古詩十九首，細楷陶五柳詩二紙，墨林項元汴裝襲珍賞，求書潤筆禮金肆兩。　蕈。　項元汴印。　子京父印。　師昌。　項印廷模。

題云：

衡山先生小楷如春在百花，妍麗奪目，又如月挂孤松，清朗透骨，令人披覽，終日忘倦。丁巳中秋日黃葉庵沙門智舷題。　智舷之印。

此卷《古詩十九首》、淵明田園詩四首，先生為秀州墨林翁書於嘉靖三十六年丁巳，余於是年始生，距今萬曆四十五年丁巳，余年六十有一。墨翁孫師昌博雅好古，綽有祖父風者，余是年春得范氏天枝庵居焉，因以所居易名黃葉。師昌過我，出此卷相示，得觀於新筠嫩綠之下，復請留案頭，日夕細閱，覺先生精爽之氣，隱隱出烟翠間。余於是卷，亦自有緣。冬至日黃葉庵老衲葦如再筆之。　智舷之印。　黃葉庵主。

又《古緣萃錄》編者海父尊人邵息盦松年在是冊之末題記曰：

> 曩於京師見吳漁山先生畫《古詩十九首》詩意，畫隙寫註小楷，全用東坡筆意，以價昂未能致，否則與此冊可稱雙絕也。偶展是書，憶及前事，猶如夢寐。雲煙過眼，如是如是。辛丑四月息盦。
>
> 宣統紀元己酉正月立春前二日展玩因記。　息居士。
>
> 丙辰清和五日展玩又記，是日立夏。息老人時年六十有九。

邵氏所書亦係蠅頭細楷，工整無比，併可賞玩。（又關於沈石田、王覺斯兩卷《古緣萃錄》中亦有註載，茲不備錄。）

除此之外，日前復承陶北溟之介購得劉氏寒碧莊舊藏八大山人《雙鷹獨樹圖》一幅，極為欣感。北溟博雅精鑑，藝林重望，凡所鑑定，絲毫不爽。此幅大刀斧，神采奕奕，懸諸壁間，令人心曠神怡也。

北溟之弟良五，家學淵源，收藏亦復不少。我此次來京，因困於賃廡，目前還寄榻於他的寓中。良五的寓廬精美無比，他的書齋中懸有何子貞書的「雨淨風香之館」橫匾一幅，簡練瀟洒，極為我所愛賞。良五見我愛好，慨然即以相贈，我於拜領之餘，無以為報，因以舊藏文衡山詩畫十開冊頁答謝之。自今以後，不佞即擬以「雨淨風香之館」名我書齋，藉誌墨緣云。

甲申臘八客居故都記於雨淨風香之館

（原載《雜誌》一九四五年十四卷六期）

東京雜碎——致《熱風》編者的一篇短簡

朱省齋

承寄《熱風》第廿一、廿二、廿三、廿四，四期，已於昨天收到，謝謝。其實，前三期的「海外版」，我早已在這裡的山本書店裡見過了，銷路似乎很好。前星期遇到顧孟餘先生，他也曾談起《熱風》，並盛讚像《周佛海日記》那種的材料極為難得呢。

講起山本書店，這是東京專門買賣中國書籍——尤其是線裝本的一家鼎鼎大名的書店。它的位置是在神田區神保町，這是東京無人不知的所謂文化街，左右前後，書肆林立，有如我國北京的琉璃廠。過去一年間，我數來東京，大半的時間是銷磨於這個區域的。此外，在文京區的湯島聖堂裡，有一個「書籍文物流通會」，每逢星期六和星期日兩天開放，也專賣中國書籍，主持者為原三七氏，是二松學舍大學的教授，說得一口很好的中國話。昨天是該會秋季特別廉賣的第一天，我冒了大雨專誠前往，浩浩漫漫，目不暇給。我先翻一翻《待賈書目》，種類繁多，不知所擇。這裡面有線裝本、洋裝本、假裝本（平裝本）、整板本（木板本）、活印本、鉛印本、石印本、影印本等之別，自經史子集以至古今雜誌，幾乎無所不包，無所不有（民國十四年上海梁溪圖書館出版的《古史討論集》一書亦在其內，可以概見）。最難得的為《國聞週報》、《華國月刊》、《新生命月刊》、《新中華月刊》、《時事月報》、《申報月刊》、《燕京學報》、《甲寅週刊》等，或全部或零本，這都不是在神保町一帶的書舖裡所輕易得見的。可是唯一的缺點是價目訂的太大，我閱覽了兩個多鐘頭不知——也不敢從何處下手，結果只買了六期《藝觀》，這是民國十五年上海藝觀學會編輯和發行的。當時的原價是每期四角，總六期也不過二元四角，而現在的售價竟達日幣二千四百圓之鉅，計每冊四百圓（合港幣六元），真是駭人聽聞，以後再也不敢領教了。

我在東京的生活，除了跑舊書店外，其餘的消遣是逛博物院和坐咖啡館，這兩個嗜好都是二十多年前在巴黎傳染得來的。日本人和法國人的性情本來是大不相同的，可是在雅好藝術和愛喝咖啡這兩點上來說，倒是相去不遠。這裡的展覽會常年不斷，天天有的，不僅是文物書畫而已，諸如「茶道」、「花道」、「古裝」、「時裝」……等等，一切都有展覽。至於咖啡館則幾乎滿街皆是，無處不有。我所最欣賞的是那些「音樂茶座」，整天播送世界名曲，古典音片，一般顧客們坐在裡面，大都閉目靜聽，寂然無聲，更有一對一對的青年情侶，相偎相依，這裡面的氣氛很含有一點詩意。

在最近之將來，東京還有兩大盛事是最合鄙人的口味而也正足以使得一般人士極端興奮的。第一件是享有「世界藝術之宮」之稱的巴黎羅佛博物院應《朝日新聞》社的邀請，特地選送所藏名畫三百五十件來日展覽，將於十月十五日起在上野國立博物館開始陳列，這無疑的是本年度日本藝壇上的一件最大的盛舉，足以轟動全國的。第二件是美國職業網球冠軍克拉瑪氏應《讀賣新聞》社之請，率領團員澳洲網球名將薛治曼，墨西哥名將貢柴爾，厄瓜多名將息辜拉來日作表演比賽，將於本月二十五日起在東京開始。票價自特別優待學生的二百日圓（合港幣三元）起，至對號入座的一千五百日圓（合港幣二十餘元）止，聽說頭兩天的預售券早已賣光了。

此外，關於政治方面，則趣聞甚多，因為日本今日已成為東西兩大集團拉攏之目標，所以政府時時陷於左右為難，啼笑皆非的苦境。前些時候，英國工黨的左派領袖貝凡來日訪問，因為飛機降了羽田機場，日本政府沒有派「汽車」去迎接而大發雷霆，結果在「帝國旅館」開了幾個富麗堂皇的房間而拒絕接見新聞記者，於是大為這裡的幾家日文報紙和英文報紙所譏諷。最近，美國國務卿杜爾斯乘道過此，曾作數小時的勾留，今天這裡英文版的《每日新聞》上轉載一幅印度報上的漫畫，也頗盡諷刺之能事。剪以寄奉，聊博一粲。……

一九五四年九月十八日

（原刊《熱風》一九五四年第二六期）

江戶鱗爪

朱省齋

在過去二十個月中，我來了日本五次，大部分的時間都銷磨在東京。前四次是旅行性質，時間比較短，一兩個月就興盡而返了。這一次呢，因為要寫一本關於明末四畫僧的小冊子，有許多材料非在這裡搜集不可，因此就住下來了。

這一次我是七月二十五日來到東京的，屈指算來，已是整整的三個月了。雖然其間偶爾曾到西京大磯等處小遊，但十九的時間都勾留在東京，因此，對於這個都市已獲有一個比較深刻的認識，可以大膽的執筆來寫這篇短短的小文了。

凡是初到東京來觀光的人，我想沒有一個會感覺到這是一個戰敗國的首都吧！七百多萬的人口，一二十萬輛的汽車，龐大新型的建築紛紛落成，新奇古怪的娛樂層出不窮，它的「繁榮」與「奢侈」，至少在今日的東方國家中，應該是無與倫比的吧，我想。

就我個人的感觀和經驗來說，今日的東京是昔日西方巴黎和東方上海的混合品。從好的方面來說，它具有昔日巴黎的一切優點；從壞的方面來說，它具有昔日上海的一切罪惡。現在我簡單的舉一兩個例如下：

巴黎是法國一切的中心，尤其是文藝方面的氣氛和情調特別濃厚。我最愛巴黎的至少有兩點，一是博物館，二是咖啡館。現在的東京也是如此。博物館中的各種展覽川流不息，百觀不厭。就以目前來說，上野國立博物館正在舉行的「法國羅佛名品展」，盛況空前，每天參觀的平均在萬人以上。至於咖啡館呢，全東京的總數在兩萬所以上！奇怪得很，日本人的愛喝咖啡和他們煮咖啡手段之高明，不特為我們中國人所望塵莫及，至少至少，也遠在英國之上。二十多年前我在倫敦，近年來我在香港，竟尋不到一所能夠喝得好咖啡的咖啡館。在這裡呢，也像巴黎一樣，上咖啡館已幾成為某一種人的日常生活之一，如銀座西的Rambean，是詩人們的會合地；《每日新聞》社附近的Momoya是新聞記者們的集合所；有樂劇場附近的Cest si Bon，是演員們的休憩所。還有，東京咖啡館裡所用的咖啡有好多種，有世界各地的咖啡。像在Mecoa咖啡館中，有Arabian咖啡、Ethiopian咖啡、Dominican咖啡、African咖啡、Kilimanjaro咖啡、Costa Rican咖啡、Guatemalan咖啡、Colombian咖啡、Brazilian咖啡、Hawaiian咖啡、Sumatran咖啡、Javanese咖啡以及美國出品的各種罐頭咖啡。至於講到鄙人的口味，則二十多年前在巴黎頗欣賞土耳其咖啡和摩洛哥咖啡，我記得在Café de la Paix中點這兩種咖啡時，往往有一個穿土耳其裝及摩洛哥裝衣服的人，來到我的桌前當場親煮咖啡，尤覺別饒風味。後來，這二十年來，我所喝的咖啡，大多只限於美國各種牌子的罐頭咖啡而已。

上咖啡館去不只是喝一杯好咖啡過口腹之癮而已，同樣重要的是咖啡館裡的氣氛和情調，關於這一點，今日的東京是足與昔日的巴黎差可比擬的。

至於壞的方面呢，則銀座一帶的跳舞場、俱樂部、酒吧間，等於昔日上海靜安寺路、愛多亞路一帶的風光。淺草上野一帶晚上的景象，則兼有昔日上海霞飛路、四馬路、會樂里、虹口一帶的「特點」，真是所謂五光十色，無奇不有。

其次，變相賭博的Pachinko（等於從前上海的所謂「吃角子老虎」之類的東西）十分興隆，不論男女老少，都趨之若鶩，如醉如狂。關於這一點，最近有一個幽默的笑話：聽說日本政府與南韓政府為了某一個小島的領土所有權問題互起爭執，相持不下，最後李承晚大動肝火，將日本的代表訓斥一頓道：「這一個島上並沒有一所Pachinko，這就是我們韓國的土地而不是你們日本的土地的唯一明顯的證據！」

以上所舉，不過就區區見聞所及，一鱗半爪而已。大體說來，東京還不失為一個可以居住的地方，它不僅具備西方頭等的物質享受，並且保有東方最高的精神文明。尤其像素來講究「生活的藝術」的鄙人，祖國的首都——偉大的北京既回不去，法國的首都——美麗的巴黎也去不了，那麼，暫時寄居於這個昔日之敵國今日之友邦的首都東京，終較蟄居於只講物質不談精神僅存軀殼沒有靈魂的香港要勝過萬倍。因為，至少至少，三個月來，我覺得這裡生活的安定，精神的寧靜，人情的醇厚，景物的可親。尤其是這兩星期來，大千也從巴西來到東京，異地重逢，朝夕暢敘，古董鋪與舊書店中，時時有我們兩人的腳印。在不久的將來，當紅葉如醉的時令，日光和西京等處的名勝，也將有我們兩人的游踪。曹孟德說得好：

「人生幾何？醉酒當歌！」快哉此言，快哉此言。

一九五四年十月二十五日於東京

（原刊《熱風》一九五四年第三〇期）

記漁釣之樂——並記宋人《溪山垂綸圖》

朱省齋

我從小就喜歡釣魚。

我的家鄉是在梁溪之濱，就是所謂江南魚米之鄉。我家是在梁溪北鄉的全旺鎮上，離元處士名畫家倪雲林先生的墓址芙蓉山約有五里之遙。全鎮共有一百餘家，姓朱的卻占了百分之九十，蓋都是徽國文公晦庵先生的後裔。居民大都是以耕農為生，其次則是小商人，至於讀書的，則不過寥寥一二家而已。

不佞就是這一二家中的所謂書香子弟。全旺鎮上以我家的房子為最大，從大門到後花園，共有十幾進，論間數當以百計，共住叔伯從弟兄等四房，男女老幼總計有數十人，整個是一個典型的大家庭制。大廳上設了一所家塾，除了當時我們本宅的五六個小孩參加「啟蒙外」，鎮上其他各家的孩子們也都有來附讀的，濟濟一堂，頗為熱鬧。課餘之暇，我最喜歡的消遣是釣魚。全旺鎮的東西端都是河濱，外通蕩河，著名的「放馬灘」即在東西兩濱的濱口，沿濱滿植柳樹，兩岸都是桑田，當一葉扁舟從中划進濱口的時候，頗有令人生如入桃源的感想。唐李紳有詩詠之云：

丹樹村邊煙水微，碧波深處雁紛飛；
蕭條落葉垂楊岸，隔水寥寥聞搗衣。

模寫真切，有如圖畫。在一年四季中，我最愛的是夏天。每當晨光熹微或夕陽西斜的時候，我總是一根釣魚竿，坐在東濱垂柳旁的一個石級上，目注游魚，耳聽蟬鳴，當時雖還年幼，不懂得什麼叫做詩意，但心靈上感覺到悠閒與舒適，則是不可否認的事實。

及後年稍長，二十七八歲時到了法京巴黎，每在賽納河畔看見口啣煙斗衣衫襤褸的二三老者席地垂釣悠閒自在的神情，感覺到他們已達到了深得漁釣之樂的超絕境地，不禁為之無限神往。

返國以後結了婚，我的岳家在杭州西泠橋畔有一所別墅，名叫葛陰山莊，我與先室每於春天必往小住。葛蔭山莊面對「裡西湖」，我每天總以釣魚為遣，記得有一次在一天之內釣得鯽魚十餘尾之多，時光如駛，算起來已是二十年前的往事了。

十餘年前，我在家鄉五里湖濱買了十餘畝的蘆蕩田，預備在旁邊搭幾間茅屋，以為他日漁釣終老之所。可是不轉瞬間，即以為償逋之用，此恨綿綿，永無窮期！其後，我曾請吳湖帆、張大千、溥心畬三先生為圖紀之，瞿兌之先生為文述之，目前寒齋所倖存的，僅此而已。

最近，我在大千處看見藏有宋元名繪集錦一冊，裡面有一頁是《溪山垂綸圖》，[1]畫中情景與我夢想中的天地，竟絲毫無異，一時情不自禁，為之擊節賞嘆。大千見我愛好，慨然割愛相贈，並承加以題識曰：

省齋尊兄嘗於太湖之濱，買地數畝，將以漁釣老焉。世變不果，然而此心此志，未嘗一日或忘也。頃見寒齋所藏宋人《溪山垂綸圖》，噓唏感慨，倍深故里之思，因乞為贈，且謂望梅不得，聊充畫餅之饑，遂識以貽之。

甲子嘉平月大千張爰。

這一幅在我心目中的意義與價值，遠在一切之上，自非等閒可比，我想凡是讀了我這篇小文的人們，應該都能體會得到的吧。

1 省齋案：此圖原為溥心畬舊藏，恭親王遺物，題籤為「黃筌溪山垂綸圖」，心畬所書者。大千以此畫既無款字，又無印章，只能斷定為宋畫無疑，未敢確定其為黃筌手筆也，遂易題為「宋人山溪垂綸圖」，具見其審定之謹嚴，殊可欽佩。惟竊以《歷代著錄畫目》一書中黃筌名下有《溪山垂綸》一圖（見《宣和畫譜》），又黃筌雖以工禽鳥花竹名，但亦善山水人物，董其昌《畫禪室隨筆》中有云：「寫生與山水，不能兼之，惟黃要叔能之」。然則此圖題謂「黃筌溪山垂綸圖」，或不無根據歟？愚見如是，未知大千以為何如？

甲午除夕於東京旅次

（原刊《熱風》一九五五年第三五期）

杉田觀梅記——與大千半日遊

朱省齋

憐君千里客天涯，長鋏孤桐老歲華；
身世浮雲過五岳，鄉關烟樹隔三巴。
托將風月騷人詠，遊遍湖山處士家；
閒把朱絃彈白雪，高齋幾片落梅花。

——王翼先題唐六如《東海移情圖》

乙未立春的前一天，就是一九五五年二月三日，也就是大千離開東京飛往紐約轉返巴西的日子。那天早晨，我陪著大千將行李交給了汎美航空公司之後，大家都有一種飄飄然的感覺。

「還有十二個鐘頭，我們到那裡去呢？」大千說。

「今天早晨我起身之後，忽然發見院子裡的梅花已經盛開了。看梅花去吧，好不好？」我說。

「好極了！要看梅花就得去杉田。那裡的妙法寺，是我二十年前常常去的地方。說去就立刻去！」大千興奮地說。

於是，我們就立刻雇車直往杉田觀梅去了。

天氣真好，風和日暖，從東京到橫濱的一段公路是相當好的，廣闊平整，塵土不揚，車子過了橫濱後不久即到達目的地了。

杉田是屬於神奈川縣境。那裡有一個小村，名浦村。「正保」中（約一六四四年，也就是明末崇禎甲申的時候），村民始種植梅花。「元祿」（一六八八年）以還，增植至三萬六千餘枝，村民每年獲實達數百斛，鬻以為生。村右有一座山，名牛頭山，雖不甚高，但蜿蜒起伏，有如蟠龍。山多松柏，陰翳蓊鬱。妙法寺就在牛頭山下，這是一所冷廟，當我們進去的時候，僧堂扃閉，寂無一人，可是院中的「天覽梅」已經盛開，馥郁萬狀。姿態最好的要推「樂天梅」，雖花尚未開，但已含苞欲放了。其他還有紅梅二三枝，相映其間，復有修竹數竿，高可數丈，極風光絢美之致。

考妙法寺的史乘，溯源已在千年以上，「弘仁」中（八十年），有一個和尚名空海的，曾卓錫於此，創一龕於神松下，祀牛頭大王。爾後荒廢五百餘年，到「文和」中（一三五二年）有一個名荒井光善的，他篤信日蓮教，在此芟荒起廢，建營蘭若，這就是現在的妙法寺。後來，明治皇太后及皇后曾兩度來此觀梅，於是妙法寺之名遂大著了。

我素性孤僻，極欣賞此地之幽靜。我們在這裡盤桓了約半小時之後，就沿著山徑，到高處去閑眺。遠山翠黛，碧海縹渺。途中，復經過幾所村莊，竹籬茅舍，雞犬相聞。我記得大風堂收藏中，有石濤《探梅圖》一卷，並有長題，記其獨探青龍、鍾陵、靈谷諸勝，好像說：無論野店荒村，人家僧舍，足跡殆盡云云，現在我們此情此景，看來似乎也有點彷彿吧。

歸途，復經妙法寺，碰到兩個日本的攝影記者，他們看見大千那種風神蕭散的樣子，很客氣而誠懇的請求照兩張相，並請簽名作為紀念，這與去年美國《生活雜誌》上登載大千在南美遊覽那張照片的故事如同一轍，真可謂不分東西，無獨有偶了。

走了半天，已有饑腸轆轆的感覺；於是，我們就到橫濱的國泰別館去吃飯了。這是橫濱的一家最有名的中國飯館，房子是英國式的，頗具庭園之勝。室內懸有我國近代名人的字畫頗多，雖不足以與北平的「春華樓」、「玉華台」相比，但異國相逢，已足令人興賓至如歸的遐思。菜亦可口，魚翅一盆尤妙。大千是不喝酒的，我獨盡一瓶啤酒後，醺醺然已微有醉意。

飯後，原車回到東京大千的寓所，賓客滿屋，原來他們早來等候送行了。

一九五五年二月六日於東京旅次

（原刊《熱風》一九五五年第三六期）

一筆之差——談校勘之難

朱省齋

凡是辦過出版事業的人們，大概沒有一個不承認校勘是一件難事，更是一件苦事。往往一個不小心鑄成了一個小錯，結果便失之毫厘，差以千里，弄到啼笑皆非。

現在我們舉一個例。

去年，張大千為了應日本京都便利堂之請，將他的全部收藏，自唐宋以至明清，選印《大風堂名蹟集》三冊，特地從數萬里外的巴西，遣他的姪子帶了一百餘件名畫，乘輪來到日本。到了之後，京都便利堂就特派專門攝影師來東京，假上野國立博物館一張一張的照相，費了十幾天時間，方才竣事。但是後來，大千還是不很放心，他自己再親從巴西飛來日本，主持其事。這幾個月來，關於如何編排，如何選紙，如何印刷，如何裝訂等等一切設計，總要算是已經考慮周詳，殫心竭思的了。最後，在他本月三晚飛返南美的前幾個鐘頭，我們還且互相校對他的那篇序文，證明一一無誤後，他才安心的登機而去。

可是，到八日的那天，我忽然接到他從紐約發來的一封電報，其文如下：「序文中有錯字，乞改正，並速告便利堂暫停印刷，函詳。」

我接了這個電報後再細心的查閱那篇序文，仍看不出究竟錯在那裡。到十二日，他的信來了，其文如下：「別後安抵紐約，已與季遷、孟休諸兄晤面，頃共閱第一集樣本，發覺中文序中第十行『展轉流徙』之『徙』字誤排為『徒』字，即請孟休急發一電，想已邀督。……」

啊，我的天哪，原來如此！（這還不能說是「一字之差」，實際上只是「一筆之差」啊！）

寫到這裡，我忽然想起另一故事來了。在十二年前拙編《古今》的第十六期內，有一篇錢希平先生的〈談校勘之難〉，開頭兩節如下：

一字之誤，出入甚巨。新聞紙中此種可笑之舛誤，甚至與原文意義絕對違反者，比比然也。推其原因，不外兩種。一則以字形相近而誤，如擇吉開張之誤為擇吉關張之類是也。一則由所訛之字，於文理仍通，因致滑讀而過，如昔年《申報》所誤於虞洽卿之啟事是也。宣統年間，有道員某，被人挾嫌，於《申報》上登載破壞名譽之廣告，憤極擬起訴。虞君聞之，特出作調人，勸息其事，並即自擬啟事，代為辯白。略云：「昨見某某所登廣告，稱某君做事乖謬等情，但某君亦係僕相熟之人，辦事向頗公平」云云，惟將向頗公平句，誤為向頗不平。統觀該廣告之主要意義，純在此「公」字著眼，今忽變為「不」字，致使該廣告效力全失。某道員見之，轉怒其反覆無狀，且以虞亦江蘇道員故，幾至拉虞同往見蘇撫與之交涉。虞君遭此寃屈，初猶莫明其故，迨加查詢，始知為《申報》手民所誤，與校對張某之滑讀而過也。雖亟更正，然幾費周章，而後事始得白。此即因所訛之字，於文理亦復通順之故也。

不特新聞紙為然也，即正式之官書，亦多此類似之笑話。昔紀文達嘗語某太史，謂在實錄館時，得讀最初本之《太宗實錄》，於所記洪承疇事，有一訛字，大堪嘔噱。略謂：帝既遣范文程等往說洪降不得，入宮，頗不悅。孝莊后詢知，奏欲親往勸洪，上初不許，良久乃嘆曰：「苟利於國，便宜一任諸卿。」詎知此「卿」字，竟大誤特誤而至訛為「卵」字。校讀至此，余始甚怒其謬妄，旋一回味，大笑幾不自持，轉覺此字之至有雋味耳。某太史笑謂之曰：「然則此一卵，已被君細味殆盡矣！」文達爽然，相與鼓掌大笑而散。

所以，最後我誠惶誠恐地懇請本刊的校對先生，對於區區此文，加以特別注意。如果稍一不慎，弄錯一字或者一筆的話，豈不更是一個大大的笑話？

一九五五年二月十八日於東京

（原刊《熱風》一九五五年第三七期）

談庭園之美

朱省齋

瞻彼南山岑，白雲何翩翩。下有幽棲人，嘯歌樂徂年。
叢石映清泚，嘉禾澹芳妍。日月無終極，陵谷縱變遷。
神襟軼寥廓，興寄揮五絃。塵影一以絕，招隱奚足言。

——錢舜舉自題《山居圖》

不久以前，不佞曾寫了一篇〈記漁釣之樂〉，現在，再來寫一篇〈談庭園之美〉吧。中國舊時的庭園十十足足的足以代表東方建築藝術之美。它的美全在意境。美麗的庭園是一幅畫，是一首詩。

我從小就欣賞故鄉惠山的寄暢園。後來，蘇州的拙政園和北京的頤和園也都常有我的足跡。至於先室家裡的杭州別墅葛蔭山莊，則從前我每於春天的時候，例必前往小住。這兩年來漫遊日本，我最欣賞的也就是它們的庭園。

日本的庭園具有二種特殊的典型和風格，現在是名聞世界了。其實，最初也是模倣中國的，不過它們能存其菁華，保其古型而已。所以，在中國早已蕩然無存成為陳跡的東西，在這裡居然能觸目皆是，這不能不令人「發思古之幽情」而不勝其感慨的。

日本的庭園大概可分三類：一是皇室的庭園，二是私家的庭園，三是寺院的庭園。這三類中，欣賞者見仁見智，各有不同。至於不佞呢，則以素性孤僻，尤其欣賞寺院的庭園；因為它們除了富有詩意之外，還具有無窮的禪味。

日本的寺院多在京都，所以，我雖居東京，卻好常去京都。到了京都之後，南禪寺與仁和寺我總是必到的，因為這兩處比較冷僻，我一個人嘯歌其中，可以自得其樂。其它：像慈照寺、大德寺、大仙院、金地院、真珠庵、孤篷庵、高桐院、聚光院、玉林院、醍醐寺、龍安寺、鹿苑寺、高台寺、神泉苑、詩仙堂、妙心寺、玉鳳院、東海庵、靈雲院、退藏院、桂春院、涉成園、成就院、智積院、勸修寺、圓通寺、曼持院、等持院、金閣寺、銀閣寺等處的庭園，也都是鼎鼎大名，其中一樹一木，一花一草，一池一石，一丘一壑，一橋一閣，一扉一籬，無不足以令人欣賞，流連無已。

在東京，我住在澀谷附近，離青山的明治神宮不遠，我往往於清早獨自前往，一個人在御苑南池的釣台上閒眺，對面林木蓊鬱，碧陰深遠，俯視遊魚往來，水鴨出沒，每到夏季則荷花盛開，菖蒲遍處，尤極娛目賞心之樂。我記得惲南田曾在他所繪的《拙政園圖》上題曰：

壬戌八月，客吳門拙政園，秋雨長林，致有爽氣，獨坐南軒，望隔岸橫岡，疊石崚嶒，下臨清池，磵路盤行，上多高槐，檉柳檜柏，虬枝挺然，迴出林表。繞堤皆芙蓉，紅翠相間；俯視澄明，遊鱗可數，使人悠然有濠濮間趣。自南軒過艷雪亭，渡江橋而北，橫岡循磵道，山麓盡處，有堤通小阜，林木翳如，池上為湛華樓，與隔水迴廊相望，此一園最勝地也。……

此情此景，頗相彷彿。

我又記得唐宋時代名畫家盧浩然的盧鴻草堂有草堂、倒景台、樾館、枕烟峰、雲錦淙、期仙磴、滌煩磯、羃翠庭、洞元室、金碧潭十景；王摩詰的輞川別業，有孟城坳、華子岡、文杏館、斤竹嶺、鹿柴、木蘭柴、茱萸沜、宮槐陌、臨湖亭、南垞、攲湖、柳浪、欒家瀨、金屑泉、白石灘、北垞、竹里館、辛夷隖、漆園、椒園廿絕；李伯時的龍眠山莊，有墨禪堂、雲薌閣、陳彭漈、玉龍峽、泠泠谷、寶華巖、觀音巖、雨花巖、鵲源、發真隖、薌雲隖、垂雲沜諸勝。至於皇室的鉅構，遠的如秦之「阿房」，漢之「建章」，陳之「臨春」，隋之「迷樓」，……我們且不必去說它，就以清代的熱河避暑山莊來說，它佔地有一千三百餘里之廣，其中勝處有烟波致爽、芝徑雲隄、無暑清涼、延薰山館、水芳巖秀、萬壑松風、松鶴清越、雲山勝地、四面雲山、北枕雙峰、西嶺晨霞、錘峰落照、南山積雪、梨花伴月、曲水荷香、風泉清聽、濠濮間想、天宇咸暢、暖溜暄波、泉源石壁、青楓綠嶼、鶯囀喬木、香遠益清、金蓮映日、遠近泉聲、雲帆月舫、芳渚臨流、雲容水態、澄泉繞石、澄波疊翠、石磯觀魚、鏡水雲岑、雙湖夾鏡、長虹飲練、甫田叢樾、水流雲在等所謂「前三十六景」，及麗正門、勤政殿、松鶴齋、如意湖、青雀舫、綺望樓、馴鹿坡、水心榭、頤志堂、暢遠堂、靜好堂、冷香亭、採菱渡、觀蓮所、清暉亭、般若相、滄浪嶼、一片雲、蘋香沜、萬樹園、試馬埭、嘉樹軒、樂成閣、宿雲簷、澄觀齋、翠雲巖、罨畫窗、凌太虛、千尺雪、寧靜齋、玉琴軒、臨芳墅、知魚磯、湧翠巖、素尚齋、永恬居等所謂「後三十六景」，那更是人間天上，非我們所能夢想的了。

（原刊《熱風》一九五五年第三九期）

記圓明園

朱省齋

新蒲古柏曉陰陰，太液昆明接上林；
翡翠層樓浮樹杪，芙蓉小殿出波心。
人歌鳧藻衣冠會，水奏簫韶鼓吹音；
欲望天顏真咫尺，露臺迴合彩雲深。

——施閏章〈西苑曉行詩〉

在上期本刊拙作〈談庭園之美〉一文裡，我曾談及清代的熱河避暑山莊，可是因為行筆匆匆，竟忘記提到鼎鼎大名的北京圓明園。按圓明園的宏偉壯麗，較之今日碩果僅存的頤和園還要遠勝，當初乾隆曾有〈御製圓明園四十景詩〉以紀之，備述其盛。四十景的名稱及其敘述如下：

正大光明　園南，出入賢良門，內為正衙，不雕不繪，得松軒茅殿意。屋後峭石壁立，玉笋嶙峋，前庭虛敞，四望牆外林木陰湛，花時霏紅疊紫，層暎無際。

政勤親賢　正大光明之東，為勤政殿，日於此披省章奏，召對臣工，亭午始退座，後屏風書「無逸」以自勗。又東為保和、太和，秀石名葩，庭軒明敞，觀閱相交，林徑四達。

九洲清晏　正大光明直北，為幾餘游息之所。棼橑紛接，鱗瓦參差，前臨巨湖，渟泓演漾，周圍支汊縱橫，旁達諸勝，彷彿潯陽九派。

鏤月開雲　殿以香楠為材，覆二色瓦，煥若金碧。前植牡丹數百本，後列古松青青，環以雜蒔名葩，當暮春婉娩，首夏清和，最宜嘯詠。

天然圖畫　庭前修篁萬竿，與雙桐相映。風枝露梢，綠滿襟袖。西為高樓，折而南，翼以重榭，遠近勝概，歷歷奔赴，殆非荊關筆墨能到。

碧桐書院　前接平橋，環以帶水，庭左右修梧數本，綠陰張蓋，如置身清涼國土。每遇雨聲疎滴，尤足動我詩情。

慈雲普護　一徑界重湖間，藤花垂架，鼠姑當風。有樓三層，刻漏鐘表在焉。殿供觀音大士，其旁為道士廬，宛然天台石橋幽致。渡橋即為上下天光。

上下天光　垂虹駕湖，蜿蜒百尺，修欄夾翼，中為廣亭，縠紋倒影滉瀁楣檻間，凌空俯瞰，一碧萬頃，不啻胸吞雲夢。

杏花春館　由山亭邐迤而入，矮屋疎籬，東西參錯，環植文杏，春深花發，爛然如霞。前闢小圃，雜蒔蔬蓏，識野田村落景象。

坦坦蕩蕩　鑿池為魚樂國，池周舍下，錦鱗數千頭，喁唼撥剌於荇風藻雨間，回環泳游，悠然自得。

茹古涵今　長春館之北，嘉樹叢卉，生香蓊勃。繚以曲垣，綴以周廊。邃館明窗，牙籤萬軸。漱芳潤，擷菁華，不薄今人愛古人，少陵斯言，實獲我心。

長春仙館　循壽山口西入，屋宇深邃，重廊曲檻，逶迤相接。庭逕有梧有石，堪供小憩。

萬方安和　水心架，搆作卍字，略彴相通。遙望彼岸奇花，纈若綺繡，每高秋月夜，沆瀣澄空，圓靈在鏡，此百尺地，寧非佛胸涌出寶光耶？

武陵春色　循溪流而北，複谷環抱，山桃萬株，參錯林麓間，落英繽紛，浮出水面，或朝曦夕陽，光炫綺樹，酣雪烘霞，莫可名狀。

山高水長　在園之西南隅，地勢平衍，搆重樓數楹，每一臨瞰，遠岫堆鬟，近郊錯繡，曠如也。為外藩朝正錫宴陳魚龍角觝之所，平時宿衛士於此較射。

月地雲居　琳宮一區，背山臨流，松色翠密，與紅牆相映。結楞嚴壇大悲壇其中，魚鯨齊喝，風旛交動。繞過補特迦山，又入室羅筏城，永明壽所謂宴坐水月道場，大作夢中佛事也。

鴻慈永佑　苑西北最爽塏，爰建殿寢，敬奉皇祖皇考神御，以申罔極之懷。堂廡崇閎，中唐有侐，朔望展禮，僾愾見聞。周垣喬松偃蓋，鬱翠干霄，望之起敬起愛。

彙芳書院　階除閒敞，草卉叢秀，東偏學月牙形，搆小齋數椽，旁列虛亭，奇石負土出。穴洞谽谺，翠蔓蒙絡，可攀捫而上。問津石室，何必靈鷲峰前？

日天琳宇　紫微丹地中立一化城，截斷紅塵，覺同此山光水色，一時盡演圓音矣。修修釋子，渺渺禪棲，踏著門庭，即此時普賢願海。

澹泊寧靜　仿田字為房，密室周遮，塵氛不到，其外槐陰花蔓，延青綴紫，風水淪漣，蒹葭蒼瑟，澹泊相遭，洵矣視之既靜，其聽始遠。

映水蘭香　在澹泊寧靜少西，屋傍松竹交陰，翛然遠俗。前有水田數棱，縱橫綠蔭之外，適涼風乍來，稻香徐引，八百鼻功德，茲為第一。

水木明瑟　用泰西水法，引水入室中，以轉風扇。冷冷瑟瑟，非絲非竹，天籟遙聞。酈道元云，竹柏之懷，與神心妙達，智仁之性，共山水效深，茲境有焉。

濂溪樂處　苑中菡萏甚多，此處特盛。小殿數楹，流水周環於其下，每月涼暑夕，風爽秋初，淨綠紛紛，動香不已。想西南十里，野水蒼茫，無此端嚴清麗也。左右前後皆君子，洵可永日。

多稼如雲　坡有桃，沼有蓮，月地花天，虹梁雲棟，巍若仙居矣。隔垣一方，鱗塍參差，野風習習，襏襫蓑笠往來，又田家風味也。蓋古有美田，用知稼穡之候云。

魚躍鳶飛　榱桷翼翼，戶牖四達，曲水周遭，儼如縈帶。兩岸村舍鱗次，晨烟暮靄，蓊鬱平林，眼前物色，活潑潑地。

北遠山村　循苑牆度北關，村落鱗次，竹籬茅舍，巷陌交通，平疇遠風。有牧笈漁歌，與春杵應答。讀王儲田家詩，時遇此境。

西岸秀色　軒楹洞達，面臨翠巘，西山爽氣在我襟袖。後宇為含韻齋，周植玉蘭十餘本，方春花氣襲人，宛入眾香國裡。

四宜書屋　春宜花，夏宜風，秋宜月，冬宜雪，居處之適也。冬有突夏，夏室寒涼，騷人所艷，允矣茲室。

方壺勝境　海上三神山，舟到風輒引去，徒虛語耳。要知金銀為宮闕，亦何異人寰？即境即仙，自在我室，何事遠求，在方壺所為寓名也。東為蘂珠宮，西則三潭印月，淨淥空明，又闢一勝境矣。

澡身浴德　福海西壖，平漪鏡淨，黛蓄膏停，竹嶼蘆汀。極望瀰瀰，浴鳧飛鷺，游泳翔集。王司州云，非惟使人情開滌，亦覺月日清朗。

平湖秋月　倚山面湖，竹樹蒙密，左右支板橋，以通步屧，湖可數十頃，當秋深月皎，瀲灩波光，接天無際，蘇公堤畔，差足方茲勝概。

蓬島瑤臺　福海中作大小三島，仿李思訓畫意，為僊山樓閣之狀。岧岧亭亭，望之若金堂五所，玉樓十二也。

接秀山房　平岡縈迴，碧沚停蓄，虛館閒閒，境獨夷曠。隔岸數峰逞秀，朝嵐霏青，返照添紫，氣象萬千。真目不給賞，情不周玩也。

別有洞天　苑牆東出水關，日秀清村，長薄疎林，映帶莊墅，自有塵外致。正不必傾岑峻，阻絕恒蹊，罕得津逮也。

夾鏡鳴琴　取李青蓮「兩水夾明鏡」詩意，架虹橋一道，上搆傑閣，俯瞰澄泓，畫欄倒影，旁厓懸瀑，水衝激石罅，琤琮自鳴。

涵虛朗鑑　結宇福海之東，左右雲堤紆委，千章層青，面前巨浸空澄，一泓淨碧。日月出入，雲霞卷舒，遠山煙嵐，近水樓閣，來不迎而去不距，莫不落其度焉。

廓然大公　平岡迴合，山禽渚鳥，遠近相呼。後鑿曲池，有蒲菡萏，長夏啟北窗，水香拂拂，真足開豁襟顏。

坐石臨流　仄澗中眾泉奔匯，奇石峭列，為坻為碕，為嶼為奧，激波分注，潺潺鳴籟，可以漱齒，可以泛觴。作亭據勝處，冷然山水清音，東為同樂園。

麴院風荷　西湖麴院，為宋時酒務地，荷花最多，是有麴院風荷之名。茲處紅衣印波，長虹搖影，風景相似，故以其名名之。

洞天深處　緣溪而東，徑曲折如蟻盤，短椽陋室，於奧為宜。雜植卉木，別有天地。少南，即前垂天脫，余兄弟舊時讀書舍也。

圓明園的四十景，具如上述，它的勝概，可以想見。可惜的是咸豐庚申（一八六〇年）「聯軍」之役，將全園所有的建築和寶藏，焚劫精光，現在海淀遺跡，已不可尋，只有倫敦大英博物院中尚有雕漆大瓶一具（周身卷雲，中雕五爪飛龍，嵌以明珠，赫赫有光），公然陳列，以供「文明人」的欣賞而已！

原編者按：圓明園最初建築於康熙四十八年，即公曆一七〇九年。世宗登位後，增修殿宇。到高宗南巡，則仿天下名勝，再加修建。高宗的四十景圖詠，曾命詞臣校錄付刊，頒賜王公大臣。光緒中葉，醇親王奕譞將其所藏全帙，交天津石印局影印。久經變亂，此石印本鮮有留存。「聯軍」之役，圓明園為「文明國」所燬，今僅存者，只有紀述之文，及羅某所藏大內繪存之圓明園與避暑山莊圖而已。

（原刊《熱風》一九五五年第四〇期）

關於日記

朱省齋

最近，我在東京神保町的舊書店裡買到了兩本極有趣味的日記：一是《齊亞諾日記》，一是《戈培爾日記》。

這兩本書都是英譯本，前者一九四五年出版於倫敦紐約，共五八四頁；後者一九四八年出版於倫敦，共四四九頁。

拿這兩本書來同時並讀是極有趣味的。因為，雖然他們兩人都是第二次世界大戰時軸心國家鼎鼎大名不可一世的人物——一個是意國的外交部長，又是墨梭里尼的寵婿；一個是德國的宣傳部長，又是希特勒的心腹。——可是，他們兩人的個性絕對相反，因之，他們兩人於寫的日記的內容，其筆調與風格，竟也完全不同。

從他們兩人所寫的日記中，我們不難看出齊亞諾不但是一個溫情主義者，並且是一個感傷主義者。至於戈培爾呢，則不但是一個極端主義者，並且是一個毀滅主義者。所以，在齊亞諾的日記中，整個的隱隱的一個「悔」字足以盡之。在戈培爾的日記中，則整個的、顯明的、只有一個「恨」字而已。

因為「悔」，所以《齊亞諾日記》中所說的，都是「真情」和「實話」。因為「恨」，所以，《戈培爾日記》中滿篇都是「咀咒」和「謾罵」。

我們避開政治的觀點，如果純粹以客觀的立場來批評這兩本日記的話，則《齊亞諾日記》較之《戈培爾日記》遠勝，這應該是十分公平而且毫無疑義的。

現在姑舉一兩個例如下：

一九三九年六月二十六日齊亞諾得到他父親的死訊，一直到七月二日舉行他父親的葬禮為止，這七天的日記寫得真情流露，哀傷動人，比諸任何文豪的名作，毫無愧色。

一九四三年十二月二十三日，最後齊氏在獄中待死時的日記，他追述過去德國蔑視意國的一切一切，裡面有一節談及德國將要攻擊蘇聯前的故事如下：

> 那時我正和里賓特洛甫同在威尼斯。有一天晚上在我們離開但尼里旅館前赴伏爾比伯爵的宴會的途中，我問他外間傳說德國將要向蘇聯動手的消息是否可靠，他回答說這事不能奉告，他只能回答我一點，那就是：如果德國一旦向蘇聯進攻的話，那末史太林的蘇聯，將於八個星期之內，不復在地球上存在！

那時德國的狂人狂語，於此可見。

在戈培爾的日記中，什麼「豬」、「狗」、「無恥」、「我將唾其面」、「我將摑其瞼」等等所有醜惡的名詞幾乎全部用盡，不論對國外的仇敵或者國內的仇敵。總而言之，統而言之，《戈培爾日記》是一部「狂人日記」，雖然裡面所記的片面戰爭事實或者還不無足供參考的價值。

我看了這部日記之後，不禁有一個感想，那就是：如果納粹不亡，真是世無天理了。

談到日記，我行篋中除了攜有《味水軒日記》、《揚州十日記》、《求闕齋日記》、《越縵堂日記》之外，近來，又在這裡舊書店中陸陸續續的添購了《徐霞客遊記》、《甲行日注》、《湘綺樓日記》。我極賞葉天寥文筆的凄婉，王壬秋詞句的雋諧。舉例如下：

乙酉八月二十六日乙巳，大雨。以兩先人及亡婦子女遺像七軸、家譜一帙、誥敕六軸、余詩文雜著八本、午夢堂集六本，授達元，為護藏之。他日天心厭亂，返我故服，彭咸舊都之居，孫綽遂初之賦，亦未可知。至晚，嚴甥仲日來，云：我亦拜辭老母偕往矣。母即余姊，賢智識大體，謂甥曰：爾非名宰輔子孫乎？若去一絲髮為虜，即日在我前，我死目亦不瞑；汝若全去髮為僧，天涯海角，我心亦安。遂同宿庵中。有浪船人張安曾貸余十金，以備檣帆，五六年矣；頃六月，亦棄舟去，不知何往。是日，忽冒雨來見，泣涕，悉其苦狀，袖出十金償焉，藉之為萍踪之助。小人好義如此，故識之。

——《甲行日注》

宣統三年八月二十六日，周嫗酣臥不起，自往喚之，亦不醒，如慈禧遇李蓮英，無如何也。

——《湘綺樓日記》

我以為日記的唯一要義是「真實性」，不論莊也好，諧也好，正也好，邪也好，總之不要說假話——假正經，假道學，和假造事實以誣衊別人，譭謗別人，——所以，就像《熱風》所載的《周佛海日記》，如果我們避開政治的觀點，無論如何總覺得其價值至少當在《蔣委員長西安半月記》之上也。

（原刊《熱風》一九五五年第四一期）

櫻島五月——東京飛鴻

朱省齋

當筆者現在寫這篇通訊的時候，正是春去夏來的五月，也就是我這一次來了日本的第五個月。在這五個月之中，筆者好像是一個行腳和尚，雲遊四方，走馬看花，心境上倒是十分愉快的。

就所遊的地方來說，舉凡東京、西京、奈良、日光的古蹟名勝，大概都已一一瀏覽——尤其是那些冷僻的荒廟與廢園，偏多我的足跡。就所看的花來說，正月的時候正是梅花初放，以後就是桃花、櫻花、山茶花、杜鵑花、芙蓉花、玫瑰花……到目前則已是牡丹、芍藥盛開了。「千花競發，百鳥和鳴，田畯舉趾於南畝，遊人聯轡於東郊，風光之艷，遊賞之娛，此為最矣。」真是一點也不錯。

五月的東京更是熱鬧到了頂點。從原子時代二十二國參加出品的「國際工展」以至依舊保持著原始時代作風的「日本民藝展」，各色各種的展覽會，多至目不暇給，不可勝數。這裡面，比較的自以日本畫家「橫山大觀米壽紀念屏風與繪卷名作展」、「上村松園名作展」、以及「浮世繪與新版畫展」為最合鄙人的口味。橫山大觀是當代日本畫壇的魯殿靈光，今年已八十八歲了。這一次的畫展主催是東京《朝日新聞》社，後援是東京國立博物館，會址假座銀座的「松屋」百貨店，會期是由五月十四日至廿九日，入場券每張五十日圓，天天人山人海，收入著實可觀。所展的作品有屏風二十餘個，長卷七個，此外並有「臨古」十餘軸，真是洋洋「大觀」。我對於日本畫向來是不願加以批評的，只可以說我對於橫山大觀先生的精力和魄力非常欽佩，猶之我國的齊白石先生一樣！英文《日本時報》的美術批評記者Elise Grilli氏對於其中《生生流轉》一長卷讚美備至，恕我以中國畫的眼光不敢苟同。我所比較欣賞的則是《柳蔭》的十二幅金底著色屏風，此畫作於大正二年，是遊歷我們中國後所得的印象，很富詩意。還有一幅是臨摹牧谿的《墨猿》，原本我於去冬在京都博物館中和大千一同拜觀過，那無疑的是一件絕品。

上村松園是一位女畫家，於五年前逝世了，享年七十五歲，所作以「仕女」最為精彩，極賞心悅目之致。這一次的畫展主催是東京《每日新聞》社，後援也是東京國立博物館，會期自五月十四日至廿二日，會址假座澀谷「東橫」百貨店，入場券也是每張五十日圓，觀眾也非常踴躍。展品共有好幾十件，以仕女為多，設色與線條，造詣極深。這裡面，我最欣賞的是大正十一年所作的《楊貴妃》一幅，與昭和二十四年六月她的絕筆《初夏之夕》一幅，我以為即在我們中國，明代仇十洲之女杜陵內史以後，還沒有看見有第二人也。

日本的浮世繪與新版畫在世界藝壇上的地位是極高的，它的確具有一種特殊的風格，足以代表東方——尤其日本的藝術。這次展覽的作品共有百餘件，我選購了一幅川瀨巴水氏所作的《平林寺》，顏色與情調俱臻化境，堪稱佳作。

此外，日本的漫畫家也不乏佳作，最近《朝日新聞》上登載山本克己所繪的一幅漫畫，題為：「虛座以待」，是諷刺目前北京華盛頓間的關係的，妙極妙極！剪以附奉，聊博一粲。

一九五五年五月下旬寄自東京

（原刊《熱風》一九五五年第四二期）

人海一瞥——憶網球大王鐵爾登

朱省齋

凡是認識我的人，大概都只知道我是一個手無縛雞之力的文弱書生；殊不知鄙人對於體育倒也極感興趣的，並且尤其是一個「網球迷」呢。

三十多年前當我在大學裡讀書的時候，課餘之暇，我總是奔馳於網球場上的；到後來民國二十五年我一度曾隨張向華將軍去「當兵」，在浙江江山的總司令部中，我和張將軍每天下午唯一的消遣，也就是打網球呢。

這兩天來，我天天在東京田園調布球場上看日菲兩國選手的「台杯」（遠東區）網球比賽，雙方勢均力敵，倒也相當精彩；雖遠不足以與去年九月間來此表演的美澳職業網球選手克拉瑪和薛治曼等相比，但亦足以過過小癮了。

提起網球，不能不令我想起世界網球大王鐵爾登來了。我生平自認最得意的事之一是民國十七年（一九二八）在巴黎看鐵爾登球藝。那次也是台杯比賽（最後決賽）。他是美國方面的第一代表選手，對方是法國方面的第一代表選手柯顯脫。那次雖是鐵爾登以「直落三」打敗的，可是在萬餘觀眾的心目和印象中，無疑的鐵爾登的球藝要比柯顯脫高得多。因為那天亦許是鐵氏的心緒不佳，脾氣很大，他一上來就取猛烈的攻勢，峻急的「炮球」（cannon ball），有如狂風暴雨！可是偏偏那天他的球運不濟，不是剛剛觸網，便是剛剛出線，結果不到一個鐘頭，就這樣的「自殺」完了。

但是，那一個鐘頭真是不平凡的一個鐘頭啊！他的表演，無論「發球」、「攔網」、「正手」、「反手」、「長抽」、「短切」……無不出神入化，使得觀眾嘆為觀止。尤其使得我五體投地的是他的「發球」。他發球的時候總是一隻左手裡握三只球（普通人都是只能握兩只球），頭一記「炮球」如果是觸網或者出線後，接著就第二記或者第三記又是同樣的「炮球」，快如飛矢，形如連珠，真是驚心動魄，令人叫絕。在我生平的經驗中，他之在網球界中的造詣和地位，猶之楊小樓在京劇中的造詣和地位一樣，可以稱得是「前無古人後無來者」的。

最近，在本年六月份的美國紐約出版的「體育」'SPORT'雜誌上，有羅斯寫的「世界網球十傑」一文，他列舉自有網球以來全世界的「十傑」如下：

第一名　鐵爾登（Bill Tilden）　二八一分
第二名　勃琪（Don Budge）　二五一分
第三名　克拉瑪（Jack Kramer）　二二二分
第四名　潘萊（Fred Perry）　一六九分
第五名　梵恩斯（Ellsworth Vines）　一四七分

第六名　拉哥斯德（Rene Lacoste）　一〇〇分
第七名　柯顯脫（Henri Cochet）　九四分
第八名　詹斯登（Bill Johnston）　七〇分
第九名　克拉姆（Gottfried Von Cramm）　六七分
第十名　貢柴萊（Pancho Gonzales）　五五分

這是根據全美網球記者聯合會（會員包括美國人、英國人、澳洲人）投票選舉的結果，論斷是十分客觀而公允的。案這篇文中所述，鐵爾登之為網球大王，為十傑冠軍，是舉世公認，毫無疑問的。綜括他一生的戰績，他獲全美網球冠軍七次，全英（即溫勃爾頓比賽）網球冠軍三次，曾任台維斯杯選手代表共十一次，二十九場比賽之中獲勝了二十二場。（不幸鄙人所看見的偏是失敗的一場！）在一九三〇年他轉入職業網球界的時候，他一共獲得了美國和其他各國的網球比賽錦標整整的有七十個之多。

鐵爾登是於去年逝世的，年六十一歲。當他四十五歲的時候，有一次患重傷風剛從醫院裡出來，當晚就和年方二十四歲正在巔峰狀態下的勃琪作戰，竟「直落三」的將勃琪打得一敗塗地，老將雄風，依然猶昔，這是任何人都不足以比擬他的。（去年我在這裡看克拉瑪打球，年僅三十餘歲，已經老朽無能了，可嘆。）

一九五五年六月一日寄自東京

（原刊《熱風》一九五五年第四三期）

勝利那天在北京

朱樸

多難只成雙鬢改
浮名不作一錢看

——甲申除夕知堂老人集放翁句贈樸園主人聯

一九四四年冬天，我在上海結束了《古今》出版社的事務之後，舉家遷往北京去。路過南京，到西流灣恆廬去與佛海道別；兩人對飲了三杯白蘭地之後，我下意識地似乎體會到將來的「後會無期」，心中引起了莫名的感傷，而幾乎下淚！

承佛海的好意，他特地派了一個副官和兩名憲兵護送我到浦口，事先並已在津浦車上代我定了一間包房。臨上車的時候，忽然空襲警報大作，兩架美國飛機已在我們頭上低飛盤旋，一班乘客紛紛奔逃，秩序大亂。車站屋頂上的幾個日本高射炮兵十分緊張的作準備射擊之狀——然而又始終不敢射擊。幸而那兩架飛機轉瞬即逝，沒有投彈；否則，我想鄙人恐怕早已性命休矣，嗚呼哀哉了。

一路提心吊膽——路過濟南的時候，又遇到警報，乘客大多下車躲避，狼狽不堪。幸而這一次美機又沒有「下蛋」，最後總算十分平安的到了北京。

北京是我舊遊之地，更是我心目中一向認為世界上最美麗的都市。這個歷盡滄桑、飽經憂患的古城居然別來無恙，依然如故，使我不能不歌頌它的無比的偉大，而衷心感到無窮的欣慰。

在北京，我實行過我的「寓公」生活，飽食終日，悠然自得。當時我所交遊的人，大概可分為三類：第一類是文字之交，如苦茶庵主人周知堂，以及瞿兌之、徐一士、謝剛主、王古魯諸氏；第二類是書畫同志，如百硯室主人許修直，以及陶北溟、邵厚夫諸位；第三類是酒肉朋友，這裡面包括的人物可就多了，男男女女，紀不勝紀。

所以，白天寒踪所至，總不外乎北海、太廟、琉璃廠、隆福寺等處；尤其東安市場的舊書店和古董舖中，我是幾乎每天必到，風雨無阻的。至於晚上呢，則一批酒肉朋友，除了大吃大喝之外，不是去聽京劇或大鼓，就是常常狂賭終宵。

我記得一九四五年八月十日的那天，我和內子正一同在南河沿李律閣家裡「打沙蟹」。李律閣在北京是鼎鼎大名，無人不知的。他是「梅黨」健將，閩省望族——名詩人李拔可的弟弟，「日本通」李擇一的哥哥。他在北京一向是以住得好、吃得好、賭得好出名的。所以在他家裡，天天總是「群賢畢至」、「少長咸集」，每晚開三四桌便飯，一兩張賭檯，真是平常之至，不算一回事的。那天，我記得很清楚，吃完了晚飯之後，我們七八個人正在聚精會神、勾心鬥角之際，忽然有人來一個電話，問我們聽到了短波無線電裡的廣播沒有？起先我們沒有一個人理他。後來他急了，他說：「你們這批荒唐鬼還賭得下去嗎？現在我們勝利了！日本人投降了！目前重慶正在大放鞭炮，慶祝勝利呢！」

這真像一個炸彈，我們不知不覺的一致停了手。李太太第一個立起來說：「賭賬不算了！我們趕快慶祝！」說完之後，她就到她的臥房裡去拿出來一瓶香檳酒和一罐茄立克。她說這兩件東西，是她多年來的「私蓄」，現在誠心誠意的情願充公，讓大家痛快痛快吧！我們全體都歡呼鼓掌，一種「民族第一」的天然意識，和過去多年來大家含垢忍辱所身受的滿腔怨憤，一下子情不自禁地迸發出來，那種情緒和滋味，真是所謂如痴如狂，可歌可泣！我們高唱，我們痛飲，這樣的狂歡，一直鬧到天亮。驅車回家時，沿路所見街頭巷尾的男女老幼，無不交頭接耳，神態興奮，彼此都在作會心的微笑呢。（因為第二天北京當局並未將這個消息公佈，反而滿街增加了許多日本憲兵，以致空氣格外的緊張。）

此情此景，宛如昨日，時光如駛，忽忽已是十年了！

【附記】勝利之後不到三月，李律閣因不肯將他的住宅租給「軍統」，被控「漢奸」，結果判徒刑六個月，家產沒收云。

（原刊《熱風》一九五五年第四七期）

「已歸道山」——悼念摯友孫寒冰

朱樸

所謂天者誠難測，而神者誠難明矣！
所謂理者不可推，而壽者不可知矣！
——韓愈

最近，我看見王新命的〈新聞圈裡四十年〉一文，裡面記述三十六年前的往事，有一段關於孫寒冰的，從他入「新人社」起一直到他最後在重慶北碚殉難時止，相當詳盡——雖然小錯誤很多，那是在所不免的。末了，他帶了我一筆，其文如下：「此外，聽說朱樸也已歸道山，不能不感慨系之！」

我看了這篇文字之後，起先哈哈大笑，後來仔細想想，倒真的也不能不感慨系之了！人生必有死，不過時間早晚之不同而已。張橫渠說：「生無所得，死無所喪」，這句話透澈極了，至少以喻區區，是十分確當的。我記得最近獲得諾貝爾文學獎金的當代美國名小說家海明威氏，去年在非洲打獵，飛機出事，一般人都以為他死了，電訊遠傳，世界各國的報紙都紛紛登載他的死訊，可是事實上他僅受微傷而已，並沒有死。事後他遍閱載他死訊的各國報紙，大感興趣。我看見美國某雜誌上刊出他正在閱報的一張照片，那種輕鬆而又悠閒的神氣，好像是十分得意呢。

閒話少說，言歸正傳，提起寒冰，我心如痗。寒冰是我生平第一個好朋友，所謂「情同手足」，我們兩人的確是可以當之無愧的。

我和寒冰是同年（他稍長於我），三十七年以前，吳淞中國公學復校，創辦商科，我與寒冰同時都獲錄取，開學之後不過幾天，亦許就是所謂佛說有「緣」吧，我們兩人就一見如故，形影不離。那時校址在上海威海衛路、譚延闓、譚澤闓昆仲住宅的隔隣。我們兩人不僅年齡相同，風度相若，並且性情、嗜好、行動、舉止等等，幾乎無不相似。所以。當時中國公學全校上自教授，下至門房，幾乎沒有一個不知道我們兩人是好朋友的。

那時他的名字叫孫錫麒。他的父親在北京路開了一所木器店，和一個姨太太同住。他的母親則住在南匯周浦鎮上。每逢週末，他常常回到周浦去看他的母親的。我呢，那時的家住在無錫東門城內城頭弄一號（房東是陳翰笙的伯父）。記得第一學期的寒假，我曾邀寒冰到無錫我的家裡來小住。隨後，我也跟他到周浦他的家裡去小住。他的母親對我慈愛萬分，我就向她叩頭，同寒冰一樣的稱她「姆媽」。

後來中國公學搬到吳淞砲台灣的原址去。我們兩人於課餘之暇，常常喜歡寫一點東西或者譯一點東西向各報和各雜誌去投稿發表。我記得第一次我翻譯王爾德的一篇小說在《東方雜誌》上發表出來，接著他所撰述的一篇關於合作運動的文章也在《東方雜誌》上發表出來的時候，我們兩人那時的興奮和快樂，真是可說難以形容的！

到大學第三年，他轉學到復旦大學去。他在復旦大學裡常相交遊的一班同學，如章益（友三）、唐榴（唐紹儀先生的兒子）、佘愉（井塘）、端木愷、溫崇信、王世穎、張廷灝、侯厚培、錢祖齡、張德平等，後來因他的關係，也都成了我的朋友。

他在復旦大學和我在中國公學是同年畢業的。事先，我們兩人早已約定合籌旅費一同去美國半工半讀。可是，畢業之後，大家都沒有辦法。不得已，我因楊端六先生的介紹，乃先到商務印書館去任《東方雜誌》的編輯（主編錢智修，同事胡愈之、樊仲雲、黃幼雄、張梓生），寓所在閘北天通庵路源源里弄底租得一間過街樓，寒冰也就住在我那裡。（那時我們兩人都年少翩翩，源源里大房東有兩位千金，很大膽的時時向我們作「投果」之舉，弄到我們都窘不堪言，一時傳為笑談云。）

這個時候，唐榴常常來，他介紹他的堂姪女淑德和寒冰相識，於是他倆就開始談戀愛起來了。不久，寒冰因他舅父的幫助，得曹雲祥的許可，獲到了清華大學的半官費，卒償赴美讀書之夙願；並於行前和淑德訂了婚，有情人也終於成了眷屬。

他赴美的那一天，我還記得很清楚，他是坐麥金萊總統號去的，送行的人很多；可是最黯然神傷的，只有淑德和我兩人而已。

他沿途的見聞和初到美國的一切一切，曾寫有好幾封長信給我，我略加整理，將它刊登於《民鐸雜誌》（李石岑編的），情文並茂，頗為一時所傳誦。

此後，我就常到唐家去看淑德，她的母親唐太太，視我也同寒冰一樣，所以，在寒冰尚未歸國之前，我倒早已向唐太太叩了頭，也稱她「姆媽」了。

後來，寒冰返國，結了婚，在母校復旦大學和暨南大學教書，主編《文摘》……一切一切，我在這裡，因限於篇幅，只能從略。

日軍陷上海以後，我在香港「蔚藍書店」工作（主編《國際通訊》），他那時也就南來，先在廣州中山大學教了一個短時期的書，最後也到了香港。那時候，他已子女成行，我呢，也已有兩個兒子（先室沈夫人與淑德在上海中西女塾是同學，我們夫婦的結合就是淑德介紹的），彼此也時相過從的。到後來，他的大兒子一唐，也向我和先室叩頭，叫我倆「乾爹」、「乾媽」了。

可是，最後他離開香港飛往重慶北碚去的那天，事先我並沒有知道，他去了重慶北碚殉難的情形，也直到後來遇到了同與其役、目擊其事的程滄波告訴了我，方才知其詳情。當時我聽了一切之後，很奇怪的，竟欲哭無淚，惟有「沉默」而已。

不過十幾年的時間而已，寒冰死了，他的父親、母親、岳母也先後都死了；不但此也，我的先室、我的大兒子也已死了。

尼采說：「許多人死得太遲了，有些人又死得太早了！」我現在還苟延殘喘，偷生在世，是不是死得太遲了呢？我不知道。但是，無論如何，寒冰是死得太早了！

【案】《熱風》第二十六期「文壇談往」欄有橄生的〈孫寒冰之死〉一文，讀者可參閱。

（原刊《熱風》一九五五年第四八期）

自擬「墓誌銘」——尚未論定稿

朱樸

功名耶落空，富貴耶做夢，忠臣耶怕痛，鋤頭耶怕重。
著書三十年耶而僅堪覆甕，之人耶有用沒用？

——張宗子題像一則

自從王新命在他的近作內說及鄙人「已歸道山」之後，天一閣主、湘蘅館主等隨即為文紀述關於區區的往事，好像鄙人真的「已歸道山」了的，這不能不令我感慨萬千，啼笑皆非了。

我想，別人無論如何和我相識相熟，所記所述，總免不了有與事實不符的地方，[1]倒

1 《天一閣人物譚》說他是「天馬會」會員之一，這是不確的。又說他的第一位太太是上海麥加利銀行華經理的千金，嫁奩三十萬云云，這也是不確的。他的丈人沈老先生是上海沙遜洋行的買辦，太太的嫁奩也沒有所傳那麼多，只是十萬兩銀子而已。《湘蘅館什記》說於一九二九年識他於倫敦之南京樓，並註南京樓為設於希臘街之中國菜館，主人馮受，廣州人也云云。其實南京樓在丹麥街；主人名馮壽，頗好招待當年國民黨中之所謂

不如爰步先賢陶淵明、徐文長、張陶庵諸先生的前例，索性由我自己來寫一篇短短的「墓誌銘」，雖文字拙劣，未敢妄比先賢，但至少至少，言言是實，決沒有半句鬼話，這應該是皇天后土，實式憑之的吧！是為序。

朱樸，字樸之，號省齋，別號樸園主人。江蘇省，無錫縣，景雲鄉，全旺鎮人。生於前清光緒二十八年壬寅（一九〇二年）八月初九日辰時，卒的年月日現在還不知道，只好等待後人代他填上去吧。

少有大志，尚好讀書。自啟蒙私塾、初小、高小、中學、一直到大學畢業時，他是一個眼高於頂、自命不凡的書獃子。大學畢業後，先做《東方雜誌》的編輯。後數年，奉中國國民黨中央民眾訓練委員會之命，到歐洲英法等國去研究合作運動。這時候，他的思想有點「左傾」，仰慕當時革命領袖汪精衛先生之大名，私心嚮往，竊願為之執鞭。到了巴黎之後，幾經努力，卒償所願，於一九二九年隨汪氏回到了香港，開始從事「打倒獨裁」的政治運動。旋即失敗，乃任汪氏的私人秘書。可是因為他性情古怪，不懂恭順，得罪了汪夫人陳璧君，所以以後時親時疏，忽起忽伏，一直到汪氏之終。當初他萬萬想不到一著之錯，竟造成了爾後幾幾乎二十年的全盤之失！

「思想左傾」人士。據聞，馮早已入英籍，為工黨之左派同志云。

可是，在這個時期之內，他認識了生平知己之一的周佛海氏。並在日軍佔領上海期間，他獲得周氏的鼓勵和援助，創辦了一個《古今》出版社，主編了五十七期的《古今》半月刊，得以隱約的表明了他的孤臣孽子的苦心，吐露了他的亡國之民的哀鳴，因此他不但自己問心無愧，並且還認為生平的一件得意之作。

勝利之後，他拋棄一切，潛心書畫，初在北京，後在海外，來往於香港東京之間，一直吊兒郎當的在做著那似商非商、似真非真、似雅非雅、似俗非俗的鑑賞字畫和買賣字畫的所謂職業，藉以混飯而僅免於溝壑。

他年少的時候，丰度翩翩，女性追逐他的很多；可是那時他卻十分拘謹，好像不懂似的。等到後來他好像懂了漸漸放縱的時候，可是人家卻已嫌他老了！

他不事生產而揮金如土；性好豪賭而十場九輸，嬉笑怒罵，而玩世不恭；心直口快而胸無城府；頗好讀書而不求甚解；周遊世界而走馬看花。

他生平有兩個最令他心服而恰巧又都是姓張的朋友：一是戰功赫赫名震中外的鐵將軍張向華氏，一是有「五百年來第一人」之稱的大畫家張大千氏。

他最好遊山玩水，二十年前曾隨張將軍暢覽天台、雁蕩之勝，至今不忘。這兩年來，他和張大師常在日本遍訪各地的古迹名勝，流連忘返。

他秉性忠厚，富於感情；對於朋友，尤其熱心，常常急人之急，甚於急己之急。他視金錢如糞土，富貴如浮雲，隨隨便便，馬馬虎虎。他的可愛在此，但一世吃虧，也是在此。

他雖時以自負，其實乃是一個十足的傻瓜！

他很率真，是澈頭澈尾的一個所謂「理想主義」者，對於目前這個現實世界的人情世故，竟好像孩童，一竅不通。他的好朋友張大千常常譏笑他，說他：「天真得可怕！」他嘆為知言。

綜他的生平，他是一個為無賴所欺，小人所忌，朋友所信，君子所稱，佳人所「傾心」、「正人」所側目的人；換言之，也就是一個莫明其妙的、不懂現實的、十十足足的所謂「名士」和「書生」而已。

他的生壙營於上海虹橋公墓他的德配沈夫人之旁，十幾年前就早已「虛穴以待」了。恰巧他的好朋友梅景書屋主人吳湖帆的生壙也相離不遠，他們二人從前曾常相嘲笑，說生前雖不能常常聚首，死後倒可以時時見面了。想不到他這個傻瓜，生時對生活毫無計劃，對死後倒早有安排！

他三十多年來所發表的零星文字都不存，出版成書的只有兩種：一、《評合作運動》；二、《省齋讀畫記》。茲胡謅六十四字為之銘曰：

嗟爾傻瓜，百無一用；武既不成，文亦不通。
既未盡孝，又未盡忠；如此人生，豈不可痛？

春夏秋冬，南北西東，忽爾暴富，忽爾赤窮。
糊裡糊塗，好像做夢；嗚呼哀哉，我的樸翁！

一九五五年九月一日

（原刊《熱風》第四四期一九五五年九月十六日）

保津川放舟記

樸園

船上看山如走馬，倏忽過去數百群；
前山槎枒忽變態，後嶺雜沓如驚奔。
仰看微徑斜繚繞，上有行人高縹緲；
舟中舉手欲與言，孤帆南去如飛鳥。

——東坡〈江上看山〉

從香港到了東京一星期之後，忙裡偷閒，我隨翳兄大千，又往西京去作三、四日的小遊。西京，這座保存著濃厚日本色彩，亦即具有著濃厚的東方色彩的古色古香的名城，我真不知是怎的，它彷彿老是縈纏了我的心靈！這幾年來，我每次東來，沒有一次不去作數日之盤桓的，並且，也沒有一次不留連忘返，而不忍離去的。

這次，頭兩天我們照例走遍了城中的古董舖和舊書舖。這裡有名的古董舖如「尚雅堂」、「三彩堂」、「寶古堂」，都收藏頗富；舊書舖如「文華堂」、「彙文堂」、「文苑堂」，亦頗多古籍；筆墨舖如「香雪軒」、「古楳園」、「鳩居堂」等，也有不少精良的製品。經過兩天的巡禮，我們於三日的上午，才驅車到「嵐山」去看已謝的紅葉。

在路上，我們經過燬後重建的「金閣寺」。閣分三層，金碧輝煌，燦爍奪目。可是，我所最欣賞的，卻是園中高聳入雲的古松。而尤特別的，是那裡的一棵松樹，綠葉平臥，下以竹床托之，名曰「陸舟之松」，看來極肖。「銀河泉」與「巖下水」水清如鏡，尤以「龍門瀑」下之「鯉魚石」，最為神妙。

到了「嵐山」之後，略事瀏覽，我們再驅車直趨「龜岡」，那是「保津川」頭乘船的地方。一路所經，叢山峻林，田園村舍，頗有點像杭州九溪十八澗的風情，頗令油然而興故國之思。途中更有一段，兩旁修竹數百萬竿，綠蔭蔽天，尤為壯觀。

在「保津川」的長橋下，我們雇了一隻遊船。船極簡陋，不過幾塊木板；舟子三人，兩人左右用槳，一人用竹竿前撐。舟資日金五千（約合港幣七十餘元）。從這裡到「嵐山」的「渡月橋」，順流而下，計一小時半可達。回來的時候，逆流而上，至少就要五小時了。

這一小時半的舟行真是極驚心動魄賞目暢懷之致！川水甚清，或淺或深，水底全是亂石蔓草，遊魚往來可數。兩旁則山巖石壁，樹木萬千。可是，水流甚急，萬馬奔騰，順流而下，勢如破竹。而水路蜿蜒曲折，有時為急流所衝，水濺入船，我們的衣履盡濕。沿途，山谷水面，頗多鶺鴒，色有多種，飛的形態和叫的聲音，都非常怡耳悅目。中途，有一處景色最為幽絕，有釣者二人，危坐於石灘上，悠然垂釣。據舟子云，這裡名「清瀧川」，鯉魚最有名，可是不輕上釣，釣者平均十天只能釣得一尾云。遠望「愛宕山」高入雲際，一路峽中的怪石無數，形態各異，大千一一指示，笑謂：「有如荊關之壯巍，有如山樵之嶙峋，有如雲林之峭拔。」但唯一的遺憾，是這次我們來晚了兩個星期，兩邊山上的紅葉，已凋謝殆盡，可是，青松鬱鬱，一望無際，我們的眼福依然還是不淺的。

下午二時，舟抵「嵐山」的「渡月橋」畔，大千另賞舟子每人二百日金，請他們去買醉盡歡，他們謝天謝地的到酒館去了。我們也就在附近的小飯館中喝了一瓶啤酒，吃了一碗湯麵，聊以果腹。

歸途，經過「龍安寺」，復入內小遊。這個古寺已有五百多年的歷史，面積達十二萬坪。裡面的庭園，也是名聞全國的。特別著名的，是它的牆垣與石級，確有古趣。興盡而返，到西京旅舍，已將傍晚了。

一九五五年十二月五日於東京旅舍燈下

（原刊《熱風》第五六期一九五六年一月一日）

歲首漫筆

朱省齋

夜半鐘聲送酒杯，五人坐煖覺春回；
一年好景今宵去，八載思親入夢來。
爆竹已隨時序發，燈花還傍喜筵開；
弟兄伴醉莫成寐，明日新正歲又催。

——沈石田《除夜聚飲圖》題句

昨天在一個朋友家裡吃年夜飯，主婦親上廚房，做得一手絕好的蘇州菜，多年沒有嘗到家鄉口味了，真是別有一番滋味上心頭呢。

今早起來，陽光滿屋，精神煥發，早餐之後，獨自出外蹓躂蹓躂。但見紅男綠女，絡繹於途，人人喜氣洋洋，真是一片新年景象。

路過帝國劇場，適值"Cinerama"的「假期」（Holiday）正將開映，連忙買票入座（票資五百日圓，合港幣七元餘）兩個鐘頭內活像重遊了一次歐美。片中所映的大多是我一二十年前舊遊之地，其中我所最欣賞的，還是巴黎。

時間過得真快，一二十年前的事有如昨日，那不必說了。即以最近來講，我是十一月才由香港飛到東京來，雖不過五個星期，但又算是過了一年了。

可是，這五個星期真不平凡啊！在香港飽看了金錢高於一切物質高於一切的人世相後，來到這居然還重視文化，重視藝術而富有精神生活的所在，一種心理上的反應，簡直不是可以言喻的。

當去年六月間由此返港的時候，溥心畬先生剛從南韓講學完畢，歸途經過此地，擬作小留。不料我這次重來，他老人家卻還迷戀在此！同時，恰巧大千也照例一年一度的又從南美來了，並且還臨時應日方友好的邀請，一星期內揮就了字畫二十餘幅，舉行了一個並不賣錢名副其實的「展覽」。在畫展的目錄中，以第一頁的《近像》和最後頁的二十八年前《三十歲自畫像》最為特色。近像上面有心畬題贈詩，寫得真好，可以說是「必傳之作」。詩曰：

滔滔四海風塵日，宇宙難容一大千！卻似少陵天寶後，吟詩空憶李青蓮。

至於那幅《三十歲自畫像》呢，則題詠者有名流二十餘人。第一個題的是楊皙子，詩曰：

秀目長髯美少年，松間箕坐若神仙；問誰自寫風流格？西蜀張爰字大千。

其次是曾農髯——大千的老師，以後是陳散原、譚組庵、譚瓶齋、朱彊邨、趙堯生、諸貞壯、葉遐庵、黃賓虹、溥心畬、溥叔明、魏弱叟、吳湖帆、鄭午昌、鄭曼青、方地山、謝玉岑、謝稚柳、王佩初、汪菊友、符鐵年、謝　量、馬宗霍、曾履川諸氏；此外並有日本詩人井土靈山氏，也一題再題。題者幾半作古人，存者亦多星散，睹此不禁撫然久之。

畫展的前一天，心畬帶了他的得意女門生——伊藤啟子來訪大千。大千即揮一圖贈之，心畬也就即席題詩以紀其事。詩云：

謝女東山詠絮才，畫屏珠箔倚雲開；名媛自古矜文藻，筆架珊瑚列玉臺。

紈扇低鬟入畫中，一竿脩竹上寒空；丹青持贈非無意，欲有蕭然林下風。

大千先生為僕女弟子文瑾作脩竹仕女為口占二詩題之

乙未小陽月溥儒試香雪軒筆

此外，大千於臨行赴歐之際，也畫了一個《元亮歸舟圖》卷。圖繪五柳先生飄立於輕舟之上，丰神蕭散，氣宇軒昂，描寫那「舟搖搖以輕颺，風飄飄而吹衣」的神情，維妙維肖。

而筆法高古，實堪直追龍眠，媲美松雪，誠不愧「白描聖手」之譽。末後，我請心畬正書小楷〈歸去來辭〉全文於上。心畬書法成親王而青出於藍，這一幅「南張北溥」的合璧，真是「雙絕」！

大千於羽田機場登機時，曾有櫻花時節再來之約。日本對我們東方人到底是有吸引力的。

一九五六年元旦東京

（原刊《熱風》第五八期一九五六年二月一日）

香港到橫濱——浮海散筆

朱省齋

近幾年來，因為稻粱之謀，常常往來於香港日本之間；可是過去雖然不免迷戀於島國的景物而流連忘返，卻為了「許可」所限，每次居留的時間，總不曾超過半年以上。

這一次呢，我僥倖獲得了一個特別的機會和資格，因於七月三日那天，又啟程來日，進備作久居之計了。

旅行是人生一大樂事，而海上旅行則較空中旅行與陸上旅行尤為舒適，所以我這一次就選擇了海行。我所乘的是一艘新的法國郵船「高棉」號，由香港直駛橫濱，只要三天多就夠了。奇怪得很，我除了三十年前由上海往馬賽第一次坐過法國船之外，以後東西南北，海角天涯，從來就沒有再乘過第二次。所以，這次一上「高棉」號，看見了它或者還認識我而我一點也不再認識它的法文，非但感覺得十分陌生，並且開頭就鬧了一個小笑話。

說起來實在慚愧得很。我一進房門，看見這個單人房間陳設得十分精緻，浴室也非常整潔，並且房外還有一小間可以憑欄遠眺好像陽台的地方，而且相當幽雅，可是室內冷氣大放，一向「明哲保身」的我，頗有不勝其寒之概。我想把那台冷氣機關掉，不料卻弄錯了，開動了煖氣機關，頓時熱氣騰騰，弄得我滿身大汗。連忙要叫茶房，可是又遍覓電鈴不得，原來寫字檯上有隻電話，叫茶房是要用電話的。茶房進來之後，看見了這樣好笑的事，忍不住哈哈大笑，我無可奈何，也只好陪他苦笑一陣。

因此一事，我還記得三十年前在巴黎一張美國報紙上所看見的一段趣事如下：

有一個英國紳士第一次去法國遊覽，頭一天住在巴黎的一家大旅館裡，當夜到飯廳裡去吃晚餐，他是不識法文的，看了滿紙盡是法文的菜單，完全不懂，一聲不響。侍者十分聰明，看出他是一個英國人，就用英語向他說：「今天的牛舌是特別菜，非常可口的。」不料那個英國紳士聽了卻回答說：「畜生嘴裡的東西我是向來不吃的！」於是那個侍者就嘻皮笑臉的說：「那麼就請吃一個雞蛋吧。」

我將所有的行李都放好在房間之後，到甲板上去蹓躂蹓躂，忽然發現老友陳約翰先生也同船，原來他是一個「虔誠」的基督教徒，這一次是專誠赴日本參加一個基督教機構的國際會議的。提起這位陳老先生，他的生平，頗不平凡，也是一位頗富傳奇性的人物。一二十年前他在港滬兩地，赫赫有名，幾乎無人不知；現在則大有懺悔一切，立地成佛之概。他的年齡雖長於我，但是體格魁梧，精神抖擻，一天到晚的刻苦耐勞，自強不息，我對他是五體投地的敬佩。

開船之後，除了吃完就睡，睡完又吃之外，實在無事可做。圖書室中的書報十九是法文的，頗有目不識丁之苦。恰巧自己的行篋中帶有最近章行嚴太太還我的十幾本舊編的《古今》（這是數年前章行嚴先生寓居香港時向我借去看的），重讀舊文，不勝滄桑今昔之感。尤其是創刊號中郁達夫的〈毀家詩紀〉一文，哀怨悱惻，為之心傷。因此聯想到我這次離港之前，偶往林靄民先生處小坐，他的書齋裡字畫四壁，琳瑯滿目，最可注意的是經頤淵先生一幅畫松，詩堂上面有郁達夫的題詩，那是靄民先生長《星洲日報》、達夫編副刊時代寫的，右上角鈐有白文長方章一，文曰：「身賤多慚問姓名」，左下角復鈐有朱文長方章一，文曰：「塗中曳尾生」，這真可謂極盡嬉笑怒罵之能事，他的「自嘲」與「自痛」，也已到了蔑以復加的田地了。

其實，從旁人的目中看來，郁達夫畢竟還是一個不通世故的書生，他的遭遇固然是值得同情，可是，他將愛情妄用在王映霞身上，就未免有點冤枉浪費了。二十世紀所謂時髦女子，有那一個不是同王映霞一樣的？「財」是現實的，「才」是空虛的，愛「財」而不愛「才」，那是天經地義；如果愛「才」而不愛「財」的話，豈不是天字第一號的傻瓜？不過，王映霞也自有她的遺憾，那是：她既然拿到了許某的三十七萬港幣一個存摺後，不久卻又被另一個「強中手」以掉換美金為詞騙了去，結果竟落了一場空，未免有點近乎太那個了。我想，最後她的內心也許將免不了有悔不當初之感的吧？

這次海行，一路風平浪靜，十分安寧。三天之內，除了看了一次莫明其妙的法國電影和參加了一次船主邀請的雞尾酒會之外，並無其他特別節目，可供記述。七日早晨，已經到達橫濱，遙望碼頭上各色人等雲集，而那位吊兒郎當的好朋友杜安黛小姐也在那裡揮手相迎了。

一九五六年七月八日寄自東京

（原刊《熱風》第七〇期一九五六年八月一日）

東京十日

朱省齋

七夕今宵看碧霄，牽牛織女渡河橋；
家家乞巧望秋月，穿盡紅絲幾萬條。

——林傑

七月七日

天亮醒來，一看手錶才四時有半。起身憑窗一望，原來早已停泊在橫濱口外了。無心再睡，洗了一個澡，六時就吃早餐。八時船靠碼頭，經過移民局及海關等一切手續後，剛剛九時。大雨如注，王太太與程太太由東京專程冒雨來迎，盛情可感。跟著，吊兒郎當的杜安黛也來了，[1]相見親熱，好像看見了自己的骨肉一樣。異國人情究竟與香港大不相同，言

[1] 杜安黛的名字是Doanda R. Wheeler，美國人，她是克拉克大學美術院的畢業生，有六年以上的修理西洋古畫的

之慨然。王太太與程太太仍乘火車回東京，我則與杜安黛叫了一輛汽車，直駛東京三番町Fairmont Hotel下榻。

休息片刻，與杜安黛同赴錦江餐室小食，為她點了一只她所最愛吃的古老肉，我則吃了一碗雞絲湯麵。一連幾個鐘頭之內，兩人講話沒有停過，我實在覺得有點吃不消了。

吃完中飯之後，我們在銀座一帶蹓躂蹓躂，又在咖啡館內坐了一陣，就到上野她的住所去。她是寓在她的好朋友今井綾子小姐的家裡，今井小姐供職於國立近代美術館，長於英文，我們雖屬初交，但以彼此都是杜安黛好朋友的關係，所以一見如故，毫無虛偽的客套。她事先早已預備了豐盛的酒菜，特地為我洗塵，並邀了一位供職於文化財產保護委員會的田原文小姐作陪。今晚適為七夕佳節，家家戶戶，都有點綴；席間她們兩位高誦唐詩，並對客揮毫，我則放懷暢飲，獨盡啤酒兩瓶。

歸途中，醺醺地不覺醉了。

專門技術。兩年前來日本，在京都著名的「岡墨光堂」學習東方的裱畫技術，同時並在寫述關於這方面的一部著作以充哥侖比亞大學的博士論文。人極天真而風趣，豪放不羈，是一個十十足足的藝術家。杜安黛這三個字是今年三月底她來香港在《熱風》社中我替她譯的，現在她不但已印成名片，並且寫英文信時也以這三個中國字作為她的正式簽名了。

七月八日

上午在旅館中整理了一番行李，下午三時杜安黛來，同她到日活國際會館七樓去飲啤酒。這裡她從未來過，她看我對於東京「路道」之熟，頗為驚異，真是可笑。晚上，邀她就在我旅館中吃西菜，她對於這裡的百分之百的美國菜又大為驚異，我覺得這個小孩子確是天真得可愛可笑。（可是，同時我反躬自問，生平除了會揮霍外，別無他長，則又不禁暗自慚愧了。）

七月九日

上午，往訪意大利老朋友畢亞欽蒂尼君，別來無恙，相見甚歡。此公的個性也是澈頭澈尾的藝術化，相當有趣，與杜安黛倒有異曲同工之妙。下午，與王太太同往探視大千的三個小孩，各甚安好，為之欣慰。尤其心沛已大非昔比，雖年僅九歲，而舉止應對，儼若成人。她自南美來日後學足尖舞僅三閱月，成績已大可觀，她說將於下月十九日在校中公開表演云。五時半赴近代美術館晤今井及杜安黛，同往外國記者俱樂部小飲，並為介紹美國記者潘辛君，再由他代為具名介紹會員的一切手續，熱情可感。至日活國際會館地下餐室吃晚飯，飯後我請她們兩位同往「東劇」觀亞力山大帝電影，冗長無味，掃興之至。散場後再在咖啡館中小坐，返旅館已十一時。

七月十日

杜安黛今天請我看梅蘭芳劇團所演的京戲，她在我來到日本之前就早已定好座位了。上午十一時至近代美術館與她和今井會面，小餐後，我們三人就趕往築地歌舞伎座，因為買的是日戲票，時間自中午十二時至下午四時，只演兩齣戲。事先並不知道日戲梅蘭芳不出場，所以她們兩人都大為失望，我倒並不在乎。

歌舞劇場甚大，滿座之外，臨時復有加凳。第一齣戲是徐玉川、吳素英演的《水漫金山》，大打出手，大翻跟斗，日本觀眾見所未見，掌聲如雷。第二齣戲是李少春、袁世海演的《野猪林》，我記得三十年前在北京新明大戲院曾看過楊小樓與郝壽臣演這齣戲，以比今日，奚啻天壤？李少春此戲唱做全學楊小樓，可是究竟相差太遠了。至於袁世海呢，則不必說不足以與郝壽臣相比了，依我的所見，比之我最近在香港所見「民間藝術團」中的裘盛戎，還相差得多呢。

散戲後在咖啡館中小坐，再回到美術館，晚上我請她們到附近的一個廣東小館（雲樓）吃中國飯。杜安黛仍大吃其古老肉。

七月十一日

承今井介紹，為我覓到了一處寓所，在上野博物館後面，也就在她的寓所附近。地點極幽靜，房子一半日本式一半西洋式，我租樓上三個房間，一為臥室，一為書房，一為會客室，相當寬敞。花園極美，頗有勝趣。房主堀老先生，為一有名之雕刻家，與我所認識的博物館中諸君都極相熟，並謂久聞我友張大千的大名。講定准本月二十日遷進去。十年以來，飄泊無定，貧無立錐，現在得此良居，似乎應該可以安心讀一點書了吧？

閱晚報，一個廿一歲的美國小兵與一個廿三歲的日本女子在旅館中關室自殺，為之愴然。日本女子不像香港時髦女子之只講現實，她們是非常之重感情的，所以情殺之事，時有所聞。聽說三個月前，又有一個女子因為嫉妒她的情人之別有所鍾，在某一晚上，乘那個薄倖人熟睡之際，竟手持剪刀，將他閹掉！等到那個男子狂叫驚醒，則「大勢已去」，無法挽回了！

七月十二日

晨赴神保町一帶逛舊書店，在山本書店、飯島書店、內山書店等買了幾冊舊雜誌。後往中央郵局寄信，巧遇陳約翰與岩井英一。約翰西裝筆挺，與在香港時宛若兩人。我請他們同到赤坂飯店去小餐，叫了五籠湯包和一碗青菜豆腐湯，他們盛讚味道之鮮，勝過香港。價極廉，一共僅九百二十元，而約翰猶謂太費，害我破鈔云。何其客氣耶？

兩天沒有看見杜安黛了，頗有寂寞之感。

七月十三日

上午在銀座一帶散步，路過玩具店，買了兩件有趣的玩具，預備一以送杜安黛，一以郵寄香港給小寶。下午赴近代美術館晤今井，她交給我轉信二件，一係大千自巴黎寄來的，一係微塵自新加坡寄來的。她請我在附近的咖啡館喝檸檬茶，告訴我說昨晚與杜安黛大打出手。我聽了哈哈大笑。兩個藝術家同時又是小孩子住在一起，安有不打架之理？我問她這兩天那個野孩子為何不見面，她說杜安黛連日在上野博物館修理古畫，工作甚忙云。

七月十四日

上午陳約翰來訪，他說岩井在背後批評我，說所有來日本的中國老朋友中，以我為最有辦法，本領最大，非常佩服云云，聆之不勝慚愧。下午赴湯島聖堂參觀文物書畫一展賣，一無佳品。返寓後接杜安黛電話，說在近代美術館等我，她與今井兩人要請我飲茶。立即趕往，將昨天所買的玩具一件當面送給她。她打開包來一看，先嚇了一跳，然後狂聲大笑，說這個玩具真有趣味，預備寄往美國送給她的爸爸作為生日禮物呢。

喝了茶後，她與今井同往鎌倉去參觀明天鎌倉近代美術館舉行的日本畫展，定明晚回來。我送了她們上火車。

七月十五日

清早起身，吃了早餐後就獨在上野不忍池去看荷花，紅的白的都已盛開，清香撲鼻。興猶未盡，再往青山明治神宮舊御苑去看著名的睡蓮。在南池御釣台旁小坐，淡紅色與淺綠色的蓮花浮在水面，湖中有大鯉魚數百尾游來游去，以紅色的為最多，金光燦目，真是壯觀。這裡是我所認為東京風景最勝又復最幽之地，真可謂之「仙境」。我想無論何人到此，都應該是「萬慮俱消」的，可是不幸的我，觸景生情，倒反爾「百感交集」起來了。

下午赴湯島聖堂去看書畫，都是些凡品，一無所得。晚七時半杜安黛與今井自鎌倉回來了，我正在旅館門口遠眺划船，她們一看見我就大嚷「快要餓死了」！立即往飯廳晚餐，杜安黛狼吞虎嚥，一口氣將幾碟菜吃了個精光，最後還連吃三杯雪糕，胃口之好，實在令我不勝欣羨之至。

七月十六日

下午到近代美術館，今井交給我郵件一束，裡面有一件是香港社中空郵寄來的第六十九期《熱風》，今天在香港出版，而我在東京也竟同時見到，真是可喜。返寓後翻閱一遍，拜讀曹聚仁的〈我的一個戀人〉一文，頗多感觸。回憶我自己的過去，雖也曾有過不少的所謂風流韻事，可是真正的戀人，卻並不多。倒是最近這幾年來，在香港曾經天真地、熱烈地癡愛過一個所謂戀人，可是卒因彼此之間旨趣的不同，思想的距離太遠，結果弄得我的精神上痛苦萬分，心靈上印著一個不可磨滅的創痕。此事經過，一言難盡。可惜區區沒有像徐訏那樣的天才，否則倒可以寫成一部至少二十萬字的偉大的小說的。不才如我，現在只能以「二十個字」刮之如下：

傾心——剖心——銘心——癡心——傷心——

驚心——寒心——痛心——灰心——死心——

七月十七日

杜安黛要我陪她去看住友寬一氏的中國名畫收藏，義不容辭，欣然同行。上午十一時由東京驛乘火車，十二時半抵大磯。再坐汽車直駛小磯墨友莊，頃刻即達。主人正在西京別墅避暑，由他的小姐和管事朝場重三招待，極盡殷勤。住友所藏以「明末四僧」的劇迹名聞於世，其中如石濤的《廬山觀瀑》軸與《黃山八勝》冊，八大的二十二頁冊與書畫合璧卷，石溪的《達摩面壁》卷和漸江的《水墨山水》大卷等，都是我以往已一再拜觀了的銘心絕品。今天全部都再看了一遍，頗多新見，他日容再另文詳記之。除了四僧的作品外，今天還看見了一個徐天池的《潑墨花果魚蟹》卷，原來是我友林朗庵的舊物，甚精。此外，又有一軸華新羅的《大鵬圖》，畫在羅紋紙上的，筆墨雄壯，大氣磅礴，題詩尤佳，曰：

朝吸南山雲，暮浴北海水；展翅鼓長風，一舉九萬里。

主人的招待太客氣而週到了，請我們吃了茶點和西瓜外，並堅留晚餐，固辭不獲，只好叨擾了。我最愛這裡花園的幽靜，每次來此，總不勝其留戀。杜安黛為我在園中攝影兩張，作為紀念。

回到東京旅舍，已是深晚。接陳約翰電話，說明天將約岩井與岡田兩君一同來訪，問我肯不肯請客。我答以不勝歡迎之至。

一九五六年盛暑記於江戶新居

（原刊《熱風》第七一期一九五六年八月十六日）

上野小棲

朱省齋

義公習禪寂，結宇依空林。戶外一峰秀，階前泉壑深。
夕陽連雨足，空翠落庭陰。看取蓮花淨，應知不染心。

——孟浩然

流浪海外，飄泊十年之後，我終於安定下來了。

由於一位日本朋友之介紹，我在上野國立博物館的後面，租得了一所理想的房子。這所房子是日本式的，可是具有一切西洋式的衛生設備，極精。屋內復有一個小花園，頗具花木之勝。其中我尤愛兩棵高大的芭蕉樹和一個小巧的金魚池，我從臥室中開窗一望，詩情畫意，盡入眼底。居停堀進二老先生，是一個名雕塑家，又有金石癖，頗富收藏。

說也奇怪，這裡雖是東京，可是一切環境，竟好像與西京無異。在日本，我最愛西京，因為那裡有無數的寺院，那種幽靜寂寞的禪味是我所最欣賞的。現在我這所房子是介於瑞輪寺與情延院之間，前後左右，全是寺院，如久成院、體僊院、本妙院、正行院、西光寺、長久院、大泉寺、法藏院、金嶺寺、頤神院、妙行寺、妙福寺、妙泉寺、佛心寺、大行寺、一乘寺、本光寺、上聖寺、妙情寺、信行寺、臨江寺、本壽寺、觀智院、天龍院、全生庵、福相寺、妙法寺、妙圓寺、永久寺、龍谷寺、本通寺、宗善寺、玉林寺、天眼寺、自性院、大雄寺等等，數也數不清，真正可以謂之「叢林」了。

我所租的是樓上的三間正房，一為臥房，一為書齋，一為客室。頻年奔波，一無所有，有的只是一些破書而已。這次由港來日，帶了七件行李，其中大半是書。又存在舊居的還有七只大箱，裡面所裝的也無非是書。現在統統的打開一一陳列起來，分門別類，居然頗為可觀，連自己也覺得有點驚異了。

我所收集的書籍範圍很狹，十九是關於字畫方面的著錄書與參考書。此外，還有些珂羅版本。這裡面雖沒有什麼孤本和珍本之類的了不得的東西，可是數年來心血所聚，倒也並不是一朝一夕所可立求的。至於講到字畫，也是如此。我所收藏的雖並無什麼希世之寶和煌煌劇迹，只是一些斷縑片紙的零星小品，可是在我自己的心目之中，這些都自有其特別的價值而決不是普通的凡品。即以目前我書齋中所懸的近人字畫而言，雖只有對聯兩副和鏡框兩只，可是卻都為我所朝夕欣賞，自己深得其臥讀與臥遊之樂趣的。

兩副對聯一是湯雨生所寫的八分，聯句是：

煙雲供養得上壽，詩酒酣嬉娛古歡。

一是溥心畬寫的正楷，聯句是：

恢宏雅量涵高遠，領略清言見古今。

我十分喜歡這兩副聯句，尤其後一聯的句子是十幾年前我在上海辦《古今》時代汪精衛先生送給我的。

兩只鏡框裡面所裝的一幅是十三年前（癸未）在上海時吳湖帆送給我的《廬山五老峰圖》，上面題曰：

沈尹默先生曾為余書廬山東南五老峰詩橫幅，沉著似松雪，樸之吾兄特賞是幅，因以奉鑑，並補小景，以副雅賞。

一幅是三年前（癸巳）與張大千同寓這裡上野不忍池畔他送給我的《不忍話舊圖》，上面題曰：

省齋道兄知余將自南美來遊東京，遂從香港先來迎候；情意般拳，傾吐肺腑，而各以人事牽率，未得久聚，治亂無常，流離未已，把臂入林，知復何日耶？為寫數筆，留以為念。傳之後世，或將比之顏平原《明遠帖》，知吾二人相契之深且厚也。

今春溥心畬先生看見此畫，大為感嘆，承為題書五言一律如下：

相逢離亂後，林下散幽襟，共作風塵客，同懷雲水心；
與生元亮酒，情契伯牙琴，話舊傳千古，寧知髮雪侵！

遷居，本來不是一件容易事，尤其我這次好像是「創家」一樣，更是麻煩。俗語所說的「開門七件事」，誰都知道是必需的條件。從臥房裡的被頭褥子，拖鞋坐墊起，直到廚房裡的油鹽醬醋，菜鍋飯桶止，一一都非買起來不可。此外，還有如碗盞盤碟，茶壺水瓶，甚至掃帚簸箕，牙籤草紙之類，零零碎碎，指不勝屈，好像都是不可或缺的東西。我幸而有幾位熱心朋友幫忙，並且僱得一個懂得英語的下女，所有一切困難和麻煩，都迎刃而解了。

朋友們到我這裡來的沒有一個不稱讚這所新居的幽美。真的，這裡的一切一切，實在都已超過了我平昔之所夢想。每天清早與深夜，萬籟俱寂，唯聞梵音鐸聲與蟲鳴鳥啼相奏和，白天無事，我每好焚香默坐於書齋之中，聽聽蟬鳴，翻翻書報，此情此境，我把一切煩惱與俗慮都忘了。

過去在香港的七八年中，寒居遷來遷去，都如同地獄一樣，比較的倒還算以住在沙田山上尼姑庵中的一段生活，最為愉快；當時我曾自署所居曰「雙澗山房」，聊以解嘲。現在棲此勝境，欣幸之情，不能自禁，因擬刻一「禪林中人」的閑章，藉以誌此一段因緣云。

（原刊《熱風》第七二期一九五六年九月一日）

重到東京
——寄友人書

朱省齋

我又重到東京了。

記得我上次是八月八日的深夜，乘汎美航機離開羽田機場的，九日的早晨到了香港；九月八日的下午我又乘日航機離開了啟德機場，當天夜半回到了東京。前後算來，不多不少恰巧是一個整月。在香港的一個月中，照例的，所見到的無非是鉤心鬥角的人事關係，真使我厭惡透了；所以，當九月八日下午五時我上了日航機之後，就盡情痛快的大喝香檳，飄飄然大有羽化而登仙之概。

可是，不幸的那天沖繩島有颶風，我們的飛機本定下午三時半起飛的，因為等候氣象報告，直到五時才動身。起飛後速度甚快，一個半鐘頭就越過了台灣，一路平靜，如履平地。可是，再過一個半鐘頭後，已在沖繩島附近，突然的機身劇烈上昇，忽然的又猛烈下降，乘客們無不心驚肉跳，面如土色，尤以婦孺嘔吐大作，狼狽不堪，這樣的繼續了約有一個多鐘頭，方始恢復了平穩。等到最後安然降落羽田機場的時候，所有乘客個個都欣然於色，有如慶幸更生的樣子。

經過了一切檢驗等手續後（我代翳兄帶了兩隻長臂猿，頗為麻煩），時已夜半一時左右，井山美奈子小姐在機場餐廳裡候我已經三個鐘頭了，真是抱歉之至。驅車返寓，一切如故，唯聞園中蟋蟀鳴聲四起，頓感秋意。

到了東京忽忽又已十天了，訪訪朋友，逛逛舊書舖，坐坐咖啡館，生活如舊，並無新鮮的事可述。這裡連天下雨，氣溫由八十多度降落到六十餘度，已經是標準的秋天了。

今天是中秋佳節，我同一個朋友事先約定了同去箱根作一日之小遊的，可是，因為氣候不佳，改為下一個星期。老實說，我自從遷居到這上野新居之後，滿意到了極點，閉戶讀書和焚香默坐的禪味，真是無窮無盡，勝過一切。我記得從前在香港譚區齋曾見一本《元明古德書冊》，共十二開，裡面有一開是德清和尚（號憨山道人）所書，有「苦因憎愛生，樂從清淨得」之句，真是一點也不錯。

還有，寒居附近有一個咖啡館名「維也納」的，以「名曲與咖啡」為號召，地方雖然小，可是佈置極精，充滿著文藝氣息。每天所奏放的全是古典音樂，到這裡來喝咖啡的大多是音樂的愛好者，十個有九個都是閉目靜坐，凝聽欣賞的。這裡是我每天必到的——一天一次是最少的了。前天東京英文《每日新聞》的記者賴非爾孫（Robert Rafielson）伉儷來訪我，我們於吃晚飯之前先到那個咖啡館去小坐，進去後正在放奏全部貝多芬的「羅曼斯」和契可夫斯基的「悲愴」，他們兩位聽了不肯先離，結果大家餓著肚子聽了三個多鐘頭才走，臨行時他倆還笑著說以後要常常來訪我哩。

講到字畫，十天以來，一無所見。湯島聖堂的「字畫文物展覽」雖還照舊的每星期舉行一次，可是窮斯濫矣，每況愈下，所展出的全是些不三不四的日本畫和亂七八糟的無用書。其他的古董舖子，亦是如此，絕無精品。倒是我的意大利朋友庇亞欽蒂尼君有一幅方方壺的《潑墨雲山圖》，精極精極。圖為宋白箋本，高一尺六寸餘，闊約八寸，信筆揮灑，一氣呵成。無款，僅「方壺」一印，上有徐太虛、釋密印、徐達左、滕遠諸氏的題詩，俱佳，尤以密印的一首五言更為精絕。詩曰：

洞壑春常晦，禪扉夜復開，數聲林外磬，遙逐晚風來。

此外，左方有「慎獨清賞」四字，右下角有「謝林邨氏珍藏書畫」、「沿州」、「林邨隱居」、「青笠綠簑齋藏」等藏章。圖右上方邊幅裝有「元方方壺墨筆山水小幅神品桐陰館藏」的舊籤一紙，案「桐陰館」是吾鄉無錫畫家秦祖永氏的齋名，祖永清光緒時人，嘗著有《桐陰論畫》、《桐陰畫訣》、《畫學心印》等書，雖所論不高，但頗負時名。又此圖後為日本山本悌二郎氏所藏，見《澄懷堂書畫錄》，所以頗為一般日人所重視。我向庇君借得此畫在寒齋中掛了幾天，頗獲旦夕欣賞之樂。

至於舊書，山本書店、內山書店等處並無珍本發見，我前天無意間在一誠堂買到了一部靜嘉堂文庫影印的《元本幽蘭居士東京夢華錄》兩冊，裝潢精雅，古色古香，極為欣快。書為顧桐井家舊藏，有黃蕘圃氏的題識，並有「歸安陸樹聲所見金石書畫記」等朱印纍纍，深堪珍玩。雖定價甚高，但傾囊以購，為之不惜。又昨天在「三越」美術部看見有一張精印的石濤《梅谿草堂圖》橫幅，精極精極，與真跡絲毫無異，可惜區區囊中的「老頭票」不夠，只好俟諸異日了。

丙申中秋自東京寄

（原刊《熱風》第七四期一九五六年十月一日）

秋燈閒抄

朱省齋

今年年初，有一個香港朋友和我鬧意氣，寫了一封長信來將我痛罵一頓，全信除了蠻不講理的醜詆惡毀之外，裡面並有兩句妙文如下：「有人說，你所寫的文字一百個字之中倒有九十九個是抄人家的！」

當時我看了火冒十丈，忍不住氣，立即寫信一一反駁，我記得有幾句好像如下：「不錯，我所寫的文字十九是抄自別人的，我絕對承認，毋庸隱諱。可是，我認為抄引倒也並不是一件容易的事，更不是一件什麼可恥的事，問題只在乎你怎樣的抄法而已。我有兩個在文壇上享大名的朋友，一是北方的周作人先生，一是南方的曹聚仁先生，他們都是以『善抄』出名的，可是這卻絲毫並沒有損傷他們的令譽啊。」

現在事過境遷，平心靜氣的自己反省一下，覺得當時我那種一無修養而十分幼稚的舉動真是多餘的，無聊極了。「對牛彈琴」，本是天下最殺風景的事，況且，俗語說得好：「秀才遇著兵，有理說不清！」辯什麼呢？

其實，我之所以老抄別人的文字是自有其不得已之理由與苦衷的。第一，這幾年來，我所寫的差不多全是關於談我國字畫——尤其是古代字畫方面的文字，這決不是只憑自己的主觀信口開河而胡說八道的，必得客觀的旁徵博引，抄取前人的著錄以為證明，方能算得是忠於讀者。第二，說句老實話，鄙人倒也的的確確是才疏學淺，胸無點墨，以視當代那些下筆萬言，倚馬可待的創作文豪，真是自慚形穢，望塵莫及。可是，事實儘管如此，卻偏偏謬承幾個刊物的編者先生不棄，時時採及芻蕘，以充補白。情不可卻，有時急不及待，巧婦難為無米之炊，於是就只好不擇手段，而掠人之美了。

就像目前，我客居於東京上野谷中的一所精舍之中，環境優美，清淨無掛，每天早晨，聽聽前後左右寺院裡的鐘磬鼓鐸之聲；白天，聽聽自己庭園裡梧桐樹上的寒蟬哀鳴之聲；晚上，聽聽四面八方的蟋蟀唧唧之聲；不知不覺，神為之醉。於是，臥讀既倦之後，就想寫點無聊東西，以為自遣。可是，窮搜枯腸之下，終於一無所有，所謂賊不改性，最後，只好仍舊抄一點別人的作品，借來勉湊篇幅，並供讀者諸公的共賞了。

昨天，我看《蘇東坡全集》，裡面有〈答秦太虛書〉一文，妙絕；節抄如下：

程公辟須其子履中哀詞，軾本自求作，今豈可食言？但得罪以來，不復作文字，自持頗嚴；若復一作，則決壞藩牆，今後仍復衮衮多言矣。初到黃，廩入既絕，人口不少，私甚憂之；但痛自節儉，日用不得過百五十，每月朔便取四千五百錢，斷為三十塊，掛屋梁上，平旦用畫叉挑取一塊，即藏去叉，仍以大竹筒別貯，用不盡者以待賓客，此賈耘老法也。度囊中尚可支一歲有餘，至時別作經畫，水到渠成，不須預慮。以此胸中，都無一事。所居對岸武昌，山水佳絕。有蜀人王生在邑中，往往為風濤所隔，不能即歸，則王生能為殺雞炊黍，至數日不厭。又有潘生者，作酒店樊口，棹小舟徑至店下，村酒亦自醇釅。柑橘椑柿極多，大芋長尺餘，不減蜀中。外縣米斗二十，有水路可致。羊肉如北方猪牛，麞鹿如土魚蟹，不論錢。監酒胡定之，載書萬卷隨行，喜借人看。黃州曹官數人，皆家善庖饌，喜作會。太虛視此數事，吾事豈不既濟矣乎？欲與太虛言者無窮，但紙盡耳。展讀至此，想見掀髯一笑也。

妙事妙文，真是夠欣賞的。昨晚，我將此事以告東坡的同鄉翳兄大千，他笑著說道：「這種經濟辦法東坡則可，像你我兩個難兄難弟和脫底朋友是萬萬辦不到的！」妙人妙語，亦是足夠欣賞的。

今天，我隨便翻翻李竹嬾的《紫桃軒雜綴》，也極雋趣，略抄一則如下：

偶與緇流談因果，言人所作罪戾，死後被冥官拷掠，無纖毫或遺，非佛法不能懺除，學問文章，全不濟事。余曰，顧所犯何如耳。若些微之罪，學問文章，亦足賴也。緇流曰，何居？余笑曰，假令沈嘉則、王伯穀一輩山人，被酒，犯禁夜行，踰越巷柵，所由獲以聞官，官必不遽加棰楚，儻有好文者，必曰，先生醉乎？叱所由而謝去之矣。又聞唐伯虎讀書山寺，積雪無聊，椎村犬，拾佛爐中木牌位，作薪煮食之，狂飲浩歌自樂。鄰寓一措大窺之，伯虎憐其寒寂，分啖數臠，措大歸，即大病，為鬼語呵責之曰：我寺之伽藍神也！措大辯曰，事由唐寅，奈何偏苦我耶？神曰：唐寅則可；且汝何人，敢效唐寅？此又學問文章足賴之一驗也。坐客鬨堂曰，以子言，我輩稍自壯矣。

丙申重九抄於江戶客窗燈下

（原刊《熱風》第七七期一九五六年十一月十六日）

多難只成雙鬢改——知堂老人贈聯記

朱省齋

一九五二年十月廿八日《星島日報》的「人物」週刊上，有拙作小文一篇如下：

甲申之冬，余北遊燕都，除夕，知堂老人邀讌苦茶菴，陪座者僅張東蓀、王古魯。席間，余出紙索書，主人酒餘揮毫，為集陸放翁句「多難只成雙鬢改，浮名不作一錢看」十四字相貽，感慨遙深，實獲我心。聯旁並附小跋曰：「樸園先生屬書小聯，余未曾學書，平日寫字東倒西歪，俗語所謂如蟹爬者是也。此只可塗抹村塾敗壁，豈能寫在朱絲闌上耶？惟重違雅意，集吾鄉放翁句勉寫此十四字，殊不成樣子，樸園先生幸無見笑也。民國甲申除夕周作人。」虛懷若谷，讀之愧然。

案：知翁為章太炎先生入室弟子，國學湛深，人所共仰；至其書法則得力於唐人寫經，簡澹閑雅，饒有魏晉風味，而乃自謙為「蟹爬」，儒者風度，殊令人不可及也。

同時，我並將該聯製版刊登。不料製版之後，經手者竟謂原聯已失去，無法覓回；我為此事，耿耿於心，無時或釋。

去冬，曹聚仁先生北遊歸，談及曾拜見知翁，並蒙詢及區區的近況。因即馳函道念，並附告以失聯經過。兩星期後，回信來了，復蒙再書原聯，並另附小跋曰：

> 甲申冬日，集放翁句為省齋先生書小聯，倏忽已是一周。前日馳書見告，云聯已失去，囑為重書。筆墨猶是故物，而字乃更拙，雙鬢亦復更改矣！丁酉新春，知堂記於北京。

信中尚有「轉瞬十年念之增慨」等句，真是不勝其同感了。此聯的滄桑如上述，爰不憚辭費，重為文以記之。

（原刊《熱風》第九〇期一九五七年六月一日）

憶知堂老人

省齋

藝海浮沉有令名，故山歸臥負初心；
何當把酒南窗下，共學村農話古今。

一九五七年歲暮，有懷省齋先生，寄呈一粲。
知堂寄自北京。

消息傳來，知堂老人已於去年十一月在北京謝世了。

我與知堂老人一向是文字之交，二十餘年前我在上海辦《古今》半月刊的時候，我特聘他和冒鶴亭、徐一士、瞿兌之三君為《古今》的特約撰述，他所寫的文字很不少。一九四四年《古今》休刊後我舉家遷居北京，到後即往拜訪，這才是我們初次見面。過了幾天，他請我吃中飯，一九五七年六月一日的《熱風》半月刊第九十期中有拙作〈多難只成雙鬢改〉一文。（編者案：文見前編，今省略。）

十年前（一九五七）我重返北京遊覽，五月十一日曾往拜訪，《熱風》第九十一期中有拙作〈北京十日〉一文，其中亦有數語涉及之曰：

> 驅車往西城八道灣拜訪周啟明先生，相見驚喜，恍如隔世。原來他近患高血壓症，三月前幾瀕於危，現雖已好轉，可是醫生仍嚴囑他見客談話不能超過二十分鐘，因此略談後即行告辭，約他日再來。

此後我又於一九六〇年及六三年再往北京，兩次也都曾與他晤面，那時他已屆八十高齡了，而健康卻似乎較前反為進步呢。

最近，我看見台灣出版的文星叢刊之一林語堂所寫的《無所不談》一書，中有〈記周氏弟兄〉一文，語極誣衊，說什麼「魯迅熱得可怕，知堂冷得更可怕」等語。林語堂懂得什麼！以一個文言文還寫不通的人居然敢大言不慚的來批評小品文大師的周氏弟兄，他配嗎？這真是吳稚暉所常說的「放屁放屁，豈有此理」了。其實，在我看來，魯迅的熱並不可怕，知堂的冷更不可怕，而林語堂的「淺薄」與「幼稚」，[1]卻才是十分可怕呢。

知堂老人著作等身，一生所寫，不知凡幾。我現在手頭還藏有他一九五〇年間在上海

1 林語堂不但文言文寫不通，對於我國古代藝術，更屬一竅不通。但他強不知以為知，偏好舞文弄筆，冒充內行，時時寫出為識者所不值一笑的文章。例如在《無所不談》一書內，另有〈談中西書法之交流〉一文，中有云：「像有名的韓幹畫馬，我看不如郎世寧」。其淺薄與幼稚，竟有如此者！

《亦報》所發表的〈兒童雜事詩〉七十二首，署名東郭生，豐子愷插圖，真是雙絕。其中兩首名鬼物，第一首說明曰：「溺鬼俗稱河水鬼，云狀如小兒，常群聚水邊，擲錢為戲，小兒通常稱為頓銅錢者是也。」詩云：

山魈獨腳疑殘疾，罔兩長軀儼可獃。最怕橋頭河水鬼，播錢遊戲等人來。

第二首說明曰：「目連及大戲中演活無常均極滑稽之趣，即迎會時亦如此，故小兒甚喜之。」詩云：

目連大戲看連場，扮出強梁有五傷。小鬼鬼王都看厭，賞心只有活無常。

知堂老人他自己似乎很喜歡這兩首詩，晚年有人請他寫字，他常常寫這兩首的。這真所謂「大人者不失其赤子之心者也」了。

一九六七年四月二十日，香港。

（原刊《大華》第二八期一九六七年）

賞心樂事話當年

省齋

時光如駛，忽忽已屆望七之年，回憶過去的六十九年，歷盡了悲歡離合的境遇，嚐遍了甜酸苦辣的滋味，從好的方面來講，我的生平可以算得是多采多姿；但是從壞的方面來講，也可以說成是飽經憂患的了。

古人說得好，人生幾何，對酒當歌，這裡且回憶一些過去親身經歷的賞心樂事，來與讀者同享吧！

那桐花園聽戲

一九二四年到一九二六年之間，是我第一次暢遊北京的時期，那時候我唯一的嗜好是聽戲，我在北京最初捧李萬春，那時，他還是一個小孩子，在前門外大柵欄廣德樓唱戲，他文武都唱，文戲私淑余叔岩，武戲力學楊小樓，以與又一童伶藍月春合演的一齣《兩將軍》為最出色，廣德樓我是風雨無阻、天天必到的，此外如三慶、中和、華樂、吉祥、開明、新明等戲院如遇名伶演出，也都有我的蹤跡。那時候北京的名伶如龔雲甫、陳德霖、王瑤卿、楊小樓、余叔岩、王長林、梅蘭芳、程艷秋、王鳳卿、錢金福、尚和玉、侯喜瑞、程繼仙、蕭長華、小翠花……等，都時時出演，可謂盛極一時。以上諸名伶中，我最欣賞楊小樓和余叔岩二人的戲，當在新明戲院楊、余合作以對抗梅蘭芳的時期，我每場必到，每次定的座位總是在正廳中座第五排左起的第一、二隻椅子：一隻我自己坐，另一隻是給李萬春、藍月春兩個小孩坐的。

楊小樓之戲，唱做、道白、扮相等等，無一不臻神化；尤其是他的「風度」，絕非任何人所能企及，堪稱前無古人，後無來者，他的戲我差不多都看過的，比較的說，如《連環套》、《落馬湖》、《長板坡》、《寧武關》、《林冲夜奔》、《霸王別姬》（與梅蘭芳合演）等劇，允推絕唱。叔岩雖為天賦所限，但其苦學結果，譚鑫培後，一人而已，我記得楊、余合作時期，他有一天的戲碼是和荀慧生合演的《坐樓殺惜》，舊式戲院子的觀眾，大多不守秩序，人聲嘈雜不堪，可是那晚當余叔岩出場的時候，台下立刻肅靜無聲，全院聽客，無不全神貫注的欣賞，那個印象，實在給我太深刻了！余叔岩的戲我也大概都看過的，如《打漁殺家》、《擊鼓罵曹》、《打姪上墳》、《戰太平》、《珠簾寨》、《南陽關》、《搜孤救孤》、《審頭刺湯》、《空城計》、《魚腸劍》、《捉放曹》、《戲鳳》、《烏盆計》、《八大鎚》、《摘纓會》、《上天台》、《洪洋洞》、《李陵碑》等，都是百聽不厭，可是，我所永遠不會忘記的是有一次在東城金魚胡同一號那桐花園裡的堂會，那晚他唱大軸，平時他唱堂會戲以壓軸為多，大軸大都是梅蘭芳，因為堂會戲女客往往佔一半，她們全是捧梅的。戲碼是全本《捉放曹》，當前面壓軸戲楊小樓、梅蘭芳合演的《霸王別姬》唱完之後，時已夜半三時，看客大半已經散走；尤其女客一個也不留，總計台上台下聽客不過百餘人而已，這些全是標準的余迷，因是我得高踞頭排，飽聆他那蒼勁而又纖巧的聲調，那晚全部聽客對於他的一句，一唱，無不擊節嘆賞，皆大滿意，叔岩平常在戲院中唱戲，除了高音外，其纖巧之腔調，往往坐在五六排後之聽客多已不能領略，要碰到完全能過癮之機會，真是難之又難也，而李佩卿所拉胡琴之爐火純青，出神入化，更大收牡丹綠葉之妙，博得全場掌聲，

一九三〇年夏，我第三次到北京，那時叔岩已因病輟唱，某晚，他邀我到他家裡去吃便飯，當時我喜出望外，深自慶幸，以為這次當又可以暢聆雅奏了，不料他飯後抽烟，再吊嗓子，竟絲毫不能成聲，據他自己說：總得天亮快了，他的嗓子才會出來，他家住在椿樹胡同，左右鄰居都愛聽他吊嗓子，他常說牆都要被鄰居街坊扒坍了！此後，除了聽聽他的留聲機片外，再也沒有聽過他一次戲了。

叔岩於一九四三年病死北京，年僅五十有四，當時我曾請評劇權威凌霄漢閣撰〈於戲叔岩〉一文載於拙編《古今》半月刊，議論警闢，堪稱為余氏蓋棺論定之作。

葛蔭山莊釣魚

一九三二至一九三三年之間，我在滬閒居無事，每逢春秋佳日，我總，是帶了全家到杭州西湖先室沈夫人的別墅葛蔭山莊去渡假，葛蔭山莊在裡西湖西泠橋旁，背靠葛嶺，面對放鶴亭與西泠印社的後山，中式樓房共兩層，底層有大廳走廊亭台及小花園，園中遍植名花異草，尤以紫藤花為一絕，紫藤花棚下沿湖有三層石級的小碼頭一個，繫一小艇，家人都好划艇為樂，我則喜歡獨自一個人坐在石級上釣魚，平均每天可以釣得小鯽魚十餘尾之多，如此種快樂，自以為羲皇上人，亦不是過。釣魚是我童年鄉居時一種生活情趣，因此養成我後來處世恬淡、遇事忍耐的人生觀，先室逝世後，翌年我的長子又復夭折，我於傷感之餘，遂在家鄉梁溪五里湖畔蠡園與漁莊之間買得草蕩地數畝，擬建草屋三間，獨居終老。世變頻仍，始終未能償此願，所以，後來張大千嘗於送給我一頁宋人《溪山垂綸圖》的另頁上題曰：

> 省齋尊兄嘗於太湖之濱，買地數畝，將以漁釣老焉。世變不果，然而此心此志，未嘗一日或忘也。頃見寒齋所藏宋人溪山垂綸圖，唏噓感慨，倍深故里之思，因乞為贈，且謂望梅不得，聊充畫餅之飢，遂識以貽之。

西京鹿谷觀畫

一九五三年秋，我小遊日本之西京，承京都博物館島田修二郎之邀，偕往小川氏尚簡齋拜觀鼎鼎大名的董源《谿山行旅圖》，此圖又名《江南半幅》，因僅係全圖之半，餘半幅早已失存。清代的畫家藏家所見不廣，他們以為董源傳世的真迹，只有這半幅《谿山行旅圖》而已。小川別墅位置於京都著名風景區之鹿谷，壤接東山三十六峰，園中樹木成蔭，唯聞蟬鳴，古松萬千，一望無際。

主人小川夫人出迎，彬彬有禮，慇懃相待，茶畢，鄭重以圖見示，圖盛於盒，外裹錦緞，懸諸壁際，神彩奪目，圖為絹本，長軸，淡墨山水，圖中有林巒，有溪屋，有橋舟，有人物；布置幽邃，烟雲滿幅，圖首有一段已斷，係接補者，有云為沈石田所補的，絹色之新舊與絹色之濃淡，皆顯然可見，但此係小疵，固無傷大雅耳。

圖旁右上端有題籤「董北苑谿山行旅圖神品」十個字，下鈐「遜之」、「烟客真賞」二方印，左下角復有「太原王遜之氏珍藏圖書」長方印一，原來這幅畫是曾經清初「四王」之首的王時敏氏所珍藏的。

有董其昌跋，題在綾本，裱於圖之右旁，句曰：

余求董北苑畫於江南不能得，萬曆癸巳春，與友人飲顧仲方第，因語及之。仲方曰：公入長安，從張樂山金吾購之，此有真迹，乃從吾郡馬耆清和尚往者。先是余少時於清公觀畫，猶歷歷在眼，特不知其為北苑耳。比入都三日，有徽人吳江村持畫數幅謁余，余方肅客，倦甚，未及發其畫；首叩之曰：君知有張金吾樂山否？吳愕然曰：其人已千古矣！公何為詢之亟也？余曰：吾家北苑畫無恙否？吳執圖以上曰：即此是。余驚喜不自持，展看三次，如逢舊友，亦有冥數云。辛丑五月廿六日記。

圖左旁思翁復有題記曰：

此畫為《谿山行旅圖》，沈石田家藏物；石田有自臨谿山行旅，用隸書題款，亦妙手也，玄宰。

看完了這幅名迹，主人又捧了一本《宋人集繪》冊出來，冊共十開，次序如下：

(一)閻仲　空林雨牧圖　(二)吳炳　滌池濯素圖
(三)林椿　榴花山鳥圖　(四)劉松年　雪溪舉網圖
(五)李嵩　畫闌遊賞圖　(六)馬麟　茉莉舒芳圖
(七)夏珪　松巖靜課圖　(八)陳珩　秋塘郭索圖

（九）葉肖巖　苔磯獨釣圖　（十）李東　寒濤捲蜃圖

以上十開，每開都有安儀周的藏章，冊中並有乾隆五璽，冊後復有「恭親王」、「清白傳家澹泊明志」等印；頁頁皆精，其中尤以劉松年的「雪溪舉網」圖為無上神品。這一頁上並有「紀察司」半印、「信公珍賞」、「會侯珍藏」等印，可見這幅圖也曾經入過耿氏的秘笈的。

冊尾還夾有未裱入的羅振玉題記一紙，其句曰：

此冊由安麓村家貢入天府，後咸同朝以賜恭忠親王，每葉籤題乃高宗南齋供奉所加，有未盡當者，如陳珩《秋塘郭索》是姜福興筆，葉肖巖《苔磯獨釣》乃夏禹玉筆，夏珪《松巖靜課圖》當是南宋初年畫院人作，其人蓋北宗而略參用南法者也，不能確定其名矣。

觀畢，應主人之請，在「芳名錄」上簽名並題記如下：

一九五三年九月二十日，來此拜觀珍藏中國名迹，欣賞萬分，謹書此以誌不忘，朱省齋記，陪觀者有島田修二郎先生，並識。

（原刊《大人》一九七〇年五月第一期）

溥心畬二三事

省齋

數十年來我所認識的名畫家之中，以溥心畬先生最為天真而富風趣，今述關於他的軼事二三則如下：

平民化的舊王孫

一九五五年，溥心畬應南韓政府之邀，由台赴韓，前去講學，事畢途經日本，就逗留在東京。那時我也在東京，聽朋友說他到處在找我，於是我立刻就去訪他。他寄寓的地方非常華貴，可惜主人不在東京，日常侍候他的就是一名廚子。溥心畬和廚子話得投機，時常聯袂出游，大家稱道溥心畬，說他一點沒有架子，雖為舊王孫，卻平民化的很。

平時我和他見面的時候，老注意到他總是喜歡摸他自己的肚子。我覺得很奇怪，有一天我忍不住的問他，問他是不是肚子不舒服，有什麼毛病？他哈哈大笑道：不是不是，這裡面有一個祕密。我問他有什麼祕密？他說他在南韓賣掉幾幅畫，一共獲得五百美金，他恐怕被人扒去，所以特地在他的底袴腰間叫裁縫做了一條夾縫，將五張一百元的美金藏在裡面，外面再圍上袴帶，這樣就神不知鬼不覺的可以萬無一失了。

《不忍話舊圖》題詩

一九五三年初夏，我在香港接到大千居士自紐約發來的一個電報，說快要飛到東京，深盼我亦能去東京敘首。到了之後，有一天夏曆四月初一，正是他的生日，我請他到上野的「萬壽樓」去吃麵。雖然我們兩人都不善飲，但是那天興高采烈，盡了一大樽啤酒。返寓以後，他立即揮毫畫了一頁《不忍話舊圖》送給我，並加題識曰：

> 省齋道兄知余將自南美來遊東京，遂從香港先來迎候，情意殷拳，傾吐肺腑，而各以人事牽率，未得久聚，治亂無常，流離未已，把臂入林，知復何日耶？為寫數筆，留以為念，傳之後世，或將比之顏平原《明遠帖》，知吾二人相契之深且厚也。癸巳四月同在東京不忍池上。蜀郡張大千爰。

一九五六年，溥心畬在我的東京寓所看見了這一幅畫，頗有所感，隨即索紙題詩相贈曰：

相逢離亂後，林下散幽襟；共作風塵客，同懷雲水心。
與生元亮酒，情契伯牙琴；話舊傳千古，寧知鬢雪侵。

題大千贈省齋《不忍話舊圖》，丙申春二月同客江戶。溥儒。

此情此景，如在目前。乃曾幾何時，人事全非，心畬作古，大千病目，誠有不堪回首「不忍話舊」之感也。

名士派當眾脫衣

心畬是一位標準「名士」，他一天到晚。除了吟詩、繪畫之外。其他一切不理，一概不知，尤其對於衣食住行方面，十分隨便。後來他住在東京澀谷區大和田町金村旅館，小房一間，席地而坐。伏几作畫之餘，好吸香烟。繼續不斷，他雖對於日文一句不懂。但對日本生活，卻很喜愛。

離金村旅館不遠，在明治神宮前面有一家中國飯店，名「福祿壽」。吃客大多是美軍眷屬，佈置得相當考究。有一天晚上我邀他去吃飯，他欣然相從，那時正是冬天，飯廳裡面的水汀開放，溫暖如春；廳中的電燈全滅，每張桌子上都點上了臘燭。飯廳的一角放了一只鋼琴，有一個妙齡女郎正在那裡獨奏名曲，這種「情調」，本來是十分配合西洋人的胃口的，心畬一到裡邊，先聲驚四座的大叫太黑。坐了下來之後，又大叫太熱。一面嚷著，一面隨將他身上穿的羊皮袍立刻脫下，那時我正在看菜單，並沒有注意他。不料鄰座的兩個美國太太忽然狂聲大叫，原來心畬除了外罩一件羊皮長袍之外，裡面只穿了一套衛生衫與衛生袴！那就莫怪這兩位外國太太驚惶失色了！

恭王府舊藏名迹

心畬名儒，別號西山逸士，自稱「舊王孫」，遼寧長白山人。他是清代道光帝的曾孫，恭親王（奕訢）的文孫，和溥儀是嫡堂兄弟。自幼飽學，於經史子集，無所不窺。清室既屋，他奉母隱居於西山戒壇寺十餘年之久，專事繪畫。後遷頤和園，專攻詩書。《中國美術年鑑》中謂其「繪畫以澹雅為本，獨得宋元之真，故能雄澹致遠，俊逸出塵。題畫詩詞，書法秀逸，如散髻仙人朗朗行玉山高處。楹帖行楷，得剛健婀娜之致，若置之晚明中人，當不復辨」云云，真是一點也不錯。

恭親王府夙富收藏，但後來都給溥心畬賣掉了。舉其犖犖大者如稀世之寶的西晉陸機《平復帖》，他拿來賣給余派名票張伯駒。唐韓幹《照夜白圖》，他賣給外國人，現在倫敦大英博物館。還有，宋易元吉畫的《聚猿圖》，他賣給羅振玉，現在大阪美術館云。

（原刊《大人》第二期一九七〇年六月）

憶吳湖帆

省齋

一九四二年的夏天，吳頌皋自日內瓦國際聯盟辭職返滬。某日，周佛海在家中設筵為他洗塵，事先徵得他的同意，那晚的陪客只有兩人，一為頌皋的從兄吳湖帆，一即鄙人而已。席間，除了暢談國際大勢及頌皋返國的驚險旅程外，湖帆並告訴我們說最近他在「中國畫苑」舉行了一個畫展，全部作品，被人搶購一空，只餘一幅《巉巖雲瀑圖》以定價五萬元過於高昂（按：當時之五萬元，約合黃金一百六七十兩），以致無人問津。當時佛海聽了後就立即關照我代為買下，以便在客廳裡懸掛。翌日，湖帆畫了一葉扇面及寫了一副對聯送給我，以後，嵩山路梅景書屋裡就常有我的足跡了。

第二年——一九四三年癸未七月二日，是湖帆的五十生日。那時上海各界有同庚的名流二十人（包括梅蘭芳和周信芳在內），他們發起了一個「同庚會」，假座滬西魏廷榮花園大擺其「千歲宴」，規定每一主人可以邀請親友二人為貴賓，因此我也得敬陪末座，躬逢其盛。

除了千歲宴之外，梅景書屋的門弟子王季遷、徐邦達等三十六人復徵集他們的老師歷年名作五十幅印行《梅景畫笈》一集，請葉遐庵題簽，陳定山及潘承弼作序，極洋洋大觀之致。遐庵集首題「烟雲供養」四大字，筆墨酣暢，堪稱傑作。定山序中有曰：

湖帆以公孫華胄，與廣武之嗟，睿極精思，洞遠藻鑑，二十年間，質文數變，獨樹一幟，卓然大家，可以冠冕時流矣。二三子以湖帆為木鐸，何患乎無師？

潘承弼序中有曰：

丈世蔭清胄，淹雅才思，丹青熏習，腹笥經綸，而其閎覽好古，多聞強識，舉凡鐘鼎之款識，書畫之譜錄，上下數千年，勾稽抉摘，若數甲乙，若倒囊庋，海上藏鑑家莫不奉手而請益；篋衍既富，手摹心追，垂三十年，而畫名震東南；屏跡滬濱，優閒歲月，從游門牆者，戶屨日滿，畫苑壇坫，宜道廣而不孤矣。

先是，湖帆的元配夫人潘靜淑女士於一九三九年己卯病逝。夫人風雅世家，擅長聲律，嘗作《千秋歲詞》，有「綠遍池塘草」句，湖帆傷悼之餘，因即以此句為名，廣徵國內文藝界名士圖詠，出一集冊，執筆者共有一百二十家之多。如陳陶遺、陳庸庵、王同愈、龐虛齋、夏劍丞、張菊生、冒鶴亭，李拔可、顧巨六、楊雲史、汪精衛、張大千、溥心畬、葉遐庵、馮超然、趙叔孺、龍榆生、沈淇泉、湯定之、易大厂、陳叔通、陳栩園、蕭謙中、譚瓶齋、鄭午昌、祁井西，褚松窗、吳待秋等，均與其列。

其後，我自己也遭先室之喪，與湖帆有同病相憐之感。隨後我創辦了《古今》雜誌，集合了南北文壇上與藝苑中知名之士數十人執筆，傾吐了憂國傷時的抑鬱，風行一時。湖帆也來參加，除了寫了一篇洋洋萬言的〈黃公望富春山居圖卷燼餘本始末記〉，廣徵博引，考據綦詳，為藝林史上的不朽傳世之作外，復有〈梅景書屋雜記〉諸文，詳述藝林掌故，道前人之所未道，藝林人士一時傳誦。他並為《古今》設計封面的圖畫，有時且親自執筆，是以別具風格，有口皆碑，為識者所共賞。

講到黃公望《富春山居圖》卷的燼餘本，其故事真是可歌可泣。原來此卷乃是大癡老人七十九歲自雲間歸富春時為無用禪師所作，凡三年而成，焜耀古今，膾炙天下，為藝林無上劇迹。明代名畫家鄒臣虎（之麟）嘗比之為書中之右軍《蘭亭》，其重視可見。真迹自元迄明，為沈石田、樊節推、談思重、董思翁、吳之矩、吳問卿所寶藏。初董思翁將此卷歸諸吳之矩，再傳之其子問卿，為雲起樓中的秘笈。問卿名洪裕，號楓隱，萬曆舉人，陳其年感舊絕句，有〈吳孝廉問卿〉一首，自註云：

孝廉甫成童，即登乙卯賢書，家蓄法書名畫，下及酒鎗茗椀，陸離斑駁，無非唐宋時物。城中別墅曰雲起樓，極亭台池沼之勝，面水架一小軒，藏元人黃子久《富春圖》

於內，鄒臣虎顏曰「富春軒」，郭外園林名南嶽山房，園內悉種名花，約有千餘樹。每逢花時，孝廉輒携榼至，巡繞一樹，浮一大白，醉即陶然臥花下。孝廉無子，死之日，捨南嶽山房為楓隱寺。

讀此可想見問卿之為人。

問卿死於順治庚寅，臨終時竟以智永《千字文》與癡翁《富春圖》卷投火為殉，較諸焚琴煑鶴，尤為慘酷！幸其從子靜庵，乘其瞶亂，投以他冊易出，而前卷數尺，已罹劫灰。惲南田《甌香館畫跋》，紀此甚詳，謂吳問卿所愛玩著有二卷：一為智永《千字文》真迹，一為《富春圖》，將以為殉，彌留為文祭二卷，先一日焚《千字文》真迹，自臨以視其燼；詰朝，焚《富春圖》，祭酒面付火，火熾，輒還臥內，其從子吳靜庵疾趨焚所，起紅爐而出之，焚其起首一段。據此則問卿實為癡翁之罪人，而靜庵則為此圖之功臣也。靜庵名真度，字子文，崇禎進士，著有《臨風閣偶存》。至所謂焚其起手一段，究有若干？所寫何景？則《甌香館畫跋》紀述云：

余因問卿從子問其起手處，寫城樓睥睨一角，卻作平沙，禿鋒為之，極蒼莽之致；平沙，蓋寫富春江口出錢唐景也。自平沙五尺餘之後，方起峰巒破石。由是言之，所焚者既為平沙景五尺餘，則所存者開首為峰巒破石也。此劫餘珍迹先後歸季因是，王儼齋、安儀周而入清宮，現藏台灣故宮博物院。

此卷劫餘珍迹既如上述，那麼其燼餘本究竟怎樣呢？最後怎麼會歸梅景書屋所寶藏呢？此中經過，我們請讀湖帆的自記吧：

丁丑以還，江浙遍遭兵亂，故家文物，散落至夥。戊寅冬，海上汲古閣主曹君友卿，携宋元明大冊來，發之為錢舜舉《蹴踘圖》、趙松雪《秋林遠岫》及《江岸喬柯》二圖、趙仲穆《江深草閣圖》、方方壺《坐看雲起圖》、杜東原《山水》，又一《墨筆山水》，審係痴翁真跡，與在故宮所見之《富春山居圖》真本紙幅色澤高度毫無二致，而樹石皴染，筆墨輕重，亦相吻合。紙之左上角，赫然有吳字半印，與故宮截本第一節上角之矩二字半印適相符，圖中開首峰巒破石，證以南田翁《畫跋》所云，燬去平沙五尺後方起峰巒破石之語，又復相合，則此即《富春山居圖》之首段也。顧真本已入故宮，何以又留此鱗爪在外，大奇之，因即以商彝周敦二事，易得全部諸畫，並囑曹君問原主查詢有無題跋；越晚曹君以電話通知，謂題跋已得，此無款山水確為大癡《富春山居圖》真跡，待明日送閱云。時余適外出未歸，靜淑即囑曹君謂既有題跋，可即携來，否則湖帆歸而聞之，今夕將喜極而不成寐矣。比余歸，曹君亦至，謂題跋一紙，原主已付紙簏，幸而搜得之，出以相示，則廣寧王廷賓師臣手筆也。其文曰：

「《剩山圖》者，蓋大痴先生所作《富春山圖》前一段也。自先生《富春圖》出，膾炙古今天下人口，久推為名家第一，向為宜興吳子問卿氏珍藏，順治庚寅間，問卿且死，愛不能割，焚以為殉，其從子子文不忍以名物遽燼之劫灰，遂乘其瞶亂，旋投以他冊易出之，而已燬去其十之三四矣。是此圖已不能復為全璧，題之曰《剩山》，悲夫！然猶幸其結構完全，儼然富春山在望，其後設所存者亦尚有延袤數紙，然僅屬餘燼，未若此段之偏有鬼神呵護也。子文真此圖功臣哉！嗣並為好事者多金購去，其後段久歸之泰興季官，而此前一段則為新安吳寄谷先生篋中秘寶，寄谷因為余所購得《三朝寶績圖》，選汰再四，已略盡古今名人勝事，而尚未得成編。戊申冬、慨然復以此圖見惠，余覽之覺天趣生動，風度超然，曰，是可與《三朝寶績圖》共傳不朽也，因並出近所得元章先生《溪山雨餘圖》裝成全冊，計共十四幅，後之君子，其亦覽此圖而悲其所遇之不偶如此！康熙己酉春王二月望日，廣寧王延賓師臣識。」

觀此則知此圖不僅即故宮燼餘《富春山圖》真本之前段，而余同時所得之趙氏父子及舜舉、方壺、東原諸畫，亦師臣《三朝寶績》冊中之珍秘也，欣幸何如！

遂更以故宮真跡印本與此剩圖對照比之，吳字半印與故宮所存之矩二字半印適相符合，此本存火燒痕二處半而故宮真本第一節中間亦存火燒痕二處半，此本燒痕之第三處適當兩紙接處，吳字半印之下與故宮本第一處燒痕亦適各得其半。而燒痕在前者又較大於後，蓋手卷密捲投火，火自外及內，起而出之，故著火處在外者愈大在內者愈小，及展之則燒痕大者在前而小者在後也。余為徵信計，乃將此本攝製珂羅版與故宮真本印本第一期相接，並裝卷後，庶使後之覽賞者，恍然知此富春真跡之謎，豈獨數百年來未有之大快，亦我華藝林國寶之信史也。

省齋案：湖帆名萬，號倩庵，別號梅景書屋主人。江蘇吳縣人，他平生對於文、沈、唐、仇諸鄉先賢的筆墨最感興趣而也最有研究。他是晚清名金石書畫家吳　齋（大澂）的文孫，家學淵源，工詞善畫，尤擅長書瘦金體。早歲學畫，先從四王、吳、惲入手，旋淑董其昌，得其神髓。再進窺元四大家，山水入黃公望之堂奧。最後祖述宋代的李成與郭熙，深得三昧。所以，他的山水畫，工力深邃，無懈可擊。

他富收藏，精鑑別，梅景書屋中至少儲有宋元明清書畫精品數百件之多，而以黃公望的《富春山居圖》燼餘本為鎮山之寶。所以，他嘗刻有「富春一角」收藏章一，以為紀念。

我是於一九四七年十月十日離開北京飛到上海的，到後就下榻他家，數天後再來香港。在那數天之內，我幾乎看遍了梅景書屋所有的收藏，嘆為大觀。復經他一件一件的備述其所得之經過，並縷詳其淵源，批評其優劣，見聞大廣，獲益不少。

我於一九五七年五月、一九六〇年六月兩次回上海，都和湖帆相晤。十年不見，宛若兩人，原來他發胖了。其時或同飯，或觀劇，暢敘友情，從那次別後時到現在，匆匆又已十年了。過去的一切一切，都如在目前。在此期內，我聽了關於他種種病危不幸的消息，不勝傷感！但是，不論怎樣，我總以為他的大名在將來中國的丹青史上是足以留芳千古而永垂不朽的，僅此一點，我想湖帆亦差堪自慰了吧！

（原刊《大人》第三期一九七〇年七月）

人生幾何

省齋

今年六月十九日星加坡《南洋商報》的副刊上載有一篇署名「文如」所寫的小文如下：

〈朱樸之未歸道山〉

偶在書櫥上發見一張舊報，是香港的《新生晚報》，有趙天一所作的「天一閣人物譚」，某日的一個題目是〈朱樸之未歸道山〉。在十六年後讀之，不禁感慨，感慨之餘，又覺得很有趣。這個朱樸之就是在香港寫書畫文章的賞鑑家朱省齋。他是無錫人，名樸，字樸之，又號樸園，一九四八年後到了香港才取省齋為號。（幾個月前他曾為本報寫〈書畫拾零〉。）

趙天一是曹聚仁的筆名，這個時候，我和省齋、曹聚仁幾乎每天都在《南洋商報》香港辦事處見面。（東亞銀行十樓，創墾出版社亦附設其中）曹聚仁先生那篇文章說：

「王新命近談新人社舊友，從孫寒冰、陳白虛、趙南公、曹靖華、吳芳吉、王靖說到朱樸之，而且說朱樸之已歸道山。樸之昨天讀到這段文字，不禁莞爾而笑：『朋舊零落，樸之幸而未歸道山，亦已垂垂老矣！』樸之一直就在香港，做鑑賞書畫似雅非雅的買賣。……近兩年多居日本。……朋友們公意，暫時不讓他歸道山，為塵世間多留一點鴻爪云云。（世變之餘，不獨大陸與臺北的音訊十分隔膜，連港臺之間，消息也不十分靈通，海外東坡之謠，已數見不鮮矣）提起樸之往事，他是天馬會會員之一。張緒當年，翩翩風度，最合佳人的心懷。他的第一位太太，乃是上海麥加利銀行華經理的千金，嫁奩卅萬，（案：此說有些未合事實，記得省齋有文辨正）西湖上還有別墅一所。因此，他研究藝術，搜集古董，周遊世界，可以稱心如意。後來，那位手面很闊的太太『歸了道山』（一笑）；繼配梁小姐，那是風雅世家，她的父親梁眾異，便是閩中有名的詩人。這麼一來，夫唱婦隨，更是在藝術圈中打觔斗。樸之，可說是逐漸琢磨起來的斌玉，他的藝術修養，夠得上做一個高級鑑賞家的。假使世界不這麼動亂，柴米油鹽不這麼迫人，他大可以在那個世界中優哉游哉的。而今，頭童禿髮，不堪回首憶當年了。」（《新生晚報》一九五四或五五年八月十二日。我在這張剪報上只寫八月十二日，沒有寫年份，後來詳查一下，乃一九五四或五五也。）

案：省齋不止沒有「歸道山」，而且還精神奕奕，老當益壯，一個月前才從日本遊覽歸來。他今年已六十九歲了，明年便是古稀之年；而那個王新命，卻早已在六七年前死在臺灣了。

我和省齋相識最久，遠在一九二九年在倫敦就時相見面，但沒有什麼交情。一九三〇年我從英國回上海一轉，在十四姊家中又和他相值，原來那時候他正避難在租界裡，住在我姊姊處。那天他還約了史沫特萊女士來吃茶，我和她談了兩個多鐘頭。自此之後，就沒有和他見面，一直到一九五四年在香港又從新訂交。至於那個王新命，也是我的舊同事，一九三九年他在香港的《國民日報》做主筆，我做編輯，共事六個月，我離開該報後，就很少和他來往。

讀了上文，我才恍然大悟這位「文如」原來就是老友高伯雨的筆名。

以上所說種種，都是舊事重提，有的是確的，有的是不確的。例如聚仁說我是天馬會會員，先岳是上海麥加利銀行華經理，先室的嫁奩有卅萬；這些都非事實。又省齋是我上海樸園時代的齋名，我由北京來港是一九四七年，並非一九四八年。還有講到先室沈夫人，她雖出身於豪華之家，可是她並非「手面很闊」，倒是一個持家非常節儉之典型的賢妻良母。至於伯雨所說的關於史沫特萊女士一節倒是的確的，而且非常之祕密，因為她那時正寓居於上海法租界霞飛路西的一層公寓內，我們不但是「打倒獨裁」的同志，並且是好抽香煙好喝咖啡的同志。所以，我常常是她寓所裡的座上客，我一到她那裡她總是親手煮咖啡給我喝的。那時候她和孫中山夫人宋慶齡女士來往得非常親密，她曾屢次說要為我介紹，可是因為不久我就離開上海到香港來了，卒未如願。

我少時對於國事的確有一番極大的「抱負」的，可是後來歷經世變，才知道人心之險惡與難測，灰心之餘，遂寄情於書畫的。二十年來，見聞不少，雖自己覺得對於此道的確略有所得，可是，國內自張蔥玉、葉遐庵、吳湖帆三氏之逝，區區捫心自問，連做廖化的資格還不夠，遑論其他？

但是，另一方面，我最近看到了臺灣當局舉行的一個所謂「中國古畫討論會」的全部文件，它所鄭重其事邀請的一百多個「中外專家」所發表的偉論中，竟有說宋代的夏圭並無其人並無其畫者！這樣的荒誕不經，幼稚無聊，而竟自命為研究中國古畫的專家！而竟被臺灣當局謙恭下士的邀請出席！更奇怪的，為什麼那位所謂「國畫大師」的竟噤若寒蟬而不挺身出來加以反駁呢？據我所聞，他這次應邀，其目的並不在什麼討論中國古畫，事實上他帶了兩大箱的所謂中國「古畫」，暗中向各代表兜售，希望大有所獲！結果，他果然如願以償了，所以，他就神氣活現的，大吹大擂的到紐約去住美金九十八元一天的醫院毫不在乎了。我雖然並不是一個悲觀主義者，但是鑒於目前一般人性之不存，人格的破產，道德的淪亡，廉恥的喪盡，不能不感到所謂世界末日之先兆了。

閑話少說，言歸正傳。一九五五年，王新命在臺灣出版了《新聞圈裡四十年》一書，裡面記述三十六年前（現在算起來是五十一年前了）的往事，其中有一段是關於孫寒冰的，從他入「新人社」起一直到他最後在重慶北碚殉難時止，相當詳盡。因為我是寒冰的摯友，所以他末了也帶了我一筆曰：「此外，聽說朱樸也已歸道山，不能不感慨系之！」

當時聚仁先看到此書，他拿來給我看，我起先哈哈大笑，後來仔細想想，倒真的也不能不感慨系之了！隨即於該年九月一日在《熱風》半月刊第四十八期中寫了一篇〈已歸道山──悼念摯友孫寒冰〉，發表了一些感想。文首並錄引韓愈的「所謂天者誠難測，而神者誠難明矣！所謂理者不可推，而壽者不可知矣！」兩句頗含哲理的名句以為開頭。寫了以後，覺得意猶未盡，於是接著又在《熱風》第四十九期中寫了一篇〈自擬『墓誌銘』〉以為解嘲。文首又錄引張宗子題像一則如左：

> 功名耶落室，富貴耶做夢，忠臣耶怕痛，鋤頭耶怕重。
> 著書三十年耶而僅堪覆甕；之人耶有用沒用？

這簡直十十足足的天造地設的好像形容區區的過去一樣，我非常欣賞。我的那篇文字居然當時給《上海日報》轉載，讚許為「好文章」，真使我慚愧萬分。說到這裡，倒令我想起了另一件趣事來了。

一九六七年春天，是英國蒙哥馬萊元帥八十歲的生辰，全世界各國的朋友，都紛紛以函電致賀。事後，他的一個好朋友問他，他所接到的函電中以那一件為他所最欣賞而感興趣。他答道，有一個九歲的小孩子名傑克的寫信寄到他的家裡，其文如下：

親愛的蒙帥：

我以為你已經死了！我的爸爸告訴我說你還沒有死，但是恐怕不久也就要死了。請你趕快寄給我你的親筆簽字一張吧。

你的忠實的傑克上

據蒙帥說，這個小孩子很周到，信內附了一個空信封，並且還貼上了郵票。所以，他收到該函後就欣然立即寫了一封親筆信覆了他。蒙帥又說，這個小孩子膽大心細，將來是很有前途的。

這一段新聞是登載於一九六七年四月十二日本港的英文《南華早報》的，同時並刊載了蒙帥的照片，可見該報的編輯也認為此事很有趣呢。（我因亦有同感，所以特地把它剪貼留存，有時且常常拿出來讀讀作會心之一笑的。）

還有，在〈金冬心自寫真題記〉中有一則曰：

十年前臥疾江鄉，吾友鄭進士板橋宰濰縣，聞余捐世，服緦麻設位而哭。沈上房仲道赴東萊，乃云：冬心先生雖攖二豎，至今無恙也；板橋始破涕改容，千里致書慰問。余感其生死不渝，賦詩報謝之。近板橋解組，余復出遊，嘗相見廣陵僧廬，余仿昔人自為寫真寄板橋。板橋擅墨竹，絕似文湖州，乞畫一枝洗我滿面塵土可乎？

後來冬心於乾隆二十八年癸未（一七六三）卒於楊州僧舍，年七十七歲。板橋則於乾隆三十年乙酉（一七六五）歸道山，年七十三歲。

本來，「死生有命，富貴在天」，誰也不會事先知道的。尼采嘗說道：「許多人死得太遲了，有些人又死得太早了！」這是一點也不錯的鐵的事實。所以，對於生死這個問題，一切宜聽其順乎自然，泰然處之，千萬不要看得太過嚴重。曹孟德說得最曠達：「對酒當歌，人生幾何？」鄙人雖不善飲酒，但是喝咖啡也可以勉強算得是一樣的了吧？一笑。

（原刊於《大華》復刊號第一卷第三期，一九七〇年九月）

羅兩峰畫寒山像

省齋

羅兩峰的《鬼趣圖》，初為潘德畬所得，嗣歸葉蘭臺，葉蘭臺是葉恭綽的祖父，在葉蘭臺得到此圖之前，此圖又幾經易手。閱葉氏編印之《清代學者象傳》中記兩峰及此圖曰：

> 羅聘字遯夫，號兩峰，安徽歙縣人。僑寓揚州，工詩善畫，為金冬心先生入室弟子；畫入高格，畫梅畫佛尤得冬心真傳。王述庵謂其畫大阿羅漢及摩訶薩像，足與陳章侯、崔青蚓相上下。遊京師，一時名公鉅卿，皆折節與交，觴詠之會，無不與焉。眼能見鬼，嘗作《鬼雄》、《鬼趣》二圖：《鬼雄圖》現藏清江浦于姓家，《鬼趣圖》為余所得。圖凡八幅，水墨慘澹，奇詭絕倫，名流題詠，至百數十家，成二巨卷。又揚州重寧寺為純廟祝釐地畫壁，至今尚存，蓋其時鹽商持數百金倩先生作也。詩法亦受於冬心先生，清超絕俗，不食人間烟火，所著有《香葉草堂詩存》。婦方氏，號白蓮女史，亦工詩畫。女芳淑，號潤六，工畫梅。

是則其時是圖固尚為葉氏所有。
寒齋舊藏羅兩峰畫的《寒山子像》，對於意境，趣味與筆墨各方面，都有超卓的表現。
原畫左下角有清末民初名畫家姚茫父（華）的題贊曰：

曩余十年前撫兩峰枯木禪，及見寒山像，尤於心有所會焉。翔其眉，隆其準，森森其髮而時聳者，吟肩也。其人則佛，其意已仙矣。

癸亥嘉平十有二日，蓮華盦觀並題贊，姚華。

（原刊《大人》第七期一九七〇年十一月）

大鶴山人《瀟湘水雲圖》

省齋

大鶴山人鄭文焯，世人僅知其工於詞，殊不知其兼長畫，且筆墨高古，工力湛深，固遠非同時人林畏廬輩所能望其項背者也。

比於無意間得其所作《瀟湘水雲圖》一小軸，設色、佈局奇突，煙雲滿紙。遠山以花青、赭黃二色作之，大有唐人楊昇筆意，而石壁兀立於雲水之中，宛如蓬萊仙島，極縹緲無盡之趣。圖之左上角自題曰：

瀟湘水雲，石谷舊本。曩於愙齋（吳大澂）見之；爰撫其意，鶴道人鄭文焯。記在吳小城東樵風墅。

下鈐「大鶴」二字朱文小方印。

省齋案：山人生於清咸豐六年（一八五六），卒於民國七年（一九一八），享壽六十二歲。奉天鐵嶺人，隸漢軍旗；但詭託於康成之後，因自稱高密鄭氏。是以其畫上亦時鈐有

「高密」二字之章。關於山人之記載，一般書籍及報紙上所見者不多，良以知之者亦不多也。一九六〇年余返北京，在孤桐老人處偶借得《青鶴》雜誌二、三冊，作為旅途之消遣，內有戴正誠所撰之〈鄭叔問先生年譜〉一文，記載甚詳，惜殘缺不全，未得窺其全豹為憾。二十年來在香港，僅見友人高伯雨所寫之〈記大鶴山人鄭叔問〉一文（見一九四九年十二月九日某報），亦極詳盡。錄之如下，藉資參証：

叔問先生的父親名瑛棨，漢軍正白旗人，咸豐年間歷任河南、陝西巡撫，同治二年革職。他的名字很多，除上述之外，又字小坡，別署樵風園客、老芝樵風客、鶴道人，晚年自號大鶴山人。光緒二年舉人。著作有《大鶴山人遺書》、《瘦碧詞》、《大鶴山房讀碑記》、《漢魏六朝書體考》、《草隸辨》、《寰宇訪碑錄補遺》、《石芝西堪藏印》等，又精醫學。他的《樵風樂府》在詩詞中占很高的位置。叔問先生以屢試進士不第，到光緒廿九年，已經七次考不中了，便絕意仕途，自刻一印曰：「江南退士」，以示不再進取，於光緒三十一年在蘇州吳小城東築樵風別墅。吳小城在存義坊內，先生購地五畝，其門曰通德里，是歲秋初落成遷入，是年先生五十歲，自光緒六年寄居蘇州以來，至今恰二十五年。孫德謙有賀先生新居文，其後有跋云：

「……流寓吳中，愛其水木明瑟，風物清嘉，棲遲者二十餘稔。去歲擇地孝義坊，經營別墅，迄茲落成，足以棲集勝奇矣。其地則崇岡屹立，曲澗清流，東城，吳之故城也，白香山曾有吳東城桂之詠，今先生將闢其後圃，襲此古芬。」

照先生自己所說關於吳小城，如《樵風樂府》卷六〈滿江紅〉小序云：「乙巳之秋，誅茅吳小城東，新營所住，激流植援，曠若江村，歲晚淒寒，流離世故。有感杜老卜居之作，聊復勞者歌其事云。」又〈西子妝慢・賦吳小城〉，序云：「越絕書，城周十二里，高四丈七尺，門三，皆有樓。《吳地記》引《虞覽家記》云：吳小城白門，闔閭所作，秦始皇時，守宮吏燭燕窟失火，燒宮，而門樓尚存。是知小城，即吳宮之禁門，又謂之舊子城也，歷漢唐宋，以為郡治。舊有齊雲、觀風二樓，並在子城上為郡僚燕賓之所，見之唐賢歌詠獨多。明初，惟餘南門，頹垣上置官鼓司更。《郡志》載：今自乘魚橋至金姆橋而東，高岡迤邐，是其遺址。城四面舊皆水道，即子城濠，所謂錦帆涇也。其東尚有故蹟，號為濠股，今余之所經構，證以圖經，此間乃兼有其勝。五畝之居，刻意林谷，既擁小城，聊當一丘。涇之水，又資園挽，可以釣游，不出戶庭，而山澤之性以適，豈必登姑蘇，望五湖，始足以發思古之幽情耶？分題賦此，因竝及之。」這是樵風別墅的大概，先生逝世後十年，別墅已易主，舊日的吳小城，錦帆涇已經不存在了，民國廿二年春我到蘇州遊玩，往弔樵風別墅，遺址已不可得，只有錦帆路一條，諒係昔日錦帆涇築成的。

叔問先生藏書很多，其中多數經先生手批，心愛的書都蓋上他姬人的名字印記，有時又蓋上「侍兒南柔同賞」、「可可同賞」等印。先生晚年風流愈甚，更喜作狹斜游，對此曾作解嘲云：「吳趨故坊，皐橋新豸，連情花月，流志管絃，西北高樓，時有寢跡。匪乎好色，曷云寡歡？遺世之傷，焉能已已？……」先生歿後，他的女婿戴正誠以《冷紅簃填詞圖》遍乞時人題詠，我曾見陳寶琛題七絕二首云：

流落江南吾小坡，二窗斷送卅年過；
故知一切誰真妄，奈此迴腸盪氣何？

三過吳門一面慳，眼中猶是舊朱顏，
如何入畫還相避，背坐拈毫對小鬟。

可見先生風流一斑。先生晚年生計甚窘，還時時帶了一兩個如夫人在茶樓喝茶，十足蘇州人的習慣。

光緒末年陳啟泰做江蘇巡撫，駐蘇州，他和大鶴山人交情最深，而性亦風雅，所以聘請先生居其幕府中，先生得以解決生活一時。民國成立後，先生境遇日困，民國六年他的太太死了，羅癭公請梁啟超送他一點錢，先生有一封信給羅氏道謝云：

「別來數更喪亂，感懷雅舊，恍若隔世，音訊闕然，寤思曷極。去臘展誦惠書，猥以悼亡，衿垂甚備，高義仁篤，荷遞相并，重承任公老友厚賻，須逮三百金，周急救凶，幽明均感，撫臆論報，銜結銘深。只以衰病之餘，少稽陳謝，伏維豈弟之宥，代剖赤情，幸甚幸甚。茲值亡妻營奠有日，敢以赴告，敬求飭送沽上，為感。下走集蓼餘年，遭家多難，比來知生知死，彌增鮮民之痛。昨承寄示子民先生函訂大學主任金石學兼校醫，月廩約四百番錢，禮遇誠優且渥。第念故國野遺，落南垂四十年，倦旅北還，既苦應接，且聞京師僕賃薪米之費，十倍於南，居大不易，蒿目世變，何意臯比，頹放久甘，敢忝為國學大都講耶？業醫賣畫，老而食貧，固其素也。辱附契末，聊貢區區，未盡願言，但有荒哽。」

這封信寄出的日子是民國七年夏曆戊午正月，到二月，先生便逝世了。據康有為說，先生死前一日，曾命他的公子復培找他，託以身後的事。康有為便經理了他的喪事，並給他撰書墓表，稱之為詞人。康氏問及先生所藏的書畫金石骨董，家人都說在生前賣清了。

（原刊《大華》復刊號第一卷七期一九七一年一月）

血歷史194　PC1008

新銳文創
INDEPENDENT & UNIQUE

樸園文存

原　　著　朱省齋
主　　編　蔡登山
責任編輯　孟人玉
圖文排版　蔡忠翰
封面設計　劉肇昇

出版策劃　新銳文創
發 行 人　宋政坤
法律顧問　毛國樑　律師
製作發行　秀威資訊科技股份有限公司
114 台北市內湖區瑞光路76巷65號1樓
電話：+886-2-2796-3638　傳真：+886-2-2796-1377
服務信箱：service@showwe.com.tw
http://www.showwe.com.tw
郵政劃撥　19563868　戶名：秀威資訊科技股份有限公司
展售門市　國家書店【松江門市】
104 台北市中山區松江路209號1樓
電話：+886-2-2518-0207　傳真：+886-2-2518-0778
網路訂購　秀威網路書店：https://www.bodbooks.com.tw
國家網路書店：https://www.govbooks.com.tw

出版日期　2021年7月　BOD一版
定　　價　520元

版權所有・翻印必究（本書如有缺頁、破損或裝訂錯誤，請寄回更換）
Copyright © 2021 by Showwe Information Co., Ltd.
All Rights Reserved

Printed in Taiwan

讀者回函卡

國家圖書館出版品預行編目

樸園文存 / 朱省齋原著 ; 蔡登山主編. -- 一版.
-- 臺北市 : 新鋭文創, 2021.07
面； 公分. --（血歷史 ; 194）
BOD版
ISBN 978-986-5540-46-3（平裝）

855 110007340